KB270620

서문문고
38

카프카 단편집

F. 카프카 지음
구 기 성 옮김

변 신

1

어느 날 아침, 그레고르는 잠을 자다 불안한 꿈에서 깨어났고, 자기가 침대 속에서 한 마리의 커다란 벌레로 변한 것을 깨달았다. 그는 껍질이 굳은 등을 대고 벌렁 누워 있었다. 고개를 약간 쳐들자, 껍데기에 활 모양으로 불룩한 거북 등 무늬의 거무스름한 배가 보였다. 그때 불룩한 배 위에는 간신히 이불이 덮여 있었으나, 그나마 벗겨질 것만 같았다. 전날까지 그렇게 굵던 다리에 비해서 비참하게도 가느다란 여러 개의 다리가 힘없이 눈앞에서 간들간들 버둥거리고 있었다.

'이게 어떻게 된 일이지?' 하고 그는 생각했다. 꿈은 아니었다. 사람이 살기에는 좀 비좁은 듯하지만, 여하튼 틀림없이 사람이 살고 있는 자기 방은 사방이 아늑히, 낯익은 벽으로 둘러싸여 있었다. 따로따로 묶은 옷감 견본이 흩어져 있는 책상 위에는—그는 외판원이었지만—그가 얼마 전에 어느 화보 잡지에서 오려내어 멋진 금박 사진틀에 끼워 넣은 그림이 걸려 있었다. 그것은 털모자를 쓰고 털목도리를 두른 어떤 부인이 꼿꼿이 앉아서 두 팔 밑까지 푹 덮인 털이 북실북실한 토시를 보는 사람의 눈앞에 쳐들고 있는 그림이었다. 그레고르는 창문 쪽으로 시선을 던졌다. 창문 함석판에 빗방울 떨어지는 소리가 들렸다. 날씨가 음산한 탓인지 그는 기분이 우울해졌다.

좀더 잠을 자고 모든 쓸데없는 망상을 다 잊어버리면 얼마나 좋을까, 하고 그는 생각했다. 그러나 그것은 실천에 옮기기 어려운 일이었다. 왜냐하면 그는 늘 오른쪽으로 누워 자는 버릇이 있었지만, 지금과 같은 상태로는 그러한 자세를 취할 수가 없었기 때문이다. 아무리 힘을 써서 오른쪽으로 몸을 기울여도 그저 이리저리 들먹거릴 뿐 다시 그대로 먼젓번 벌렁 나자빠진 자세로 되돌아오곤 하였다. 그는 아마도 백 번쯤은 시도해 보았을 것이다. 허위적거리는 발들을 보지 않으려고 눈을 감았다. 옆구리에 이제껏 느끼지 못했던 가벼운 통증까지 느끼게 되자 그만 중지해 버렸다.

'아아, 왜 나는 이렇듯 고된 직업을 택했던가!' 매일 같이 여행이다. 사실은 상점에서 근무하는 것보다 훨씬 더 힘이 든다. 게다가 여행을 떠나게 되면 기차 접속에 대한 걱정, 불규칙하고 좋지 못한 식사, 언제나 고객이 바뀌어서 오래 계속하지도 못하고 다만 형식적으로만 대하게 되어 정도 들지 못하는 그러한 교제에 대한 근심을 면할 수가 없다.

지긋지긋하구나. 빌어먹을 것, 될 대로 되라지. 배 위가 좀 가려웠다. 머리를 좀더 쳐들 수 있도록 드러누운 채 천천히 등을 침대 앞머리 철기둥 가까이로 밀어 올렸다. 드디어 가려운 곳을 알아냈는데, 그곳에 온통

자그마한 흰 점들이 붙어 있는 것이 보였다. 그는 도대체 그 점들이 무엇인지 도무지 알 수 없었다. 그래서 그는 발 하나로 그곳을 만져보려고 하다가는 곧 그 다리를 움츠렸다. 슬며시 대보았을 때, 온몸에 쫙 소름이 끼쳤기 때문이다.

그는 다시 먼저 자세로 벌렁 나자빠졌다. 너무 일찍 일어나면 바보가 된다고 그는 생각했다. 사람은 잠을 자야 해. 다른 외판원들은 마치 후궁의 궁녀처럼 살고 있지 않는가. 예를 들면 내가 주문받은 것을 기입해 두려고 오전 중에 여관으로 돌아올 때야 비로소 그들은 앉아서 아침을 먹고 있었다.

내가 그런 짓을 한 번이라도 흉내낸다면 나는 아마도 사장에게 당장 쫓겨날 것이다. 그렇게 하는 것이 나에게 도움이 될는지 어떨는지 누가 알아 줄 게 뭐냐. 부모님을 위해서 꾹 참아왔지만, 만일 그렇지 않았다면 벌써 사표를 냈을 것이다. 그리고 사장 앞으로 걸어가서 내가 마음먹고 있는 것을 남김없이 털어놓는다.

책상 위에 올라앉아 사원들을 내려다보며 이야기하는 것은 역시 괴상한 버릇이다. 그렇지 않아도 사장은 귀가 먹어서 점원들이 바싹 가까이 가지 않으면 안 된다. 자, 그런데 나는 앞으로 그런 희망이 전혀 없는 것도 아니다. 부모님이 주인에게 진 빚을 갚을 만큼 앞으로 내가 돈을 모으면—그것은 아직 5, 6년은 더 걸릴 것이지만—꼭 그 일을 하고야 말겠다. 그것은 내 인생에 있어서 하나의 큰 전환점이 될 것이다. 우선 무엇보다도 일어나야겠다. 5시에 기차가 떠나는데.

그는 머릿장 위에서 째깍거리는 탁상시계를 쳐다보았다. '아차, 큰일났는걸!' 그는 이렇게 생각했다. 벌써 6시 반이었다. 시계 바늘이 조용히 돌아가고 있었다. 벌써 30분이 지나고 45분이 가까웠다. 종이 울리지 않았단 말인가. 자명종 바늘을 4시 정각에다 대놓은 것이 침대에서도 보였다. 틀림없이 종이 울렸을 것이다. 그러나 방안을 뒤흔드는 시계 종소리를 듣고도 잠을 잘 수 있었을까! 그러나 깊이 잠자지는 못했을 것이다. 그렇다면 아마도 편안하게 잠을 이루지 못한 만큼 더욱 깊이 잠들었을는지도 모르겠다. 그러나 이젠 어떡하면 좋단 말인가.

다음 열차는 7시에 떠난다. 그 차를 타려면 한바탕 바삐 서둘러야 했다. 그런데 견본들도 아직 꾸려놓지 않았을 뿐만 아니라, 스스로 그다지 기분이 상쾌하지 않아서 몸이 가볍게 움직일 것 같지도 않았다. 설사 기차를 탈 수 있다손치더라도 사장의 꾸지람을 피할 길이 없었다. 왜냐하면 급사가 5시 차를 기다리고 있다가 내가 내리지 않은 사실을 이미 사장에게 보고해 버렸을 것이다. 급사는 줏대도 없고 바보 같은 녀석이면서도 사장의 앞잡이로서 퍽 아첨을 잘했다. 자, 그러면 병에 걸렸다고 보고를 하면 어떨까? 그러나 그것은 무엇보다도 굉장히 불쾌한 일일 뿐더러 수상하다고 의심을 살 것이다. 왜냐하면 그레고르는 5년간이나 근무하는 동안에 아직 단 한 번도 병을 앓은 적이 없었기 때문이다.

아마 사장은 생명보험 회사의 의사를 데리고 올는지 모른다. 게으른 아들의 과오 때문에 부모님들까지 주인에게 비난을 받을 것이다. 그리고 아무리 아프다고 변명하더라도 이 보험회사 의사에게 진찰을 받아야 된다고 주인이 우기면 모든 일은 수포로 돌아가고 만다. 사실 이 의사의 입장에서 볼 때, 나는 몸에 아무런 고장도 없으면서 그저 일하기를 싫어하는 사람이라고 생각될는지도 모른다. 또 이런 경우엔 의사만 나쁘다고 할 수 있을까?

그레고르는 오래 잠을 자고 난 뒤에도 더 자고 싶었던 것을 제외하고는 사실 건강했고, 게다가 무엇보다도 배가 몹시 고팠다.

그가 좀처럼 침대를 떠나려는 결심도 못하고, 마치 주마등처럼 이런 모든 일을 심각하게 생각했을 때 시계가 막 6시 45분을 쳤고, 자기 침대의 머리 쪽 문을 조심스럽게 두드리는 소리가 들렸다. "그레고르야." 하는 소리가 들렸다. 어머니였다. "6시 45분이다. 너 출발하지 않니?" 부드러운 목소리다. 그레고르는 대답하는 자기 목소리를 들었을 때 깜짝 놀랐다. 이제까지의 자기 목소리에 틀림없었지만 어쩐지 밑에서 울려나오는 것 같으면서도 억제할 수 없이 괴로운 신음소리 같은 것이 섞여 있었고, 사실 첫 순간에는 말을 똑똑하게 발음하였지만, 그 다음부터는 상대방이 알아듣고 못 듣는 것은 아랑곳하지 않는다는 듯이 말끝이 여운으로 흐려지고 말았다. 그레고르는 자세히 설명하고 모든 일을 속시원하게 설명하려고 했다. 그러나 사정이 그랬기 때문에, "네! 네! 어머니, 벌써 일어났어요."라고 대답했을 뿐이었다. 문을 사이에 두고 있기 때문에, 그레고르의 목소리가 변한 것을 밖에서는 알아듣지 못하였는지도 모른다. 그의 대답을 듣고 어머니는 안심하고 다리를 끌며 가버렸다. 그러나 이렇게 간단한 말을 주고받았던 까닭에, 벌써 출발했으려니 하였던 그레고르가 아직 집에서 꾸물거리고 있는 것을 다른 가족들도 다 알게 되었다. 그때 아버지가 옆에 있는 문을 두드렸다.

"그레고르! 그레고르!" 하고 아버지가 낮은 목소리로 불렀다. "대체 어떻게 된 거냐?" 잠시 후에 아버지는 굵직한 목소리로 다시 한 번 대답을 재촉했다. "그레고르! 그레고르!"

그런데 다른 쪽 문에서 가느다란 목소리로 누이동생이 애원했다. "오빠, 어디가 편찮으세요? 뭐 드릴까요?"

양쪽 문를 향해서 그레고르가 대답했다. "다 준비됐습니다." 그는 신중하게 말하면서 한마디 한마디 사이에 간격을 두어, 모든 귀에 거슬리도록 이상스러운 목소리를 없애기 위해서 띄엄띄엄 말했다. 아버지는 아침 식사를 드시려고 돌아갔으나 누이동생만은, "오빠, 문을 열어요, 네?" 하고 속삭였다. 그러나 그레고르는 문을 열 생각은 하지도 않을 뿐더러 여행하면서 익힌 습관, 다시 말하면 집으로 돌아와 밤이 되면 온 집안의 문이란 문은 모두 잠가 버리는 자신의 용의주도한 습관을 다행한 일이라고 고맙게 여기기까지 했다.

그리하여 그는 조용히 방해도 받지 않고 일어나 옷을 주워 입고, 우선 아침을 먹으려고 했다. 그러고 나서 비로소 다음 일을 생각하려고 했다. 침대 속에서 아무리 생각해 본다 하더라도 별로 신통한 결말을 얻을 수 없다는 것을 그는 잘 알고 있었기 때문이다. 그의 기억으로는 전에도 때때로 잠자리가 불편했던 까닭에 가벼운 고통을 느꼈지만 침대에서 일어났을 때는 그것도 단순한 착각이었다는 사실이 밝혀졌던 일이 있었다. 그리하여 자기의 오늘 아침의 공상도 천천히 생각하면 없어질 것이라고 그는 생각했다. 자기 목소리가 변한 것도 심한 감기, 다시 말하면 외판원의 직업병 증세에 틀림없다고 생각하고 그 점을 조금도 의심하지 않았다.

이불을 떨치는 것은 간단한 일이었다. 숨을 쉬면서 배를 조금 불리자 이불은 저절로 내려졌다. 그러나 그 다음이 어려웠다. 특히 그의 몸이 옆으로 몹시 퍼져 있었기 때문에 일어나려면 팔과 손을 써야 했다. 그러나 팔과 손은 없고 제각기 얽혀서 움직일 뿐, 그의 뜻대로 되지 않는 여러 개의 다리가 있을 뿐이었다. 그는 다리 하나를 구부리려고 했으나, 그 다리는 제멋대로 쭉 뻗쳐졌다. 그는 드디어 그 다리를 가지고 마음먹었던 일을 이룰 수 있었다. 그러는 동안 다른 다리들은 해방이라도 된 듯이 제멋대로 야단스럽게 수선을 떨며 움직거렸다.

"자, 침대에서 언제까지 우물쭈물해 봤자 소용없지." 혼잣말로 그레고르가 말했다.

우선 그는 하반신을 침대 밖으로 내밀려고 했다. 그러나 그는 하반신을 보지도 못했고 어떤 모양으로 생겼는지 도무지 짐작할 수도 없었다. 막상 그가 그것을 움직이려고 했을 때 매우 힘들다는 사실을 깨달았다. 그리고 동작이 퍽 느렸다. 결국 그는 불끈 화를 내며 있는 힘을 다해서 사정없이 앞으로 몸을 내밀었다. 그런데 방향을 잘못 잡아 옆으로 틀어지면서 침대 아래쪽 철기둥에 부딪혀서, 그 자리가 화끈거리며 몹시 아팠기 때문에 하반신의 감각이 매우 예민한 것을 알게 되었다.

그래서 우선 상반신을 침대 밖으로 끌어내려고 시도했다. 조심해서 머리를 침대가로 돌렸다. 이렇게 하는 것은 아주 쉬웠다. 몸뚱이는 넓고 크고 육중했지만, 머리가 도는 대로 몸뚱이도 천천히 따라갔다. 그러나 나중에 머리를 침대 밖으로 쑥 내밀고 허공에 쳐들었을 때 더이상 그런 식으로 앞으로 나아가는데 불안을 느꼈다. 만일 그런 자세로 침대 밖으로 내민다면 결국은 아래로 떨어지지 않을 수 없다. 그러면 기적이라도 일어나지 않는 한 머리는 온전할 수 없을 것이다. 그리고 바로 그때야말로 똑바로 정신을 바짝 차려야만 된다. 오히려 그는 침대 속에 누워 있는 편이 낫겠다고 생각했다.

그래서 그는 한숨을 쉬며 다시 먼저처럼 애를 써서 전과 같은 자세로 돌아왔다. 그는 여러 개의 작은 발이 한층 더 짓궂게도 서로 얽혀서 허위적거리는 꼴을 보았을 때, 이렇게 제멋대로 놀아서는 결국 휴식과 질서를 가지기 어려우리라는 것을 깨달았다. 다시 그는 그냥 우물쭈물 침대 속에 누워 있을 수는 없으며, 설사 침대에서 빠져나갈 희망이 거의 없다고 하더라도 모든 희생을 무릅쓰고 그것을 감행하는 것이 가장 현명한 일이라고 혼자서 중얼거렸다. 동시에 그는 그러면서도 절망적인 결심보다는 냉정하고 분별 있는 행동을 취하는 것이 훨씬 낫다고 생각하는 것을 잊지 않았다. 이러는 순간에 그는 날카로운 시선으로 창 밖을 내다보았다. 그러나 좁은 거리 저편까지 자옥이 끼어 있는 짙은 안개 속을 바라보아도, 어떤 위안을 얻거나 명랑한 기분이 드는 것도 아니었다. "벌써 7시로구나." 그는 또 시계 종소리를 들었을 때 혼자 이렇게 말했다.

"7시가 되어도 아직 저렇게 안개가 끼어 있구나." 그는 가볍게 숨을 쉬면서 마치 자기가 고요한 가운데서 현실적이며 분명히 자기로서 납득할 수 있는 그러한 원래 상태로 되돌아가기를 기대하는 듯이, 잠시 동안 조용히 누워 있었다.

그러나 다음에는 또, '7시 15분이 될 때까지는 무슨 일이 있더라도 꼭 침대에서 일어나야겠다. 너무 우물쭈물하고 있으면 내 일을 물어 보려고, 상점에서 누가 올는지도 모른다. 상점 문은 7시 전에 열 테니까.' 그래서 그는 몸 전체의 균형을 잡고 몸부림을 치면서 침대 밖으로 빠져나가려고 했다. 이런 방법으로 위로 올리면 다치지 않을 것이다. 등은 딱딱한 것 같으니, 양탄자 위로 떨어져도 아무 사고도 생기지 않을 것이다. 떨어질 때 큰 소리가 나면 온 집안을 놀라게 하진 않더라도 집안 사람들이 걱정할 것이라고 생각하면서 그는 매우 염려했다. 그래도 하기는 해야겠다.

그레고르가 몸을 절반쯤 침대에서 일으켰을 때—이 새로운 방법은 힘이 드는 것보다는 재미있는 일이었고, 누운 채로 좌우로 흔들기만 하면 되었지만—누가 와서 좀 거들어 주기만 하면 모든 것이 간단히 될 것처럼 느껴졌다. 그는 힘 센 사람이 둘—아버지와 하녀를 생각했다—만 있으면 충분할 것 같았고, 그들이 팔을 자기의 둥근 등 밑에 집어넣어서 침대에서 약간 몸을 치켜들고 허리를 구부리며 자기 몸을 침대에서 내려놓고 그다음엔 자기가 마루 위에서 몸을 뒤집을 때까지 조심스럽게 참아 주기만 하면 된다. 그때는 이 조그마한 다리들이 제 구실을 다해 줄 것이다. 그때는 문들이 잠겨 있다는 사실은 전혀 생각지도 않았다. 그러면서도 과연 정말 구원을 청해야 할 것인가? 아무리 곤란을 겪고 있어도 이런 생각을 할 때는 미소를 금할 수 없었다.

그는 줄기차게 흔들어대어 균형을 잃고 침대에서 떨어질 지경에 이르렀기 때문에 곧 마지막 결심을 하지 않으면 안 되었다. 왜냐하면 5분만 있으면 7시 15분이 되기 때문이다. 그때 현관문에서 종이 울렸다. '누가 상점에서 왔구나.' 하고 생각하니 몸이 빳빳해지는 것 같았다. 그러는 동안에도 작은 발들은 더욱 분주하게 버둥거렸다. 잠시 온 집안이 조용해졌다. "아무도 문을 열어 주지 않는구나!" 이렇게 그레고르는 혼자서 중얼거렸는데 어떤 헛된 희망에 사로잡힌 것 같았다. 그러나 잠시후 틀림없이 하녀가 예전이나 다름없이 침착한 걸음걸이로 현관으로 걸어가서 문를 열었다. 그레고르는 그 방문객의 첫인사만 듣고도 그것이 누구라는 것을 알았다. 지배인이었다. 그레고르는 어째서 조금만 직무에 태만해도 곧 크게 의심을 사는 이런 회사에 근무하도록 운명지어졌단 말인가? 도대체 모든 사원들은 너나없이 모두 불량배들이란 말인가? 그들 가운데는 단지 아침의 두서너 시간을 회사 일을 위해서 이바지하지 않았다고 해서 양심에 가책을 느껴서 미치게 되고, 마침내 침대에서 일어날 수도 없는 상태에 빠지게 되는 그러한 충실하고 열성 있는 사람은 전혀 없단 말인가? 사실 동정을 살피려던 급사를 보내서 물어 보면 충분하지 않는가? 어쨌든 물어 봐야 할 일이 있다고 해서 지배인 자신이 와야 한단 말인가? 그리고 이러한 의심스러운 사건의 조사는 다만 지배인의 판단에 맡기면 될텐데, 아무 죄도 없는 가족들에게 알려야 한단 말인가? 그레고르는 단단한 결심을 해서가 아니라, 오히려 이런 생각을 하면서 흥분했기 때문에 전력을 다하여 침대에서 뛰어내렸다. "쿵!" 하고 소리가 났다. 그러나 사실 큰 소리는 아니었다. 양탄자가 깔려 있어서 떨어지는 소리가 약화되었다. 등도 그레고르가 생각했던 것보다는 탄력이 있었다. 그래서 떨어졌을 때 귀에 거슬릴 정도로 묵직한 소리는 전혀 나지 않았다. 다만 조심해서 충분히 머리를 들지 못했기 때문에 머리를 바닥에 부딪히고 말았다. 그는 화가 나고 아파서 머리를 돌려 양탄자 위에 문질렀다.

"방안에서 무엇이 떨어졌나 봅니다." 지배인이 왼쪽 옆방에서 말했다. 그레고르는 언젠가 지배인에게도 오늘 자기에게 일어난 일과 똑같은 일이 일어날지도 모르리라고 상상해 보았다. 그럴 가능성이 있을지도 모르겠다. 그런데 그의 이러한 상상에 대한 솔직한 대답처럼 그때 옆방에서 지배인은 몇 발자국 발에 힘을 주어 걸어다니며 에나멜 구둣소리를 냈다. 오른쪽 옆방에서는 그레고르에게 알리려고 누이동생이 속삭였다.

"그레고르! 지배인이 오셨어요."

"알았어." 그레고르는 이렇게 중얼거렸다. 그러나 누이동생이 알아들을 수 있을 만큼 높은 목소리를 내지는 못했다.

"그레고르!" 이번엔 왼쪽 옆방에서 아버지가 말했다. "지배인께서 오셔서 왜 아침 차로 출발하지 않았는가 물으신다. 우리야 무엇이라고 말씀드려야 할는지 알겠니. 그보다도 지배인께서 개인적으로 너하고 말씀하시겠다고 하신다. 그러니 자, 문을 열어라. 방안이 지저분해도 지배인께서 널리 양해해 주시겠지."

"여보게, 잠을 자는군." 그 사이에 지배인이 정답게 불렀다.

"몸이 편치 않아요." 아버지가 아직 문 옆에서 말을 하고 있는 동안에 어머니가 지배인에게 말했다. "애가 몸이 편치 않아요. 지배인님, 제 말을 믿어 주세요. 그렇지 않으면 도대체 그레고르가 기차를 놓칠 리가 있겠어요? 그애 머릿속에는 장사밖에는 아무것도 없어요. 그애가 밤에 한 번도 외출을 안한다고 얼마나 제가 성화를 했는지 모릅니다. 오늘도 벌써 1주일이나 시내에 와 있으면서 매일 저녁 집에만 처박혀 있답니다. 저녁에는 우리 옆에 있는 책상가에 앉아서 조용히 신문을 읽거나, 열차 시간표를 보며 연구하고 있답니다. 심심 풀이라곤 톱을 가지고 일을 하는 것뿐입니다. 예를 들면 2, 3일 저녁 계속해서 조그마한 사진틀을 짠답니다. 얼마나 훌륭한지 놀라실 겁니다. 방안에 걸려 있답니다. 그레고르가 문을 열면 보실 수 있어요. 무엇보다도 당신이 이렇게 와주셔서 영광입니다. 지배인님, 우리들만으로는 그레고르에게 문을 열게 하지 못했을 거예요. 그애는 고집이 세거든요. 아침에 물어 보았더니 그렇지 않다고 하기는 했지만 틀림없이 몸이 불편할 것입니다."

"곧 갑니다." 하고 그레고르가 천천히 말하고는 조심스럽게 이야기 소리를 한 마디도 놓치지 않으려고 가만히 있었다.

"그밖에 다른 뜻으로는 나도 설명할 수가 없군요, 부인." 하고 지배인이 말을 이었다. "대수로운 일이 아니면 좋겠는데요. 사실 우리 상인들은—행복하든 불행하든, 좌우간 자기 사정이 어떻든 간에—약간 몸이 불편한 것쯤은 언제나 장사 생각을 해서라도 참고 극복해 나가지요."

"자, 지배인께서 들어가셔도 좋으냐?" 하고 아버지는

초조해서 이렇게 묻고, 또 문를 두드렸다.

"안 됩니다." 하고 그레고르가 말했다. 왼쪽 방에는 숨막힐 듯한 침묵이 흐르고, 오른쪽 방에서는 누이동생이 흐느껴 울기 시작했다.

도대체 왜 누이동생은 다른 사람들이 있는 데로 가지 않았을까? 그애는 이제 막 일어나서 아직 옷도 갈아입지 못한 모양이지. 그런데 무엇 때문에 울고 있는 것일까? 내가 일어나지 않고 또 지배인을 들어오지 못하게 해서인가? 실직을 할 염려 때문인가? 그렇지 않으면 상점 주인이 옛 빚을 재촉할지도 몰라서 그러는 것인가? 그런 것들은 서둘러서 걱정할 필요도 없는 일이다. 그래도 아직 그레고르 자신은 여기 있을 뿐더러 결코 부모를 저버릴 생각은 해본 일조차 없다. 잠시 동안 그는 양탄자 위에 누워 있었다. 그때 그의 상태를 잘 알고 있는 사람이라면 그에게 지배인을 안으로 들여 보내라고 진정으로 요구하지는 못했을 것이다. 그리하여 이런 사소한 실례 때문에 그레고르가 즉시 상점에서 쫓겨나는 일은 없을 것이다. 그래서 그레고르는 울며불며 지배인을 귀찮게 하느니보다는 그를 그대로 내버려두는 것이 훨씬 현명한 일인 것처럼 생각되었다. 그러나 이 흐리멍덩하게 애매한 태도야말로 다른 사람들의 갈피를 잡지 못하게 할 만큼 당황케 할 뿐더러 그들의 태도를 정당화시키는 계기가 되었다.

"잠을 자는군!" 지배인은 드디어 비교적 높은 목소리로 불렀다. "도대체 어찌된 셈인가? 자네는 방안에 들어앉아서 단지 '네!' '아니오!'란 대답만 하고 있으니. 자네 부모에게 괴롭고 쓸데없는 근심만 끼치고. 또 얘기가 나왔으니 말이지만, 이제껏 들어 보지도 못한 방법으로 자네는 직업상의 의무를 게을리하는 것이야. 나는 여기서 자네 부모와 주인 이름으로 말하지만, 진정 부탁인데 곧 명확한 설명을 해주게. 이런 일이 어디 있나. 그래도 난 자네를 침착하고 분별 있는 사람이라고 생각했는데. 지금 자네는 갑자기 이상한 기분을 수다스럽게 늘어놓으려고 수작을 부리는 것이지? 사실은 오늘 아침 사장께서 나에게 자네가 늦는 데 대해서 그 이유를 그럴듯하게 암시해서 설명해 주셨어. 얼마 전 자네에게 맡긴 회수금 문제 때문이라고. 그러나 나는 그와 같은 해석은 자네에게는 해당하지 않을 것이라고 한사코 자네를 옹호했단 말이야. 그러나 나는 지금 여기서 자네의 이해할 수 없는 고집을 보고, 자네를 위해서 조금이라도 변명해 줄 생각이 나지 않네. 그리고 자네 지위는 결코 확고부동한 것이 아닐세. 나는 원래 모든 것을 단둘이 얘기하려고 생각했었지. 자네가 나에게 헛되게 시간만 보내게 했으니, 내가 왜 자네 부모님께 그 사실을 알려 드리면 안 되는지 납득이 안 가네. 결국 요새 자네의 근무 성적은 그리 만족할 만한 것이라곤 할 수 없어. 물론 지금은 장사가 잘 되지 않는 시기란 것을 우리도 잘 알고 있네. 그러나 장사가 안 되는 시기란 절대로 있을 수 없을 뿐더러 있어서도 안 된단 말이야. 안 그래, 잠을 자는군."

"아아, 지배인님." 그레고르가 흥분한 나머지 자기도 모르게 소리를 쳤다. "이제 곧 일어납니다. 몸이 좀 불편하고 현기증이 나서 일어날 수가 없었습니다. 그래서 아직 누워 있습니다. 그러나 이제 아주 기분이 좋아졌습니다. 지금 막 침대에서 나왔습니다. 조금만 참아 주십시오. 기분이 전 같지는 않아도 곧 좋아질 겁니다. 이렇게 별안간 병이 나다니, 기가 막힙니다! 어제 저녁까지 아무렇지도 않았습니다. 부모님도 잘 알고 계십니다. 아니, 그렇게 말하면 어제 저녁에 벌써 좀 이상한 예감이 들긴 했습니다. 저를 자세히 주의해 본 사람이라면 눈치챘을 것입니다. 왜 제가 상점에 알리지 않았던 것일까요. 이 정도의 병은 집에서 조리하지 않아도 견딜 수 있으리라고 생각했기 때문입니다. 지배인님! 저의 부모님을 나무라지 마십시오. 지금 당신의 비난은 터무니없는 일입니다. 저는 이제까지 그런 비난을 한 번도 들어 본 적이 없었습니다. 아마도 당신은 제가 발송한 최근의 주문서를 읽어 보시지 않은 모양입니다. 여하간에 8시 차로는 출발하겠습니다. 두서너 시간 쉬었더니 기운이 좀 납니다. 제발 먼저 가십시오. 지배인님! 곧 저는 직장으로 나가겠습니다. 사장님에게 제발 잘 말씀드려 주십시오!"

그러나 그레고르는 이러한 말을 급히 쏟아 놓았기 때문에 자기가 무슨 말을 했는지 거의 알 수도 없을 지경이었다. 그는, 아마도 침대에서 이미 연습한 탓인지 쉽사리 머릿장 쪽으로 가까이 가서, 머릿장에 의지하여 바로 일어서려고 시도해 보았다. 사실 그는 방문을 열고 자기 모습을 보여 주며 지배인과 이야기하려고 했다. 그다지도 방으로 들어오고 싶어하는 저 사람들이 내가 변한 모습을 보면 무엇이라고 말할까? 그 점이 자못 궁금했던 것이다. 그들은 틀림없이 깜짝 놀랄 것이다. 그때는 그 이상 변명할 필요도 없으니까, 그저 잠자코 있으면 된다. 만일 그들이 모든 것을 아무렇지도 않게 생각한다면 그때는 자기도 흥분할 이유라곤 없으니까, 바삐 서두르면 8시 차에 대어서 정거장에 나갈 수 있을 것이다.

처음엔 몇 번이나 반들반들한 머릿장에서 미끄러졌다. 그러나 마침내는 몸을 뒤흔들며 꼿꼿이 일어설 수 있었다. 하반신이 불에 타는 듯 아팠으나, 그는 그것에 조금도 개의치 않았다. 그때 그는 가까이 있는 의자 뒷부분에 몸을 던졌다. 그 의자 뒷부분을 조그만 발들로 꼭 붙들었다. 그래서 그는 또 한 번 자기 자신을 조절할 수 있게 되었으며, 이윽고 입을 다물었다. 왜냐하면 그때 지배인의 말소리를 들을 수 있었기 때문이다.

"한 마디라도 알아들으셨습니까?" 지배인이 부모에게 물었다. "확실히 저희들을 놀리고 있는 것은 아니겠지요?"

"천만의 말씀입니다." 어느덧 어머니가 울상이 되어 말했다. "그애는 틀림없이 병이 중해요. 그런데 우리가 그애를 괴롭히고 있습니다. 그레테! 그레테!" 하고 어머니가 외쳤다.

"네!" 맞은편에서 누이동생이 소리를 쳤다. 그들은 그레고르의 방을 사이에 두고 이야기를 했다.

"빨리 의사한테 갔다오너라. 그레고르가 병이 났어. 빨리 의사를 불러와. 너 방금 그레고르가 말하는 소리를 들었느냐?"

"동물의 목소립니다." 어머니의 아우성에 비해서 매우 나지막한 목소리로 지배인이 말했다.

"안나! 안나!" 아버지는 문간방을 통해 부엌 쪽을 향해 손뼉을 쳤다. "빨리 열쇠 장수를 불러오너라!"

그때는 벌써 두 소녀가 치마자락 소리를 내면서 문간방으로 뛰어가고 있었다. 도대체 누이동생은 어떻게 그리 빨리 옷을 입었을까? 현관문이 열리는 소리가 났으나 닫히는 소리는 전혀 들리지 않았다. 큰 불행이 일어난 집에서 흔히 그렇듯이 문을 열어 놓은 채 내버려두었다.

그러나 그레고르는 훨씬 침착해졌다. 사실 자기에게도, 전보다도 훨씬 똑똑하다고 느끼는데도 불구하고 자신의 말을 전혀 알아들을 수가 없었다. 아마도 귀에 익은 탓인지도 모른다. 그러나 사람들은 벌써 그가 정상적인 상태가 아닌 것으로 생각하고, 그를 구원할 준비를 갖추고 있었다. 처음으로 지시가 내려지고 일이 적절하게 처리되었을 때, 믿음직하고 확고한 태도에 접한 사람처럼 그는 기분이 좋았다. 그는 다시 사람 축에 끼이게 된다는 것을 느꼈다. 그리고 의사와 열쇠 장수에 대해서는—이들을 확실히 분간하지도 못하면서—두 사람이 어떤 커다란 놀라운 성과나 비상수단 같은 것이라도 보여 주지 않을까 기대하고 있었다. 점점 다가오는, 운명을 결정지어 줄 얘기가 시작되기 전에 될 수 있는 대로 명확한 목소리를 내려고 그는 약간 밭은기침을 했다. 기침이 누그러들게 흐린 소리로 내려고 애를 썼다. 혹시나 사람이 기침소리와 다르게 들리지나 않을까 두려웠기 때문이다. 사실 그는 감히 그것을 판단할 자신이 없었다. 그러는 동안에 옆방은 고요해졌다. 아마 부모와 지배인은 책상 옆에 앉아서 귓속말로 이야기하거나, 모두들 문에 기대어 귀를 기울이고 있는지도 모른다.

그레고르는 천천히 의자를 방문 쪽으로 밀고 나아갔다. 거기에서 그는 의자를 떠나 방문을 향해서 몸을 던져 문을 붙들고 꼿꼿이 섰다. 그의 발바닥에서는 약간 끈적거리는 액이 분비되었다. 그는 과격한 운동과 긴장을 풀고 잠시 쉬었다. 그런 다음 입으로 열쇠 구멍의 열쇠를 돌리기 시작했다. 이가 하나도 없는 것이 유감이었다. 무엇으로 열쇠를 비틀면 될까? 이 대신 턱의 힘이 세다. 턱의 힘으로 열쇠를 돌릴 수 있었다. 그런데 그때 그는 어딘가 상처를 입은 듯했는데, 그것을 돌아볼 겨를도 없었다. 갈색의 액체가 입에서 흘러나와 열쇠 위를 흘러서 마루 위에 뚝뚝 떨어졌기 때문이다.

"좀 들어 보시오!" 지배인이 옆방에서 말했다. "열쇠를 돌리고 있습니다."

그 말이 그레고르의 원기를 북돋아 주었다. 그리고 모두들, 부모님까지도 '그레고르, 기운을 내라!'고 자기에게 성원을 보내 주었으면 하고 바랐다. '이봐, 힘을 내라. 열쇠를 꼭 붙들어!' 하고 외쳐 주면 얼마나 좋을까. 모든 사람들이 자기가 애쓰며 흥분해 있는 것을 긴장한 태도로 보고 있으리라고 생각하자, 그는 있는 힘을 다해서 정신없이 열쇠를 물고 매달렸다. 열쇠가 돌아가자 그의 몸도 그 주위를 빙빙 돌았다. 그때 그의 몸뚱이는 열쇠를 물고 꼿꼿이 서 있는가 하면 필요에 따라서는 열쇠에 매달리기도 하고, 또는 온몸의 무게로 위에서 내리누르기도 했다. 이윽고 찰칵하고 자물쇠가 열리는 맑은 소리에 그레고르는 제정신으로 돌아왔다. 숨을 돌리며, "열쇠 장수가 무슨 소용이 있어." 그는 이렇게 중얼거렸다. 그리고 문을 활짝 열어젖히려고, 문의 핸들 위에 고개를 올려놓았다.

이러한 방법으로 문을 열어야 했기 때문에 문은 이미 활짝 열렸지만, 그 모습은 가려져 있기 때문에 아직 밖에서는 보이지 않았다. 그는 우선 천천히 문의 판자를 따라서 바깥 쪽으로 돌아가야만 했다. 더구나 방안으로 들어가는 문 앞에 벌렁 나자빠져 있게 될 추태를 보이지 않기 위해서는 각별히 조심해야 했다. 그는 그때까지도 이런 어려운 동작에 마음이 쏠려서 다른 것에는 주의를 기울일 겨를도 없었다.

"오!" 하고 신음하듯 내뱉는 지배인의 커다란 목소리도 마치 바람이 지나가는 소리처럼 들렸다. 그러자 문 옆에 가장 가까이 서 있는 지배인의 모습이 보였다.

그는 주착없이 어물어물 뒤로 물러나기 시작했다. 어머니는 지배인이 와 있는데도 불구하고, 어젯밤부터 풀어헤친 머리를 손질하지도 못하고 서 있었지만, 두 손을 모으고 처음에는 그레고르 쪽으로 두어 걸음 걸어가서 느닷없이 쓰러지고 말았다. 그 바람에 그녀의 스커트가 사방으로 쭉 퍼졌다. 얼굴은 가슴속에 파묻혀서 전혀 보이지 않았다. 아버지는 증오에 가득 찬 표정으로 마치 그레고르를 방안으로 몰아넣으려고 하는 것처럼 주먹을 불끈 쥐었지만, 여러 사람이 있는 객실을 불안스럽게 두리번거리다가 두 손으로 눈을 가리더니 살찐 가슴을 들먹거리며 울기 시작했다.

그레고르는 저쪽 방안으로 들어갈 생각도 하지 못하고, 빗장이 질린 한쪽 문에 기대고 있었다. 그 때문에 그의 몸은 밖에서 반쯤 보이고, 그 위에 옆으로 갸우뚱 기울인 머리가 보일 뿐이었다. 그는 그런 자세로 여러 사람들을 엿보고 있었다. 그러는 동안에 주위가 환하게 밝아 왔다. 거리를 사이에 두고 저 건너편에서 우뚝 솟아 기다랗게 서 있는 거무죽죽한 건물—그것은 병원이었다—의 일부분이 뚜렷하게 나타났다. 거리에 면한 앞쪽에는 규칙적으로 나란히 창문이 뚫려 있었다. 아직도 비가 내리고 있었다. 하나하나 눈에 띌 만큼 커다란 빗방울이 한 방울씩 땅 위를 내려치는 것 같았다. 식탁 위에는 접시들이 가득 놓여 있었다. 아버지에게는 아침 식사가 하루 중에서 가장 중요한 식사였기 때문이다. 여러 가지 신문을 보시면서 식사를 히기 때문에 몇 시간이나 걸렸다. 바로 맞은편 벽 위에는 그레고르의 군대 시절 사진이 걸려 있었다. 육군 소위로 근무하고 있었을 때의 사진이며, 한쪽 손을 군도 위에 대고 거리낌 없는 미소를 띤 품이, 자기의 태도와 군복의 위엄에 대해서 경의를 표하라고 요구하는 듯이 보였다. 현관 옆 방으로 통하는 문이 열려 있었고, 또 현관 문도 열려 있었기 때문에 현관 앞에 있는 계단 입구가 내다보이고, 아래층으로 통하는 계단의 첫머리가 보였다.

"그런데……." 하고 그레고르는 입을 열었는데, 그가 그때 냉정한 태도를 유지할 수 있는 것은 오로지 자기 혼자뿐이라는 사실을 똑똑히 의식하고 있었다. "곧 옷을 입고 견본을 꾸려가지고 출발하겠습니다. 출발해도 괜찮겠습니까? 그런데 지배인님, 제가 고집이 센 것이 아니라, 일하기를 좋아하는 사람이라는 것을 아셨겠지요. 출장 여행은 참 괴롭습니다. 그러나 여행을 안하고는 살아나갈 수가 없을 겁니다. 지배인님, 대체 어디로 가십니까? 상점으로 가십니까? 그렇지요? 모든 일을 사실대로 보고하실 생각이지요? 지금 당장은 일할 능력이 없습니다만, 지금까지 일하던 업적을 생각하고 참작해 주신다면 지금의 불편한 점이 제거되는 경우에는 반드시 정신을 차리고 한층 더 부지런히 일하겠습니다. 지금이야말로 마음을 가다듬을 가장 좋은 시기니까요. 당신도 잘 아시다시피 전 사장님께 많은 신세를 졌습니다. 게다가 부모님과 누이동생도 걱정됩니다.

저는 곤란한 처지에 놓여 있습니다만, 머지않아서 그런 처지에서 벗어나 보겠습니다. 저를 전보다 더 불리한 입장에 빠지게 하진 마십시오. 상점에서는 제 편을 들어 주십시오. 누구나 외판원을 좋아하지 않는 것은 저도 잘 알고 있습니다. 외판원은 큰 돈을 벌어서 화려한 생활을 한다고 생각합니다. 사람들의 이러한 그릇된 생각을 고칠 수 있는 이렇다 할 두드러진 기회는 좀처럼 없을 겁니다. 그러나 지배인님, 당신은 다른 사원들보다도 상점의 실정을 더 잘 알고 계실 겁니다. 사장 자신보다도 당신이 더 사정을 잘 알고 계십니다. 사장은 기업주라는 독특한 직무상의 지위 때문에 자칫하면 자기 고용인에 대해서 불리한 판단을 내리기가 일쑤입니다. 당신도 잘 아시다시피, 거의 1년 365일을 상점 밖에서 돌아다니는 저희들 외판원이라는 직업은 뒷소문이나 뜻밖의 일이나 터무니없는 비난의 희생이 되기 쉬운 것입니다. 외판원은 그런 사실을 전연 모르기 때문에 이것을 막아낼 도리가 없습니다. 지칠 대로 지쳐서 여행을 마치고 집으로 돌아와서야 비로소 무엇인가 원인조차 알 수 없는 불쾌한 증세나 결과를 몸소 느끼는 형편입니다. 지배인님, 제발 떠나시기 전에 제 말씀이 적어도 어느 정도 옳다고, 한 마디라도 좋으니 시인해 주세요."

그러나 지배인은 그레고르의 첫마디 말을 듣자마자, 몸을 옆으로 돌려 버리더니 입술을 비쭉 위쪽으로 치켜올린 채 들먹거리는 어깨 너머로만 그레고르 쪽을 뒤돌아다볼 뿐이었다. 그레고르가 말하는 사이에도 가만히 있지를 못하고, 그레고르에게서 눈을 떼지 않은 채 현관 문 쪽을 향해서 뒷걸음질을 쳤다. 그러나 마치 방을 떠나서는 안 된다고 금지되어 있는 것처럼 그는 살금살금 뒤로 물러났다. 그리하여 어느덧 현관 입구 방에 이르렀다. 그리고 그는 재빨리 몸을 돌리며 마지막으로 거실에서 날쌔게 발을 뺐는데, 그 꼴을 목격한 사람이라면 그가 그 순간 발꿈치라도 불에 덴 것같이 생각했을 것이다. 현관 입구의 방에서 그는 마치 초지상적(超地上的)인 하느님의 구제의 손길이 자기를 기다리고 있다는 듯이 오른손을 계단 쪽으로 뻗을 수 있는 데까지 쭉 내밀었다.

그레고르는 이런 일 때문에 상점에 있어서의 자기의 지위가 극도로 위험하게 되는 것을 피하려면, 지배인으로 하여금 이와 같은 기분을 간직한 채 떠나게 해서는 절대로 안 된다고 깨달았다. 부모님은 모든 실정을 잘 이해하지 못했다. 부모님은 오래 전부터 그레고르가 이 상점에서 착실하게 일하면 평생동안 생활은 문제없이 보장된다고 확신하고 있었던 것이다. 그러나 지금 당장은 눈앞에 닥친 근심 때문에 골치가 아파서, 장래 일까지 생각할 마음의 여유가 없었다. 그러나 그레고르는 바로 그 장래의 일을 염려하였다. 지배인을 붙들어 놓고 마음을 가라앉혀 설득시킨 다음 그의 환심을 사지 않으면 안 된다. 그레고르와 가족의 장래는 바로 그 성패에 달려 있는 것이다.

이 자리에 누이동생이 있으면 좋겠다 싶었다. 누이동생은 영리했다. 그레고르가 아직 태연히 누워 있을 때, 누이동생은 오빠를 위해 울고 있었다. 여자들 앞에서는 맥을 못 추는 지배인이니까, 누이동생은 설복시킬 수도 있을 것이다. 누이동생이라면 현관 문을 꼭 닫고, 현관에서 지배인을 붙잡고 오늘의 놀라운 사건을 모두 해명하고 그의 마음을 무마시킬 수도 있을 것이다. 그러나 마침 이 자리에는 누이동생이 없었다. 그레고르 자신이 직접 일을 처리해야 했다. 현재 자기가 과연 몸을 움직일 수 있는 힘을 갖고 있을까가 미지수였을 뿐더러, 또 자기가 말한다고 하더라도 아마도 십중팔구 상대방이 알아듣지 못할 것이다. 그는 그런 점에 대해서는 도무지 생각지도 않고 갑자기 방문 옆을 떠나서 슬금슬금 문틈으로 몸을 내밀고 문지방을 넘어서 지배인 쪽으로 가려고 했다. 지배인은 그때 우스꽝스럽게도 현관 계단 난간에 두 손으로 꼭 매달려 있었다. 그러나 그레고르는 무엇인지 의지할 것을 붙잡으려고 허위적거리다가, 나직한 소리를 내면서 셀 수도 없이 많은 발들을 깔고 마루 위에 쓰러져 버렸다. 그러나 그렇게 쓰러지자마자 그는 오늘 아침 처음으로 육체적 쾌감을 느꼈다. 그는 발밑에 단단한 마루를 딛고 있었다. 그가 기쁘다고 생각한 것은 발들이 마음대로 잘 움직여 주었기 때문이었다. 그 발들은 적어도 자기가 가고 싶은 방향으로 가려고 애를 썼다. 조금만 참으면 모든 고통은 다 사라지고 건강도 완전히 회복될 것 같았다. 그가 무터대고 움직이려는 충동을 억지로 참고, 어머니에게서 가까운 바로 맞은편 바루 위에 몸을 흔들면서 누워 있을 때, 완전히 멍한 생각에 잠긴 것처럼 보이던 어머니가 갑자기 벌떡 일어나 두 팔을 쭉 뻗고 손가락을 다 편 채 소리를 쳤다.

"사람 살려요! 아이고 사람 살려요!"

마치 그레고르를 더 자세히 쳐다보려고 하듯이 머리를 옆으로 갸우뚱 기울였으면서도 그것과는 반대로 정신없이 뒤로 달아나 버렸다. 자기 뒤에 식사 준비가 갖추어진 식탁이 있는 것을 까맣게 잊어버리고 그 옆에까지 왔을 때, 자기도 모르게 그만 그 위에 뛰어올라 앉았다. 그리고 자기 옆의 뒤엎어진 큰 커피주전자에서 커피가 쏟아져 양탄자 위로 흘러내리는 것도 모르고 있었다.

"어머니, 어머니." 하고 그레고르가 낮은 소리로 부르며 어머니를 쳐다보았다. 그 순간 머릿속에는 지배인에 대한 생각은 없었다.

그는 흘러내리는 커피를 보자, 몇 번이나 입을 딱 벌리고 허공을 향해 핥아먹고 싶은 충동을 참지 못했다. 그때 또 어머니는 비명을 올리며 식탁에서 뛰어내려 도망을 치다가, 맞은편에서 달려온 아버지의 팔 안에 쓰러졌다. 그러나 그때 그레고르는 부모를 돌볼 겨를도 없었다. 지배인은 벌써 계단 위에 서서 턱을 난간 위에 올려놓은 채 마지막으로 뒤를 돌아다보았다. 그레고르는 될 수 있는 대로 꼭 지배인을 붙들려고 앞으로 달려갔다. 지배인은 벌써 눈치를 채고 한꺼번에 계단을 몇 계단 뛰어내려 사라지고 말았다. "후!" 하고 내뱉는 소리가 계단 밑에서 위에까지 울렸다.

지배인이 도망쳤기 때문인지, 그때까지 냉정한 태도

를 보이던 아버지가 갑자기 당황한 빛을 띠는 것 같았다. 왜냐하면 그의 태도를 보면, 스스로 지배인의 뒤를 쫓아가는 것도 아니고 그렇다고 그레고르가 그의 뒤를 따라가는 것을 막으려고 생각하는 것도 아니었기 때문이다. 아버지는 지배인이 모자와 외투와 함께 긴 의자에 내버려둔 지팡이를 들고, 윈손으론 탁자에서 신문을 들고 와 그것들을 휘두르고 발을 구르며 그레고르를 그의 방으로 몰아넣으려 했다.

그레고르가 아무리 애원해도 소용이 없었다. 그가 애원하는 말 따위는 통할 것 같지 않았다. 그는 그만 단념하고 머리를 돌리려고 했으나, 아버지는 점점 더 요란하게 발을 굴렀다. 몹시 추운데도 불구하고 어머니는 창문에 기대어 얼굴을 밖으로 쑥 내민 채 두 손으로 가리고 있었다. 그때 마침 골목길과 승강구 사이로 세찬 바람이 불기 시작하여 창문의 커튼을 날리더니, 책상 위의 신문 몇 장이 우수수 소리를 내면서 마루 위로 날아 떨어졌다. 아버지는 사정없이 그를 몰아넣으며, 마치 야만인처럼 크게 소리쳤다. 그러나 그레고르는 그때까지 뒷걸음질치는 연습을 해보지 못했기 때문에 동작이 느렸다. 만일 돌아설 수만 있었다면 곧 자기 방으로 돌아갔을 것이다. 그러나 몸을 돌리느라고 시간이 걸려서 그 때문에 아버지를 화나게 할까봐 두려웠다. 언제어느 때, 아버지가 손에 들고 있는 지팡이로 등이나 머리를 죽도록 때릴지 몰라서 벌벌 떨고 있었다. 그러나 아무래도 방향을 돌리지 않을 수 없었다. 왜냐하면 뒷걸음질치다가 방향을 바로 잡지 못하지나 않을까 두려웠기 때문이다. 그래서 그는 아버지 쪽을 불안스런 눈초리로 힐끔힐끔 쳐다보며, 될 수 있는 한 재빨리 방향을 돌리려고 했으나 사실 그 동작은 매우 느렸다. 그때야 비로소 아버지는 그의 착한 마음씨를 깨달았는지 그리 심하게 괴롭히지도 않고, 도리어 멀리서 지팡이 끝으로 이리저리 도는 방법을 가르쳐 주었다. 다만 듣기 싫은 아버지의 슛슛하는 소리만 없었으면 얼마나 좋았을까. 그 소리를 듣는 순간부터 그레고르는 머리가 어찔어찔 돌 지경이었다. 거의 다 돌아섰을 때 끊임없이 슛슛하는 듣기 싫은 소리에 정신이 헛갈려서 그만 방향을 잘못 잡아 너무 되돌아가고 말았다. 다행히 머리가 문 입구 앞에 닿았으나 그대로 문를 통과하기에는 몸집이 너무 뚱뚱하다는 사실을 깨달았다.

물론 그때 아버지의 정신 상태로는 충분히 들어갈 수 있는 길을 마련해 주기 위해서는 닫혀 있는 다른 문을 열어 주면 된다는 생각이 좀처럼 떠오르지 않았다. 될 수 있는 대로 빨리 그레고르를 자기 방안으로 몰아 넣으려는 생각만이 머리에서 떠나지 않았다. 그레고르가 똑바로 일어서기만 하면 문제없이 문를 통과하리라고 생각했지만, 그러기 위해서는 여러 가지 까다로운 절차가 필요했다. 그러나 아버지는 절대로 그것을 허락할 것 같지 않았다. 도리어 아버지는 그러한 장애는 생각지도 않고 이상한 소리를 내면서 기를 쓰고 앞으로 몰아댔다. 그때 그레고르 뒤에서 들려오는 소리는 아무리

들어 보아도 이 세상에 단 한 분밖에 없는 아버지의 목소리 같지는 않았다. 사실 그쯤 되고 보면, 벌써 장난이라고는 볼 수 없었다. 그레고르는 될 대로 되라는 듯이 문를 향해서 돌진했다. 몸 한쪽이 문틈에 끼여서 들리더니 방문 옆으로 비스듬히 쓰러졌다. 한쪽 옆구리가 스치면서 상처가 났기 때문에 하얀 문에 더러운 얼룩무늬가 묻었다. 그는 문틈에 꼭 틀어박혀서 혼자서는 그 이상 움직일 수가 없었다. 한쪽에 달린 발들은 허공에서 바르르 떨고 다른 쪽 발들은 마룻바닥에 짓눌려서 몹시 아팠다. 그때 아버지가 뒤에서 빠져나갈 수 있을 만큼 힘차게 밀었기 때문에 그는 피투성이가 되어 자기 방안으로 깊숙이 밀려 떨어졌다. 아버지가 지팡이로 방문을 탕하고 닫았다. 그러자 주위가 조용해졌다.

2

어두워질 무렵에야 비로소 그레고르는 실신 상태와 같은 괴로운 잠에서 깨어났다. 누가 건드리지 않아도 그 이상 더 오래 잘 수는 없었다. 그는 빠르게 걸어가는 발소리와 현관 방으로 통한 문이 조심스럽게 닫히는 소리에 잠을 깬 것처럼 느껴졌다. 가로등의 전깃불이 여기저기 천장과 가구 위를 푸르스름하게 비추고 있었나. 그러나 아래쪽 그레고르의 침대 부근은 어두웠다. 그때야 비로소 귀중하다고 느끼게 된 촉각으로 불안스럽게 더듬어 가며 어물어물 기어서, 무슨 일이 일어났나 알아보려고 방문 쪽으로 몸을 밀어갔다. 왼쪽 옆구리에서는 어딘지 기다란 상처가 불쾌하게 잡아당기는 것 같았다. 그래서 그는 두 줄로 달린 작은 발들을 번갈아 절름거리며 걸어야 했다. 아침에 사고가 났을 때 발 하나가 몹시 상했기 때문에―하여튼 발 하나만이 상했다는 것은 거의 기적이라고 할 수 있었지만―그 다리를 힘없이 질질 끌었다.

문 옆에까지 와서야 비로소 무엇이 자기를 방문께로 이끌었는가를 깨달았다. 그것은 어떤 음식물의 냄새였다. 거기에는 달콤하게 구미를 돋구는 우유가 가득 들어 있고, 그 위에 흰 빵 조각이 둥둥 떠 있는 양재기가 놓여 있었다. 너무나 기뻐서 그는 웃을 뻔했다. 아침보다도 훨씬 더 배가 고팠기 때문이다. 그는 곧 눈 위까지 잠기도록 머리를 우유 속에 처박았다. 그러나 그는 쓰라린 환멸을 느끼며 머리를 다시 들었다. 왼쪽 옆구리가 거북해서 먹기가 곤란했을 뿐더러―온몸을 숨가쁘게 허덕이며, 함께 움직이면 먹을 수는 있었지만―무엇보다도 평소에는 자기가 가장 좋아했던 음식이었기 때문에 아마 누이동생이 일부러 들여다 놓아 준 우유였겠지만, 전연 맛이 없었다. 너무나 먹기 싫어서 그는 양재기에서 몸을 돌려 방 한가운데로 기어 돌아왔다.

그레고르가 문틈으로 들여다보니 안방에는 가스등이 켜져 있었다. 이전 같으면 이맘때쯤 석간 신문을 아버지나 어머니가 누이동생에게 소리 높여 읽어 주었는데, 지금은 아무 소리도 들리지 않았다. 누이동생이 늘 자기에게 이야기도 하고 편지로 적어 보내기도 하였던 이 신문 낭독도 아마 이제는 폐지된 모양이었다. 그러나 틀림없이 아무도 집을 비우지는 않았는데 주위가 너무나 고요했다.

"어쩌면 이렇게도 조용히 지낼까?" 하고 그레고르는 혼잣말을 하고 가만히 눈앞의 어둠을 바라보면서, 자기가 부모나 누이동생을 위해 이렇듯 훌륭한 집에서 살림을 하도록 마련해 줄 수 있었다는 것을 무엇보다 자랑스럽게 생각하였다. 그런데 어째서 요즈음에 와서, 모든 평화와 행복과 만족이 공포감으로써 끝을 맺어야 한단 말인가? 이런 불길한 생각에 잠기지 않으려고 그레고르는 몸을 움직이며 방안을 이리저리 기어다녔다.

저녁때 오랜 시간이 흐르는 동안 한 번은 옆에 있는 문이, 또 한 번은 다른 쪽 문이 조금 열렸다가 닫혀졌다. 누가 방안으로 들어오려고 하면서도 망설였던 모양이었다. 그레고르는 주저하고 있는 손님을 어떻게 해서라도 안으로 끌어들이든가, 그렇지 않으면 적어도 그것이 누구인지 알아볼 작정으로 직접 문 옆에 착 붙어 섰다. 그러나 아무리 기다려도 소용이 없었다. 아침에 문이 잠겨 있을 때는 모두가 방안으로 들어오고 싶어했는데, 지금은 자기가 한쪽 문을 열어 놓고 또 다른 쪽 문들도 확실히 낮에는 열려 있었지만 아무도 들어오지 않고, 오히려 지금은 밖에서 잠그고 열쇠를 꽂아 두었다.

밤 늦게서야 비로소 거실의 전등불이 꺼졌다. 부모와 누이동생이 늦게까지 잠을 자지 않고 있었다는 것은 쉽사리 알 수 있었다. 왜냐하면 그때 세 사람이 모두들 발끝으로 사뿐사뿐 멀리 걸어가는 소리가 똑똑히 들려왔기 때문이다. 물론 다음날 아침까지 아무도 그레고르의 방안으로 들어온 사람은 없었다. 그래서 그는 자기 생활을 새로 어떻게 꾸몄으면 좋을까 하고, 방해도 받지 않고 조용히 생각해 볼 충분한 시간 여유가 있었다. 그러나 어쩔 수 없이 바닥에 벌렁 누워 있어야 할 높고 텅빈 방이 5년 동안이나 살아왔지만 왜 그런지 싫어지기 시작했다. 그리고 거의 무의식중에 몸을 돌려 소파 밑으로 기어들어갔으나, 부끄러움을 금할 수 없었다.

약간 등이 내리 눌리며 머리도 들 수 없었지만 곧 기분이 풀렸다. 다만 몸집이 너무 뚱뚱해서 소파 밑으로 쑥 들어갈 수 없는 것이 안타까웠다.

밤새도록 소파 밑에 누워서 때로는 반쯤 졸다가도 배가 고파서 깜빡 잠이 깨기도 하고, 때로는 걱정과 막연한 희망 속에 잠기며 하룻밤을 새웠다. 그러나 그러한 불안과 희망은 무엇보다도 냉정한 태도를 취하고, 꾹 참으면서 가족의 입장을 충분히 고려하여, 현재 자기의 상태로 인해서 필연적으로 일어나는 그들의 여러 가지 불쾌한 기분을 참을 수 있게 하는 데서 그쳤다.

아직 밝지도 않은 새벽녘에 그레고르는 자기가 막 마음먹은 결심을 시험해 볼 기회가 생겼다. 거실에서 이미 옷을 다 입은 누이동생이 방문을 열고 긴장된 표정으로 방안을 들여다보았다. 누이동생은 그를 곧 발견하지 못했다. 그러나 소파 밑에 있는 그를 발견했을 때—

아! 어디건 방안에 있을 수밖에 없지 않는가. 날아서 달아날 수도 없는 노릇이 아닌가—깜짝 놀라 질겁을 하며, 어쩔 줄 모르고 밖에서 다시 문을 닫아 버리고 말았다.

그러나 누이동생은 자기의 태도를 후회한 것처럼, 곧 다시 문을 열고 들어왔다. 마치 중환자 집이나 낯선 손님 옆에라도 있듯이 발꿈치를 들고 사뿐사뿐 들어왔다. 그레고르는 소파 가장자리까지 바싹 머리를 내밀고 누이동생을 쳐다보았다. 누이동생은 과연 자기가 우유를 마시지 않고 그대로 남겨 놓았는데, 그것을 눈치챌 것인가, 그것도 사실은 배가 고프지 않아서 남겨 놓은 것은 아닌데, 입에 맞는 다른 음식을 방으로 날라다 주었으면 얼마나 좋을까 하고 생각했다. 누이동생은 자진해서 갖다 줄 것 같지도 않을 뿐더러, 동생에게 그렇게 하도록 주의를 주어야 한다면 차라리 그만 그대로 굶어 죽으려고 생각했다. 사실은 소파 밑에서 기어나와, 누이동생 발밑에 몸을 던지고 어떤 맛있는 음식이라도 청하고 싶은 생각이 간절했다.

누이동생은 우유가 주위에 약간 흘러 있을 뿐, 아직 양재기 안에 그대로 남아 있는 것을 보았을 때 몹시 놀란 것 같았다. 누이동생은 곧 양재기를 들어올렸다. 맨손으로가 아니라 걸레 조각으로 들고 밖으로 나가 버렸다. 그레고르는 그 대신에 무엇을 갖다 주려나 하고 호기심에 끌려서 이것저것 상상해 보았다. 그러나 누이동생이 친절한 마음으로 가지고 온 것을 보았을 때, 그는 누이동생이 무슨 뜻에서 그랬는지 도무지 알 수 없었다.

누이동생은 오빠가 좋아하는 것을 시험해 보려고 여러 가지 음식을 골라 가지고 왔다. 그리고 그것을 낡은 신문지 위에 펴놓았다. 오래 되어서 썩어 가는 채소가 있는가 하면, 주위에 흰 소스가 말라붙은, 저녁 식사때 먹다 남긴 뼈도 있었다. 건포도와 아몬드가 몇 알, 이틀 전에 그레고르가 맛이 없다고 말한 치즈, 아무것도 바르지 않은 한 조각의 빵, 버터 바른 빵, 버터를 바르고 소금을 뿌린 빵, 이밖에 아마도 그레고르 전용으로 정해 놓은 듯한 사발에다 물을 떠다 주었다. 그러고 나서 자기 앞에서는 그레고르가 먹지 않을 것이라는 것을 재빨리 알아차리고 급히 나가 버렸다. 그리고 자기 마음대로 즐겁게 먹어도 좋다는 것을 그레고르에게 알리기 위해서 밖에서 열쇠까지 채웠다. 식사를 하려고 기어가는 그레고르의 조그만 발들이 꿈틀거렸다. 그의 상처는 어느덧 다 나아 버린 듯이 조금도 불편함을 느낄 수 없었다. 그것이 그를 놀라게 했다. 생각해보니 한 달도 넘었지만 칼에 손가락을 약간 베었는데, 엊그제까지도 매우 아팠었다.

'혹시 감각이 둔해진 건 아닐까?' 그는 이렇게 생각했다. 어느덧 몹시 기갈 들린 사람처럼 여러 가지 음식 가운데 우선 그의 구미를 바싹 당긴 치즈를 먹었다. 연달아 쉴 새도 없이 그리고 흐뭇한 나머지 눈물까지 흘리며, 치즈와 야채와 소스 등 차례로 먹어 치웠다. 신선한 음식은 맛이 없었다. 신선한 음식은 냄새조차 맡기

싫었다. 자기가 먹고 싶은 것들을 약간 옆으로 끌어갔다. 이윽고 먹을 것을 다 먹어 치우고 빈둥거리며 그 자리에 누워 있을 때, 누이동생이 천천히 열쇠를 돌렸다. 그것은 얌전히 제자리로 돌아가라는 신호였다. 그는 어느덧 스르르 잠이 들었지만, 그 소리에 깜짝 놀라시 다시 소파 밑으로 부랴부랴 기어들어갔다. 누이동생이 방안에 있기는 잠시 동안이었지만, 소파 밑에 들어가서 꾹 참고 있으려니 그것도 이만저만 힘드는 일이 아니었다. 왜냐하면 음식을 많이 먹고 몸집이 약간 뚱뚱해진 까닭에 좁은 소파 밑에서는 숨도 제대로 쉴 수가 없었기 때문이다. 그가 때로는 숨막힐 듯한 답답한 상태에서 툭 불거져 나온 눈으로 보고 있으려니, 아무 것도 눈치채지 못한 누이동생은 먹다 남은 찌꺼기뿐만 아니라 그레고르가 전연 손도 대지 않은 음식까지도 마치 그 이상 소용이 없다는 듯이 모조리 쓸어 모았다. 그러고 나서 그것들 성급히 통 속에 붓더니 나무 뚜껑으로 덮고 방 밖으로 들고나가 버렸다. 누이동생이 뒤로 돌아서자마자, 그레고르는 소파 밑에서 기어나와 사지를 쭉 뻗고 휘 하고 숨을 돌렸다.

그레고르는 매일 이렇게 식사를 했다. 한번은 아침에 부모와 하녀가 아직 잠을 자고 있을 때, 그 다음은 모두들 점심을 먹은 다음이었다. 왜냐하면 부모는 점심 식사 후에 낮잠을 자고 하녀는 누이동생의 심부름으로 장을 보기 위해 밖으로 나가고 없었기 때문이다. 이런 시간에 그에게 식사가 주어진 것을 보면, 결국 식구들이 그의 식사 때를 피하려고 마음먹었던 것은 사실이다. 물론 집안 식구들은 그레고르를 굶겨 죽이고 싶지는 않았지만, 아마 그레고르의 식사에 관해서는 누이동생의 말을 통해서 간접적으로 아는 것만으로 충분하다고 생각했던 모양이다. 또 누이동생도 사실 식구들이 진력이 나도록 많은 고생을 하고 있었기 때문에 가족의 슬픔을 덜어 주려고 마음먹었던 까닭이다.

첫날 아침에 의사와 열쇠 장수에게 뭐라고 말을 하며 집에서 돌려보냈는지 그레고르는 전연 알 수 없었다. 왜냐하면 아무도 그레고르가 하는 말을 이해할 수 없었기 때문에, 누구나 그레고르가 다른 사람들이 하는 말을 이해할 수 있으리라고는 생각하지 않았고, 그것은 누이동생 역시 마찬가지였다. 그래서 그는 누이동생이 자기 방에 들어왔을 때도 그녀가 가끔 한숨을 쉬거나 성자의 이름을 부르는 소리를 듣는 것으로 만족해야만 했다. 얼마 후 누이동생이 자기를 보살피는 일에 약간 익숙해졌을 때—완전히 익숙해지는 것은 결코 바랄 수 없었지만—때때로 친절한 말씨나 또는 친절하다고 해석되는 말을 들을 수가 있었다. 그레고르가 식사를 남김 없이 다 먹어치웠을 때, 누이동생은 "아! 오늘 식사는 맛있었나봐!" 하고 말했다. 그러나 반대의 경우에는— 그런 경우가 사실 점점 잦았지만—언제나 "아이고, 또 그대로 남겼네." 하고 쓸쓸한 표정을 지으며 말하기가 일쑤였다.

그러나 그레고르는 직접 새로운 소식은 하나도 들을

수가 없었기 때문에 늘 옆방에서 말하는 소리를 엿들었다. 그리고 옆방에서 말소리가 들려오기만 하면 즉시 그 방의 문 옆으로 달려가서 온몸을 문에 바싹 대는 것이었다. 특히 처음에는 설사 비밀 이야기라곤 하지만, 그에 대한 말이 화제의 중심이 되지 않을 때가 없었다. 이틀 동안은 식사를 할 때마다 어떻게 처리하면 좋을까 하고 상의하는 소리가 들렸다. 그러나 식사와 식사의 사이에도 언제나 같은 화제가 벌어졌다. 왜냐하면 사실 누구나 혼자서 집에 남아 있고 싶어하지 않았고, 또 어떠한 경우라도 집을 비워 둘 수도 없었기 때문에, 언제나 적어도 식구가 두 사람은 집에 남아 있었던 까닭이다. 하녀는 바로 첫날에―이 사건에 관해서 무엇을 얼마나 알고 있는지는 확실하지 않지만―곧 내보내 달라고 어머니에게 무릎을 꿇고 애원했다. 15분 후에 하녀가 작별인사를 할 때, 내보내 주는 것이 이 집에서 베풀어 준 가장 큰 은혜인 것처럼 눈물을 흘리며 감사하였다. 이쪽에서는 아무도 그녀에게 부탁하지 않았는데도, 이 일을 다른 사람에게는 절대로 말하지 않겠다고 엄숙히 맹세했다.

그리하여 누이동생은 어머니와 협력해서 요리를 만들지 않으면 안 되었다. 그러나 식구들은 누구나 거의 아무것도 먹지를 않았기 때문에 그다지 힘들지는 않았다. 식구들은 서로 식사를 권하지만 별 수 없었고, "고마워, 많이 먹었어."라든가 그와 비슷하게 대답하는 소리를 그레고르는 가끔 들었다. 술도 마시지 않는 것 같았다.

때로는 누이동생이 아버지에게 맥주를 들지 않겠느냐고
묻고, 누이동생이 직접 자기가 가져오겠다고 정답게 말
하는 소리가 들렸다. 아버지가 아무 대답도 하지 않자
누이동생은 아버지에게 쓸데없는 염려를 덜어 드리려고
생각한 모양이다. 그녀는 "그럼 문지기 할머니를 보낼
까요?" 하고 물었다. 그러나 이어서 아버지가 커다란
목소리로 "안 마신다니까." 하고 단호하게 대답했다. 그
래서 그 이야기는 그 이상 더 계속되지 않았다. 사건이
일어난 첫날에, 아버지는 어머니와 누이동생에게 모든
재산 상태와 앞날의 전망에 대해서 설명했다. 때때로
아버지는 탁자 옆에서 일어서서 작은 금고 속에서 증서
라든지 장부 같은 것을 꺼내왔다. 그 금고는 5년 전 사
업에 실패하여 파산했을 때 간신히 건져내 왔던 물건이
었다. 아버지가 그 복잡한 자물쇠를 열고 찾는 물건을
끄집어낸 다음에 다시 닫는 소리가 들렸다. 이와 같은
아버지의 설명은, 어떤 점에 있어서는 그레고르가 감금
생활을 시작한 이래 처음으로 들을 수 있는 흐뭇한 이
야기였다. 그레고르는 아버지의 사업이 파산 상태에 이
르렀으므로 아버지에게는 돈이라곤 한 푼도 남아 있지
않았으리라고 생각했었다. 적어도 아버지는 그에게 그
와 반대되는 말은 한 번도 한 일이 없었다. 그래서 그
레고르도 아버지에게 그 이상은 물어 보지도 않았었다.
그 당시 그레고르의 유일한 관심은 식구들을 절망 속에
빠뜨린 파산의 불행을 가족으로 하여금 될 수 있는 한
속히 잊어버리게 하는 데 있었으며, 이에 온갖 힘을 기

울였다. 그래서 그때 그는 맹렬히 일하기 시작하여 순식간에 일개 보잘것없는 점원에서부터 외판원까지 올라갔던 것이다. 외무를 맡아 보면, 다른 방법으로 돈을 모을 수 있고, 일을 한 결과가 수수료의 형식으로 즉시 현금으로 바꾸어졌다. 그 돈을 집으로 갖고 와서 탁자 위에 늘어놓고 식구들을 깜짝 놀라게도 하고 기쁘게도 하였다. 그때는 남부러울 것이 없었다. 그후에도 그레고르는 온 가족의 생활비를 부담할 만한 많은 돈을 벌었고 또 생계를 유지해 나갔지만, 적어도 그와 같이 찬란한 시절은 다시는 돌아오지 않았다. 가족이나 그레고르는 그것을 예사로 생각하여 식구들은 고마운 마음으로 돈을 받을 수 있었고, 그레고르도 기꺼이 돈을 내놓았다. 그러나 서로 각별히 따뜻한 감정은 오고가지 않았다. 물론 누이동생만은 아직도 그레고르와 가까웠다. 자기와는 달리 누이동생은 음악을 좋아했고 기특하게도 바이올린을 잘 연주했다. 그는 다음해에 누이동생을 음악학교에 보내려고 은근히 마음먹고 있었다. 물론 많은 비용이 들지만 그것은 걱정하지 않았다. 그 비용쯤은 다른 수단으로 벌어들일 수 있다고 생각했다. 그레고르가 며칠간 집에 머물러서 누이동생과 이야기할 때는 종종 음악학교 이야기가 나오곤 했다.

그러나 그것은 언제나 이루어질 수 없는 아름다운 꿈에 지나지 않았다. 부모들은 이런 순진한 이야기에 절대로 기뻐하지 않았다. 그러나 그레고르는 그 일에 대해서 확고한 신념을 가지고 있었고, 크리스마스 이브에

는 엄숙히 선언하려고 작정하고 있었다. 꼿꼿이 기대어
서서 이야기 소리에 귀를 기울이고 있는 동안에 현재의
자기 입장으로서는 아무 소용도 없는 이런 생각들이 주
마등처럼 머릿속을 스쳐갔다. 때로는 온몸이 노곤해져
서 엿듣고 있기가 힘들었으며, 자기도 모르는 사이에
문턱에 머리를 부딪히기도 하고 또다시 꼭 문을 붙드는
것이었다. 왜냐하면 그런 일로 인하여 생기는 작은 소
리도 곧 옆방에 있는 사람들에게까지 들렸고, 그때는
집안 사람들이 일제히 입을 다물어 버렸기 때문이었다.
　"또 무슨 짓을 하는구나." 하고 잠시 후에 아버지가 문
쪽을 향해서 분명히 말하였다. 그리고 난 다음에야 비로
소 끊어졌던 이야기가 차츰 다시 이어지는 것이었다.
　그레고르는 그런 대화를 자세히 들을 수가 있었다.
왜냐하면 아버지는 늘 자기의 설명을 되풀이했기 때문
이었다. 한편으로는 이런 일에 대해서 얘기해 본 것이
벌써 오래 전이었고, 또 한편으로는 어머니는 무슨 말
이건 첫마디에 곧 알아듣지 못했던 까닭이다. 그가 똑
똑히 들은 바에 의하면, 모든 불운한 일이 겹쳤음에도
불구하고 과거의 재산이 아직도 조금 남아 있었고, 그
동안에 손도 대지 않고 내버려둔 이자가 약간 불어나게
되었다는 사실이다. 그밖에도 그레고르가 매달 집에 벌
어온 돈도 전부 소비해 버리지는 않았다. 그레고르 자
신은 불과 2, 3굴덴밖에는 용돈으로 쓰지 않았기 때문
이다. 그래서 조그마한 밑천이라도 생겼던 것이다. 문
뒤에서 그레고르는 머리를 끄덕이며 열심히 듣고 있었

다. 그리고 기대하지 않았던 이와 같은 신중한 태도와 애써 절약하려는 마음씨가 기뻤다. 사실 이렇게 여분으로 남겨 놓은 돈만으로도 사장에게 빚진 아버지의 빚쯤은 갚아 버릴 수 있다. 그렇게 되었다면 그는 벌써 그러한 직장에서 발을 뺄 수 있었을는지도 모르겠다. 그러나 이렇게 되고 보니, 아버지의 행동이 집안의 행복을 위해서 훨씬 나았다는 것은 의심할 여지가 없었다.

그러나 돈을 모아 두었다고는 하지만, 그 이자로 가족을 먹여 살리기에는 너무나 보잘것없는 금액이었다. 아마 1년, 오래 가봤자 2년이나 살아 나갈까. 그 이상 버티기는 어려웠다. 즉, 그 돈은 애당초 손을 대서는 안 되고 만일의 경우를 생각해서 남겨놓아야 할 정도의 금액에 지나지 않았다. 그래서 생활비만은 꼬박꼬박 벌어야 했다. 사실 아버지는 몸은 건강하지만 이미 5년 동안이나 아무 일도 하지 못하였고, 게다가 생활에 그리 자신이 있는 것도 아니었다. 아버지는 지난날에 고생만 하고 보람없이 지내왔는데, 그가 평생 처음 얻은 이 5년간의 휴가 동안에 몹시 뚱뚱해지고 동작도 매우 둔해졌다. 그러면 늙은 어머니가 돈을 벌어야 할 텐데, 나이가 많은데다 천식을 앓고 있기 때문에 뜻대로 되지 않았다. 어머니는 집안을 잠시만 돌아다녀도 힘이 들어서 이틀에 한 번은 으레 숨쉬기가 곤란하여 창문을 열어 놓고 그 옆에 있는 소파 위에서 지내는 형편이었다. 그러니 누이동생이 돈벌이를 해야 할 텐데 그녀는 아직 열일곱 살 먹은 처녀니까, 전적으로 그녀에게 기댈 수는 없는 노릇이다. 그녀가 이제까지 해온 생활이란 옷이나 깨끗이 입고 잠이나 실컷 자고 집안일이나 도와주고, 때로는 값싼 구경이나 하러 다니고 무엇보다도 바이올린이나 켜며 지내오는 게 고작이었다면, 그녀는 돈벌기는 틀렸다. 옆방에서 돈이 필요하다는 이야기가 나올 때마다 그레고르는 가죽소파 위에 몸을 던지는 것이었다. 너무나 부끄럽고 서글퍼서 몸이 후끈 달았기 때문이다.

그는 밤새도록 잠을 이루지 못하고 소파 위에 누워서 오랫동안 가죽만 쥐어 뜯고 있을 때가 종종 있었다. 때로는 힘든 줄도 모르고 의자 하나를 창가로 밀어다 놓은 다음 창턱에 기어올라, 의자에 몸을 버티고 창에 기대어 전에 그가 창에서 밖을 내다보고 느꼈던 해방감을 되씹어 보기도 했다. 날마다 그렇게 바라보고 있으면, 조금 떨어져 있는 물건들도 점점 희미하게 보였기 때문이었다. 전에는 아침 저녁으로 보이던 맞은편 병원을 그는 지긋지긋하게 싫어했었지만 그것도 이제는 조금도 보이지 않았다. 그리고 만일 그가 한적하기는 하지만 어디까지나 도회지 같은 살로텐 거리에 살고 있다는 사실을 확실히 알지 못하고 있었더라면, 회색 하늘과 회색 대지가 서로 합쳐져서 지평선이 분간되지 않는 광야를 창에서 내다보고 있다고 생각했을는지도 모르겠다. 무슨 일에나 용의주도한 누이동생은 의자가 창가에 있는 것을 단지 두 번밖에는 발견하지 못했다. 그러나 누이동생은 방을 치우고 나면 번번이 의자를 창가에 밀어

놓고, 게다가 그때부터는 안쪽 창문까지도 열어 놓아 주었다.

그레고르는 누이동생과 말을 할 수 있고, 자기를 위해서 해주는 모든 일에 대해서 누이동생에게 감사를 할 수만 있다면 누이동생의 봉사를 훨씬 편한 마음으로 받아들일 수 있을 것 같았다. 그러나 그렇지 못했기 때문에 그레고르는 몹시 고민했다. 물론 누이동생은 될 수 있는 한 여러 가지 불쾌한 기분을 씻어 버리려고 애썼다. 시일이 오래 지날수록 누이동생도 점점 나아졌다. 그리고 그레고르 역시 시간이 경과함에 따라서 모든 일을 훨씬 정확하게 관찰하게 되었다. 누이동생이 들어오기만 해도 그는 쫙 소름이 끼쳤다. 그전 같으면 그레고르의 방을 아무에게도 보이지 않으려고 온갖 주의를 다 하던 누이동생도 방안에 들어서자마자 문을 닫을 겨를도 없이 곧장 창가로 뛰어가서 마치 숨이라도 막힌다는 듯이 성급히 창문을 열어젖히고, 설사 제아무리 추운 날이라 할지라도 잠시 창가에 서서 심호흡을 하는 것이었다. 누이동생은 이처럼 하루에 두 번씩 돌아다니며 수선과 소란을 떨어 그레고르를 놀라게 했다. 누이동생이 방안에 있는 동안 그는 언제나 소파 밑에서 떨고 있었다. 물론 누이동생이 자기가 거처하는 이 방안에서 창문을 닫은 채 있을 수만 있었다면, 자기를 이런 일로 괴롭히지는 않을 것이라는 사실을 그는 잘 알고 있었다.

그레고르가 변한 지 한 달이 지난 어느 날이었다. 이제 더이상 누이동생은 그레고르의 모습을 보고 놀랄 아무런 이유도 없었다. 언젠가 누이동생이 다른 때보다도 일찍 왔기 때문에 그녀는 그레고르가 창밖을 내다보고 있는 현장에서 옴짝달싹 못하고 그냥 까무러치게 질겁하면서 그와 마주쳤다. 그레고르는 자기가 창가에 서 있어서 누이동생이 창문을 여는 데 방해가 되었기 때문에 설사 누이동생이 방안에 들어오지 않았다 하더라도 이상하게 여기지는 않았을 것이다. 그러나 누이동생은 들어오지 않았을 뿐만 아니라 뒤로 물러서며 문을 닫았다. 모르는 사람은 아마 그레고르가 누이동생을 기다리고 있다가 물어뜯으려 했을 것이라고 생각했을지도 모른다. 물론 그레고르는 곧 소파 밑에 숨어 버렸다. 그러나 아무리 기다려도 누이동생은 점심때까지 나타나지 않았다. 그리고 누이동생은 점심때도 다른 때보다 훨씬 불안스러운 듯이 보였다. 자신의 추한 꼴을 본다는 것은 누이동생으로서는 여전히 참을 수 없는 일이며, 앞으로도 그럴 것이라고 누이동생의 태도를 보고 그는 짐작할 수 있었다. 소파 밑에서 불쑥 나와 있는 자기의 몸뚱이의 일부를 힐끗 보고도 도망치지 않는 것은 누이동생이 어지간히 참고 있는 것이라고 그는 생각했다. 누이동생에게 이러한 자기 모습을 보여 주지 않으려고 그는 어느 날 자기 잔등에다―이 일에 네 시간이나 걸렸지만―홑이불을 지고, 소파 위에 날라다 놓은 다음, 자기 몸이 다 가려질 수 있도록 홑이불을 정돈하였다. 그리하여 누이동생이 아무리 몸을 굽히고 들여다본다 해도 보이지 않도록 꾸며 놓았다. 만일 홑이불을 뒤집어쓰는 것이 쓸데없는 일이라고 생각되면 그때 누이동생은 걷어치워 버릴 것이다. 왜냐하면 그레고르가 재미삼아 몸을 숨기는 것이 아니라는 것쯤은 누이동생도 잘 알고 있기 때문이다. 누이동생은 홑이불을 먼저 놓인 대로 내버려두었다. 그레고르가 언젠가 누이동생이 이 새로운 설비를 어떻게 생각하나 살펴보려고 머리로 홑이불을 약간 들치고 바라보니 누이동생은 감사의 뜻이 어린 눈초리로 힐끗 자기를 쳐다보는 것처럼 느껴졌다.

처음 두 주일 동안 부모는 감히 그의 방에 들어오지 못했다. 그러나 이제 와서는 부모가 누이동생의 지금 하는 일을 매우 칭찬하는 소리를 언뜻 들었다. 이제까지 누이동생은 그들에게 쓸데없는 계집애라고 생각되었으며, 그들은 누이동생에 대해서 화만 냈던 것이다. 그러나 이제는 누이동생이 그레고르의 방안에서 청소하는 동안에 아버지와 어머니는 방 앞에서 기다리고 있었다. 그러다가 누이동생이 방에서 나오면 곧 방안이 어떻게 되어 있는가, 그레고르가 무엇을 먹었는가, 다소 나아가는 징조가 보이는가 하는 점에 대해서 누이동생은 부모에게 자세히 설명하지 않으면 안 되었다. 그래서 어머니는 머지않아 그레고르를 방문하려고 했으나, 아버지와 누이동생은 우선 합당한 이유를 내걸고 어머니를 말리곤 했다. 그 이유는 그레고르도 조심해서 듣고 지당한 일이라고 생각했다. 그러나 어머니가 끝내 고집을 부리자 나중엔 어머니를 억지로 붙들었다.

그때 어머니는 큰 소리로 외쳤다. "그레고르에게 가

게 해줘요. 뭐라 해도 그는 불행한 내 아들이에요. 도대체 가봐야 된다는 걸 왜 알아 주지 못하죠?” 그런 때 그레고르는 물론 매일이 아니고 한 주일에 한 번만이라도 어머니가 들어와 주었으면 좋겠다고 생각했다. 뭐니뭐니해도 어머니는 누이동생보다도 모든 일을 훨씬 더 잘 이해하고 있다. 한편 누이동생은 확실히 대담하지만 아직도 어린애니까, 아마도 어린애처럼 가벼운 기분으로 이런 힘든 일을 맡게 되었을 것이다.

어머니를 보고 싶은 그레고르의 소원은 곧 이루어졌다. 그는 낮에는 부모를 염려해서 창가에 나타나지 않았다. 그러나 2, 3제곱미터밖에 안 되는 방바닥을 기어다녀 봤자 별 수 없었고, 가만히 누워 있자니 밤 사이만 하더라도 괴로움을 느낄 정도였다. 식사에 대해서도 흥미를 잃어버렸기 때문에 그는 끊임없이 벽이나 천장을 가로 세로, 아래위로 기어다니면서 기분을 전환시켜 보려고 애썼다. 특히 천장에 매달리기를 좋아했다. 방바닥에 누워 있는 것과는 전연 다른 기분이었다. 숨도 자유롭게 쉴 수 있고 온몸에 가벼운 진동이 일었다. 그는 천장에 매달려 매우 흐뭇한 기분으로 방심 상태에 빠져서 발을 떼어, 방바닥에 철썩 떨어지며 스스로 깜짝 놀라는 일도 있었다. 그러나 이제는 전과는 달리 사실 자기의 몸을 자유자재로 움직였기 때문에, 이처럼 높은 곳에서 떨어져도 다치는 일은 없었다. 누이동생은 그레고르가 혼자서 고안한 이 새로운 취미를 곧 알아봤다. 그는 기어다닐 때 여기저기 찐득찐득한 점액의 발자국을 남겨놓았다. 그래서 누이동생은 그레고르가 될 수 있는 대로 넓은 데서 기어다닐 수 있도록 방해가 되는 가구들을—무엇보다도 우선 머릿장과 책상을—치워 버리려고 마음먹었다. 그러나 이런 일을 혼자서 할 수는 없었다. 아버지에게는 감히 도와 달라고 청할 수도 없었고, 사실 하녀도 도와줄 것 같지 않았다. 열여섯 살 난 이 하녀는 전의 식모가 나간 후로는 모든 일을 도맡아서 끈기 있게 참아 왔던 것이다. 그리고 부엌은 늘 꼭 잠가 두고, 다만 특별한 용무로 주인이 부를 때만 문을 열겠다고 미리부터 허가를 받아 놓았기 때문이다. 그래서 언젠가 아버지가 안 계실 때 어머니를 불러오는 수밖에 없었다. 어머니는 기뻐서 어쩔 줄 모르고 떠들면서 달려왔다. 그러나 그레고르의 방 앞에서 목소리가 뚝 그쳤다. 우선 누이동생이 방에 있는 모든 것이 제대로 정돈되어 있나 살펴보고 나서야 비로소 어머니를 방 안으로 안내했다.

그레고르는 부랴부랴 홑이불을 깊숙이 뒤집어쓰고, 더 많이 주름을 지어 보였기 때문에 사실 그 홑이불 전체가 단지 우연히 소파 위에 던져진 것처럼 보였다. 그레고르는 이번에도 홑이불 밑에서 내다보고 싶은 충동을 꾹 눌렀다. 어머니의 얼굴이 보고 싶었으나 그만 단념하고 말았다. 어머니가 와준 것만도 그저 기쁠 따름이었다.

"들어오세요. 오빠는 보이지 않아요." 누이동생은 이렇게 말했다. 분명히 어머니의 손을 잡아 끌어들이는 모양이었다. 연약한 여자 두 사람이 무거운 머릿장을 이제까지 놓였던 자리에서 밀어 옮기는 소리가 들렸다. 누이동생이 거의 일을 도맡아 하였기 때문에 너무 무리해서는 안 된다고 어머니는 염려되는 듯이 몇 번이나 주의를 했지만, 누이동생은 듣지 않는 것 같았다. 꽤 시간이 걸렸다. 15분이나 일을 계속하고 나서 어머니가 말했다.

"이 머릿장은 여기 그대로 남겨 두는 것이 좋을 뻔했구나. 우선 너무 무거워서 아버지가 돌아오시기 전에는 일을 끝낼 수 없을 것 같고, 또 이 머릿장을 방 한가운데 그냥 놓아 두면 그레고르가 다니는 데 걸리적거려서 방해가 될 것 아니니? 그리고 가구들을 죄다 치워 버렸다고 해서, 과연 그레고르가 좋아할는지 어떤지는 확실히 모르지 않니? 차라리 그 전대로 놓아 두는 것이 좋을 것 같다. 머릿장을 치우고 텅빈 벽을 보니, 어쩐지 마음이 허전해서 견딜 수 없구나. 그리고 그레고르는 오랫동안 이 가구들에 정이 들었을 테니, 방안이 텅비게 되면 틀림없이 쓸쓸해할 거야. 그러니 이래서는 안 되겠지?"

어머니는 속삭이듯 낮은 목소리로 말했다. 그레고르가 어디 숨어 있는지, 그에게 자기 목소리가 들리지나 않을까 염려되는 것처럼 속삭였다. 어머니는 그레고르가 사람의 말을 알아들을 수 있으리라고는 꿈에도 생각지 못하는 것 같았다.

"그러니 가구를 치워 버리면 우리들은 그애의 병세가

나아진다는 것을 완전히 단념하고, 그애를 돌봐 주지도 않고 혼자 내버려두는 셈이 되지 않을까? 방은 전과 같은 상태대로 놓아 두는 것이 가장 좋을 것 같은데, 네 생각은 어떠냐? 그러면 그레고르가 병이 다 나아서 사람으로 되돌아왔을 때 방안이 전과 변함이 없으면 그동안의 일을 훨씬 잊어버리기 쉬울 게 아니냐?"

그레고르는 이러한 어머니의 말을 들었을 때, 자기가 직접 사람의 말을 하지 못하고 가족들 사이에서 단순하고 지루한 생활에 얽매여 두 달이 지나는 동안에 틀림없이 어딘가 돌았다는 것을 깨달았다. 왜냐하면, 방이 비기를 진심으로 바란다는 것은 머리가 돌았다고 설명할 수밖에는 다른 도리가 없었기 때문이다. 가구를 모조리 치워 버린 빈 방이면 물론 자유롭게 사방으로 기어다닐 수는 있지만 그와 동시에 자기는 곧 인간으로서의 과거를 완전히 잊어버리게 될 것이다. 대대로 물려받은 가구가 기분좋게 놓여 있는 아늑한 자기 방을 동굴로 변하게 하려는 생각이 난단 말인가? 사실 지금은 자기의 과거를 거의 잊어버리게 되지 않았는가? 다만 오랫동안 듣지 못했던, 어머니의 목소리가 그의 마음을 뒤흔든 것이 아닌가? 역시 하나도 치워서는 안 되겠다. 전부 그대로 두어야겠다. 그러한 가구가 현재 자기의 상황에 미치는 좋은 영향을 없애서는 안 되겠다. 그리고 가구가 있기 때문에 쓸데없이 기어다니는 데 방해가 된다고 하더라도, 결국 그것은 자기에게 이익은 될망정 해는 되지 않을 것이다.

그러나 누이동생의 생각이 그렇지 않으니 섭섭하다. 그레고르의 문제가 논의될 때 누이동생은 으례 소식통으로 간주되었으며, 특히 그의 사정을 아는 데는 부모들보다 훨씬 나았던 것이다. 누이동생이 그렇게 자부한 것도 이유가 없는 것도 아니었다. 그래서 누이동생이 처음에는 머릿장과 책상만 치워 버리려고 생각했던 것이 어머니의 그러한 충고를 듣고서는, 그것뿐만 아니라 없어서는 안 될 소파만 두고 나머지 가구들은 모조리 치워 버리자고 고집을 부리려는 충분한 근거가 되었다. 누이동생이 이렇게 요구하고 주장을 내세우게 된 것은 물론 어린 처녀의 반항심이거나, 요즈음 뜻밖에도 자기가 알기 어려운 가운데서도 갖게 된 자부심의 탓만은 아니었다. 누이동생은 그레고르가 기어다니려던 넓은 공간이 필요하고, 그와 반대로 누가 보더라도 명백한 것처럼 가구들은 전혀 소용없다는 사실을 정말로 잘 알고 있었다. 아마도 그 나이의 처녀들이 가질 수 있는 열광적인 경향도 크게 작용하고 있었을 것이다. 그러한 경향은 기회가 있을 때마다 만족을 찾고 있는 것이다. 그래서 그 경향은 이번에도 그레테를 유혹해서 이제까지보다 더 그레고르에게 봉사할 수 있게 한답시고 그레고르의 입장을 한층 비참하게 만들려는 것이었다. 왜냐하면 텅비어 있는 방에 그레고르만이 혼자였다면 그레테 이외에는 감히 그의 방안으로 들어오려는 사람은 없을 것이기 때문이었다.

그래도 누이동생은 어머니의 충고로 자기의 결심을

번복시키려고 하지 않았다. 어머니는 이 방안에 있는 것만으로도 어쩐지 불안스럽게 보였다. 어머니는 곧 입을 다물고 아무 말도 하지 않더니, 머릿장을 밖으로 내놓으려는 누이동생을 도와 주었다. 그런데 할 수 없는 경우에 머릿장은 없어도 그냥 지낼 수 있지만 책상만은 남겨 두어야 했다. 그리하여 여자 두 사람이 헐떡거리며 머릿장을 밀고 방을 나가자마자 그레고르는 소파 밑에서 머리를 내밀었다. 그리고 어떻게 하면 자기가 신중하고 될 수 있는 대로 조심스럽게 일에 간섭할 수 있을까, 생각하면서 주위를 살펴보았다. 그러나 불행히도 어머니가 먼저 방으로 돌아왔다. 그레테는 옆방에서 머릿장에 매달려 혼자 이리저리 흔들고 있었다. 물론 그렇다고 머릿장을 제자리에서 움직이지도 못했다. 그러나 어머니는 그레고르의 모습을 눈 익혀 본 일이 없었기 때문에 하마터면 까무러칠 정도로 놀랐다. 당황한 나머지 그레고르는 재빨리 소파의 다른 편 모퉁이로 뒷걸음질쳤는데 그때 테이블 앞쪽이 약간 움직였으나 그건 어쩔 수 없는 노릇이었다. 그것만으로도 어머니의 주의를 돌리기에 충분했다. 어머니는 그걸 보고서 멈칫하더니, 순간적으로 가만히 서 있다가 갈피를 못 잡고 옆방에 있는 그레테에게로 되돌아갔다.

그레고르는 별다른 일이 생긴 것도 아니고 단지 서너 개의 가구를 옮길 뿐이라고, 몇 번이고 자기 자신에게 타일렀다. 그런데도 불구하고 여자들이 드나드는 소리와 나직하게 부르는 소리, 마룻바닥에서 가구가 찍찍

끌리는 소리가 섞여서—곧 그레고르 자신도 인정하지 않으면 안 되었던 것처럼—그는 마치 사방에서 밀려 닥쳐오는 커다란 소동과 같은 무서운 인상을 받았다. 이윽고 그는 될 수 있는 대로 머리와 발을 움츠리고, 몸을 마룻바닥에 붙이고 있었으나 더이상은 참을 수 없다고, 혼자서 비명을 울리지 않을 수 없었다. 자기가 좋아하는 모든 것을 빼앗아가고 있었다. 수공용 실톱과 그 밖의 모든 도구들이 들어 있는 머릿장을 벌써 밖으로 내놓았다. 다음으로 그들은 이미 마룻바닥에 꼭 박혀 있는 책상을 흔들고 있었다. 그는 그 책상에서 상과 대학생으로서, 중학생으로서, 아니 그보다 훨씬 전에는 초등학교 아동으로서 숙제를 한 적이 있었다. 사태가 이쯤 되고 보니, 이미 그로서는 두 여자들이 가지고 있는 좋은 의도를 음미해 볼 여유조차 없었다. 사실 그들이 그 자리에 있다는 것조차 잊어버리고 있었다. 이미 지칠 대로 지친 두 여자들은 아무 말도 없이 일에만 열중하고 있었기 때문에 그들이 무겁게 발을 구르는 소리만이 들릴 뿐이었다.

그는 후딱 소파 밖으로 기어나왔다. 어머니와 누이동생은 숨을 돌리기 위해서 마침 옆방에서 책상에 기대어 있었다. 우선 어디로 갈까 망설이다가 네 번이나 기어가는 방향을 바꿨다. 사실 무얼 남겨 놓아야 할지 자기도 분간할 수 없었다.

그때 이미 텅빈 벽에 걸린, 온통 털가죽옷을 몸에 두른 뚱뚱한 여인의 그림 하나가 유난히 눈에 띄었다. 그는 재빨리 기어올라가서 유리 위에 몸을 붙였다. 유리에 몸이 꼭 닿았기 때문에, 후끈거리던 배가 시원해서 기분이 좋았다. 그레고르가 온몸으로 가리고 있는 이 그림만은 적어도 아무에게도 빼앗기고 싶지 않았다. 그는 여자들이 돌아오는 것을 살피기 위해서 거실로 통하는 응접실의 문 쪽으로 머리를 돌렸다.

그들은 오랫동안 쉴 사이도 없이 곧 다시 돌아왔다. 그레테는 어머니의 몸에 한쪽 팔을 감았는데, 거의 껴안는 듯한 자세였다.

"자, 그러면 이번엔 무엇을 치울까요?" 그레테가 이렇게 말하고 두리번거렸다. 그때 그레테의 시선과 벽에 붙어 있는 그레고르의 시선이 마주쳤다. 아마도 누이동생은 어머니가 바로 옆에 있었기 때문에 자신을 억제하려고 애쓰는 모양이었다. 어머니가 주위를 돌아다볼 수 없도록 고개를 어머니에게로 숙이고 온몸을 떨면서 분별 없이 말했다.

"가세요. 잠깐 동안 안방으로 돌아가요." 그레테의 의도는 그레고르도 잘 알았다. 어머니를 안전하게 모셔놓고 그 다음에, 자기를 벽에서 쫓아내리려고 하는 것이다. 자, 마음대로 해보라지! 그는 그림 위에 달라붙은 채로 그림을 내주지 않았다. 그림을 빼앗길 바엔 차라리 그레테의 얼굴에 뛰어내리려고 했다. 그러나 그레테의 말은 도리어 어머니의 마음을 불안하게 했다. 어머니는 옆으로 비켜서더니, 꽃무늬 벽지 위에서 커다랗고 누런 반점을 발견하고 그것이 그레고르라는 것을 확실히 깨닫기도 전에 거칠고 날카로운 소리로 외쳤다.

"아이구머니! 아이구머니!" 어머니는 두 팔을 짝 벌리고 절망한 듯이 소파 위에 쓰러지더니 그만 옴짝달싹도 못했다.

"어머나, 오빠!" 누이동생은 주먹을 휘두르고 날카로운 눈초리로 쏘아보면서 이렇게 외쳤다. 이 말은 그가 변신한 이래, 누이동생이 그에게 직접 말한 첫마디였다. 누이동생은 어머니의 정신을 차리게 할 수 있는 각성제를 찾으려고 옆방으로 뛰어갔다. 그레고르도 도와주고 싶었다.—그림은 구해 낼 수 있었다.—그러나 그는 유리에 착 달라붙어 있었기 때문에 억지로라도 몸을 떨어지게 하지 않으면 안 되었다. 그러고 나서 자기도 옆방으로 뛰어갔다. 전과 같이 누이동생에게 어떤 충고라도 해줄 수 있을 것 같았다. 그러나 막상 당하고 보니 충고는커녕, 누이동생 뒤에 우두커니 서 있을 수밖에 없었다. 누이동생이 여러 가지 병 속을 휘젓고 있다가 뒤를 돌아다보았을 때 또 한 번 깜짝 놀랐다. 병 하나가 마루에 떨어져서 산산조각이 났다. 깨뜨려진 조각 하나가 그레고르의 얼굴에 상처를 입혔다. 어떤 부식제 같은 약물이 그의 몸에 흘러내렸다. 그레테는 이번엔 조금도 우물쭈물하지 않고 될 수 있는 대로 여러 개의 병을 손에 들고 어머니에게로 뛰어들어갔다. 문을 발로 탕 하고 닫았다. 이리하여 그레고르는 어머니에게서 차단된 것이다. 어머니는 아마도 그레고르의 잘못으로 빈사 상태에 빠진 것 같았다. 문을 열어서는 안 되며 누이동생은 어머니 옆에 붙어 있어야만 했다. 자기가 들어감으로써 누이동생을 쫓아내고 싶지는 않았다. 그는 그대로 기다리는 수밖에 다른 도리가 없었다.

그는 마음의 가책과 근심에 못 이겨서 이리저리 기어 다니기 시작했다. 벽과 가구와 천장을 가로 세로 기어 다녔다. 어느덧 방 전체가 자기 주위에서 빙글빙글 돌기 시작했을 때, 드디어 절망한 나머지 큰 책상 위에 보기 좋게 떨어지고 말았다.

시간이 흘렀다. 그레고르는 힘없이 누워 있었다. 주위는 고요했다. 아마도 좋은 징조일 것이다. 그때 초인종이 울렸다. 물론 하녀는 부엌에 틀어박혀 있었기 때문에, 그레테가 문을 열러 나가야 했다. 아버지가 돌아오신 것이다.

"무슨 일이 있었니?" 이것이 그의 첫마디 말이었다. 그레테의 표정을 보고 모든 것을 알아챈 모양이었다.

그레테는 아버지의 가슴에 얼굴을 파묻고, 어물어물 이렇게 대답했다. "어머니가 기절하셨어요. 그러나 이젠 괜찮아요. 글쎄 그레고르가 기어나왔지 뭐예요."

"내 그럴 줄 알았다." 아버지가 말했다. "내가 늘 말하지 않더냐. 그래도 엄마와 너는 듣지 않으려 하니 이꼴이지."

그레고르는 아버지가 그레테의 너무나 간단한 보고로 나쁜 인상을 받아, 자기가 어떤 난폭한 짓을 저질렀다고 오해했다는 사실을 확실히 알아차릴 수 있었다. 그래서 그레고르는 우선 아버지의 마음을 가라앉히려고 시도해 보았다. 아무튼 아버지에게 사정을 설명할 시간 여유뿐만 아니라 그런 가능성조차 없었기 때문이다. 그 래서 그는 자기 방문 옆으로 재빨리 달려가서 문에다 몸을 착 붙이고 기댔다. 그렇게 함으로써 아버지는 현 관 방에서 여기로 들어오자마자 그레고르가 자기 방으 로 곧 돌아가려는 착한 생각을 갖고 있으니 그를 쫓아 보낼 필요도 없으며, 단지 문을 열어 주기만 하면 자기 방으로 사라져 버릴 것이라는 사실을 쉽사리 알아차릴 것이다. 그레고르는 그렇게 생각했다.

그러나 아버지는 이러한 생각을 이해할 만한 기분이 되어 있지 않았다. 아버지는 방안으로 들어서자마자, 마치 격분한 것 같으면서도 탄식하는 것 같은 목소리 로, "아!" 하고 외쳤다. 그레고르는 머리를 문에서 돌려 아버지 쪽을 쳐다보았다. 지금 자기 앞에 서 있는 그러 한 모습의 아버지는 이제껏 상상조차 해본 적이 없었 다. 특히 최근에 와서는 이리저리 기어다니기에 정신이 팔려서 전과 같이 집안에서 일어나는 사건에 대해 관심 을 두는 것을 게을리하고 있었다. 사실 전과 다른 사정 에 부닥쳐도 그리 당황하거나 놀라지는 않았을 것이다. 그런데 아버지가 지금 웬일일까? 저분이 전에 그레고리 가 상점 일로 여행을 떠날 때, 피로해서 침대에 푹 묻 혀 누워 계시던 바로 그 아버지란 말인가. 또 그가 저 녁에 돌아올 때면 잠옷을 입은 채 안락의자에 앉아서 자기를 맞아 주시던 바로 그 아버지란 말인가. 또 아버 지는 잘 일어서지도 못하고 반갑다는 표시로 두 팔만 쳐들고 맞아 주셨다. 1년에 서너 번, 일요일이나 큰 축제 날에 어쩌다가 가족과 함께 산보를 할 때는, 그렇지 않아도 걸음이 느린 그레고르와 어머니 사이에 끼여서, 그보다 더 느린 속도로 발자국을 옮겼다. 그때 그는 낡은 외투를 몸에다 두르고 언제나 조심스럽게 지팡이를 짚으며 걸어갔고, 어떤 말이라도 하려면 거의 언제나 걸음을 멈추고 함께 따라가는 가족을 자기 가까이 불러 모으시던 그러한 아버지가 바로 이분이란 말인가? 그런데 아버지는 지금 꼿꼿이 바로 서 있었다. 마치 은행 직원들이 입고 있는 옷처럼 노란 금단추가 달려 있는 팽팽한 파란 빛깔의 정복을 입고 있었다. 상의의 높고 빳빳한 칼라 위에는 불룩하게 두 겹으로 군 턱이 내밀려 있었다. 총총하고 짙은 눈썹 밑에서 까만 눈동자가 생기 있고 조심스럽게 빛나고 있다. 전에는 거칠하고 텁수룩했던 흰 머리칼이 단정하게 가리마를 타서 빗어 내려온 듯 머리에 착 붙어서 번지르르하게 빛을 내고 있었다. 아버지는 제모를 내던졌다. 노란 금실로 큰 글자가 수놓여진 것으로 미뤄 보아, 아마도 은행 마크에 틀림없었다. 제모는 방안을 아치형의 선을 그으면서 소파 위에 떨어졌다. 아버지는 기다란 제복 상의의 옷자락을 활짝 뒤로 젖히고, 두 손을 바지 호주머니에 넣은 채, 못마땅한 듯이 상을 찌푸리고는 그레고르를 향해서 걸어왔다. 아버지가 여느 때와는 달리 번쩍번쩍 발을 들며 걸어왔을 때 그레고르는 넓은 장화 바닥을 보고 깜짝 놀랐다. 그러나 그레고르는 가만히 있지는 않았

다. 그는 자기의 새 생활이 시작된 첫날부터, 아버지가
자기에게 아주 엄격하게 대하는 것만이 적당하다고 생
각하고 있다는 사실을 잘 알고 있었다. 그래서 그는 아
버지가 다가오면 쫓기듯이 달아나며, 아버지가 걸음을
멈추면 자기도 멈추고, 아버지가 움직이는 기색이 보이
면 앞으로 피해 달아났다. 이렇게 그들은 별다른 소동
도 일으키지 않은 채, 벌써 몇 번이나 방안을 빙빙 돌
아다녔다. 그리고 동작이 느렸기 때문에 겉으로는 추격
하는 것처럼 보이지도 않았다. 만일 벽이나 천장으로
도망을 치면 특별한 악의에서 그런 행동을 했다고 아버
지에게 오해받을까봐 두려워서, 그는 잠시 마룻바닥에
머물러 있기로 했다. 어쨌든 그레고르는 이렇게 기어다
니는 것이 오래 계속되지 못하리라고 생각했다. 아버지
가 한 발자국 옮겨 놓을 동안에 그는 무수한 운동을 해
야만 되었기 때문이다. 그는 이미 숨이 가쁜 것을 느낄
정도였다. 변신하기 전에도 그는 사람으로서 튼튼한 폐
를 가지고 있지 못했기 때문에 어느덧 숨이 찬 것도 무
리가 아니었다. 이렇게 기어다니려고 안간힘을 다해서
비틀거리고 있는 동안에 눈도 제대로 뜨지 못할 지경이
었다. 머릿속이 띵해져서, 이제는 마룻바닥을 기어서
도망치는 것밖에는 다른 도리가 없는 것 같았다. 또 자
유롭게 벽을 기어올라갈 수 있었지만, 그것조차 잊고
있었다. 그런데 지난날에 이 방의 벽돌은 톱니 모양과
뾰족한 장식으로 가득 차 있는 세밀하게 조각된 가구들
로 막혀 있었다. 그때 그의 바로 옆에 무엇인지 가볍게

던져져서 자기 앞으로 굴러왔는데 그것은 사과였다. 곧 두번째 사과가 날아왔다. 그레고르는 겁에 질린 나머지, 그만 그 자리에 멈췄다. 앞으로 달아나도 소용이 없었다. 아버지가 사과로 그를 폭격하려고 결심했기 때문이다. 아버지는 찬장 위에 있는 과일 접시에서 사과를 꺼내서, 호주머니를 가득히 채우고 처음에는 겨누지도 않고 사과를 연달아 던졌다. 이 조그마한 빨간 사과들은 마치 전기 장치처럼 마루 위를 데굴데굴 굴러다니며 서로 부딪치기도 했다. 살짝 던져진 사과 하나가 그레고르의 등을 다치지는 않고 스쳐지나갔다. 그러나 다음에 날아온 사과가 바로 그레고르의 등에 박히고 말았다. 뜻밖에 받은 심한 고통이 자리를 옮김으로써 가실 수도 있다는 듯이 그레고르는 천천히 앞으로 몸을 밀고 나가려고 했다. 그러나 사과는 옴짝달싹 못하게 못박힌 것처럼 느껴졌으며, 온 감각이 흐릿해져 그 자리에 뻗어 버리고 말았다. 단지 마지막 시선으로 간신히 그는 자기 방의 문이 화닥닥 열리고, 비명을 울리는 누이동생 앞으로 어머니가 뛰어나오는 것을 볼 수 있었다. 누이동생은 어머니가 기절했을 때 숨을 쉬기 좋게 하기 위해서 어머니의 옷을 풀어 놓았기 때문이다. 어머니가 아버지에게로 달려가는 도중에 풀어 놓았던 옷들이 하나씩 연달아 마룻바닥에 흘러내렸다. 어머니는 비틀거리며 흘러내린 스커트와 속옷을 밟고 넘어 아버지에게로 달려가서 붙잡으며—그때 그레고르의 시력은 흐릿해졌기 때문에 그 이상 쳐다볼 수도 없었다.—아버지의

뒷머리에 두 손을 대고 그레고르의 목숨을 살려 달라고
애원하는 것이었다.

3

그레고르가 한 달 이상이나 고통스러워했던 이 중상
은—아무도 꺼내 주지 않았기 때문에 사과가 등살 속에
박힌 채, 그 사건이 남긴 두드러진 선물로서 남아 있었
다.—그레고르가 현재 아무리 비참하고 징그러운 모습
을 하고 있을지라도 어디까지나 가족의 한 사람임에 틀
림없고 그를 원수처럼 대해서는 안 될 뿐만 아니라, 그
에 대한 불쾌한 감정이라도 꾹 삼켜 버리고 무조건 참
는 것이 가족으로서 당연한 의무라고 아버지까지도 뼈
저리게 반성하는 것 같았다.

부상으로 말미암아 그레고르가 영원히 활동력을 잃어
버리고 얼마 동안은 자기 방을 가로질러 가는데도 늙은
상이군인처럼 오랜 시간이 걸리기는 했지만—하물며 높
이 기어올라가는 것은 상상조차 못할 일이었다.—이와
같은 자기의 상태가 악화된 반면에 그 대신 자기 생각으
로는 다음과 같은 방법으로 충분히 만족할 만한 보상은
받게 된 셈이다. 다시 말하면, 매일 저녁이 되면 거실로
통하는 문이 열렸다. 그레고르는 한 시간이나 두 시간
전부터 언제나 그 문을 노려보고 있었다. 그레고르는 어
두운 자기 방에 누워서—거실에서 이쪽은 잘 보이지 않
았다.—환히 비치는 탁자 주위에 둘러앉아 있는 식구들

을 바라보면서 그들의 이야기를 듣는 것이 전보다는 아주 다르게 어느 정도 공공연하게 묵인되어 있었다.

물론 그전에 그레고르가 어느 작은 호텔 방에서, 지칠 대로 지친 피로한 몸으로 축축한 침대의 이부자리 속에 누워서 언제나 그렇게 생각했던 그런 활기 띤 분위기는 아니었다. 이제는 대개 조용한 가운데 이야기가 계속되었다. 아버지는 저녁식사를 하고 나면 곧 자기 안락의자에 앉아 잠이 들었다. 어머니와 누이동생은 서로 조용히 하라고 경고했다. 어머니는 불 밑에서 바싹 몸을 구부리고 양장점의 고급 내의를 꿰매고 있었다. 여점원으로 취직한 누이동생은 장차 더 좋은 취직자리를 얻으려고 저녁때면 속기술과 프랑스어를 공부하고 있었다. 때때로 아버지는 잠자다가 깨어나서 자기가 잠들었던 사실을 전혀 모르는 듯이 어머니에게 말을 걸었다. "뭘 오늘도 그렇게 늦게까지 꿰매고 있어!" 그리고 바로 또 잠들곤 했다. 어머니와 누이동생은 서로 피로한 표정으로 미소를 지었다.

아버지는 집에 와서도 한사코 수위 제복은 벗기를 거부했다. 잠옷은 아무 소용도 없이 옷걸이에 그냥 걸려 있었다. 아버지는 집에서도 상관의 명령을 기다리는 듯이 단정하게 제복을 입은 채 자기 자리에 앉아서 졸고 있었다. 그렇기 때문에 물론 옷을 지급받았던 처음부터 신품도 아닌 이 제복은 어머니와 누이동생이 더럽히지 않으려고 조심해서 다루었지만 점점 더 더러워졌다. 그레고르는 때때로 늘 닦아서 번쩍거리는 누런 금단추가 달려 있지만, 더럽기 이루 말할 수 없는 제복을 밤새도록 쳐다보곤 하였다. 제복을 입은 늙은 아버지는 매우 거북하게 보였지만 그러나 고이 잠들어 있었다.

시계가 10시를 치면, 어머니는 나지막한 목소리로 아버지를 깨워서, 침대로 가서 자도록 권유하느라고 무척 애썼다. 의자 위에서는 편하게 잠을 잘 수 없으므로, 아침 6시에 출근하려면 충분한 휴식이 필요했기 때문이다. 그러나 아버지는 수위가 된 다음부터 고집에 사로잡혀 좀더 오래 탁자 옆에 앉아 있겠다고 떼를 쓰면서도 늘 잠이 들곤 했다. 그래서 안락의자에서 침대로. 잠자리를 옮기도록 권유하기란 무척 힘든 일이었다. 어머니와 누이동생이 아무리 신중하게 아버지에게 졸라 보아도 15분 동안은 눈을 지그시 감은 채, 느릿느릿 머리를 흔들기만 하고 일어서려고 하지 않았다. 어머니는 아버지의 소매를 잡아당기며 그의 귓속에 아양떠는 말을 속삭이고, 누이동생도 공부를 집어치우고 어머니를 도왔으나 아무 효과도 없었다. 아버지는 점점 더 깊숙이 의자 속에 파묻혀 들어갔다. 모녀가 둘이서 손으로 겨드랑이 밑을 잡아올릴 때에야 비로소 눈을 뜨고, 어머니와 누이동생을 번갈아 쳐다보고는 으레 다음과 같이 중얼거리는 것이었다.

"이것이 인생이야. 늙은 나의 안식이란 요모양 요꼴이란 말이냐." 그리고 그는 모녀의 부축을 받으며 마지못해 일어나기는 했으나 자기 자신에게도 몸 전체가 무거운 짐처럼 느껴졌다. 모녀에게 문지방 근처까지 끌려가

서 이제는 됐다고 끄덕이면서 나머지는 혼자서 걸어갔
다. 한편, 어머니와 누이동생은 각각 재봉 도구와 펜을
내던지고 아버지의 뒤를 쫓아가서 부축해 드리곤 했다.
  많은 일에 시달리고 지칠 대로 지친 가족들 가운데서
누가 그레고르를 필요 이상으로 친절하게 돌봐 줄 시간
여유를 가진 사람이 있을까? 궁색한 집안 살림은 점점
더 어려워져 하녀까지도 내보냈다. 흩어진 흰머리칼을
머리 주위에 나부끼는, 몸집이 크고 뼈대가 굵은 할멈
이 아침 저녁으로 드나들며 가장 힘든 일을 거들어 주
었다. 그밖의 모든 일은 그렇게 많은 바느질을 해가면
서도 어머니가 맡아서 해치웠다. 게다가 전에 어머니와
누이동생이 회합 때나 축제 날에 걸치기를 좋아했던 여
러 가지 장식품도 팔아 버리게 되었다. 그레고르도 이
런 사정을 저녁때 식구들이 그것들을 얼마에 주고 팔았
는가에 대해서 이야기하는 것을 듣고서 알았다. 그러나
언제나 가장 큰 걱정거리는 현재의 상태로 보아서 너무
나 넓기는 했지만 이 주택을 떠날 수 없다는 사실이었
다. 이사를 하려고 해도, 어떻게 그레고르를 옮겨야 할
지 엄두가 나지 않았기 때문이었다. 그러나 그레고르는
이사하는데 방해가 되는 것은 단지 자기에 대한 걱정만
은 아니라는 사실을 잘 알고 있었다. 왜냐하면 자기 하
나쯤은 알맞는 궤짝 속에 넣어서 공기가 통하는 구멍을
서너 개 뚫어 놓기만 하면 쉽사리 운반할 수 있었기 때
문이다. 식구들이 이사를 하지 못하는 큰 원인은 오히
려 완전한 절망감과 이제까지 친척들이나 친구들 가운

데서 아무도 겪어 본 일이 없는 그러한 비참한 불행을 당하고 있다는 피해의식이라고 할 수 있었다. 세상 사람들이 불쌍한 사람들에게 요구하는 것을 그의 가족은 최대한도로 실천하고 있었다. 아버지는 하급 은행원들에게까지도 아침식사를 날라다 주고, 어머니는 알지도 못하는 사람들의 속옷 바느질에 갖은 희생을 다하며, 누이동생은 손님의 명령대로 카운터 뒤에서 이리저리 뛰어다녔다.

그들은 이미 그 이상 일할 여력이 없었다. 어머니와 누이동생이 아버지를 침대로 데려다 주고 거실로 돌아와서 하던 일을 그만두고, 서로 뺨이 닿을 정도로 바짝 가까이 앉는다. 어머니는 그레고르의 방을 가리키며 "그레테야, 저 문를 닫아라!" 하고 말한다. 그레고르는 또다시 어둠 속에 혼자 남아 있게 된다. 옆방의 모녀는 함께 눈물을 흘리거나, 또는 눈물조차 말라서 탁자만 뚫어지게 쳐다본다. 그럴 때 그레고르에게는 등의 상처가 새삼스럽게 도지는 것처럼 느껴졌다.

그레고르는 밤이나 낮이나 잠을 못 이루고 날을 보냈다. 때때로 그는 다음에 문이 열리면, 식구들의 여러 가지 일을 전과 같이 도맡아서 해보려고 생각했다. 그의 머릿속에는 오래간만에 또다시 사장과 지배인 그리고 점원이나 견습생들, 그리고 우둔한 하인이나 다른 직장에서 일하고 있는 몇 명의 친구들, 지방에 있는 호텔 하녀, 즐거우면서도 허무했던 추억, 그가 진심에서이지만 너무나 느리고 지루한 태도로 구혼을 했던 어느 모자점의 경리 직원…….이러한 모든 사람들의 모습이 전혀 낯선 사람이나 이미 다 잊어버린 사람들의 모습과 뒤섞여서 자꾸 떠올랐다. 그러나 이러한 사람들의 모습은 모두들 자기와 가족을 도와주기는커녕 멀리서 미치지 못할 정도로 서먹서먹했다. 따라서 그는 그들의 모습이 자신의 머릿속에서 사라지기를 은근히 바랐다. 그런가 하면 그레고르는 전혀 가족에 대해서 걱정할 기분이 나지 않을 때도 있고, 그럴 땐 자기를 학대하는데 대해서 그저 화가 날 뿐이었다. 그는 어떤 음식에 구미가 당길는지 알 수도 없었으나 어떻게 해서든지 식당까지 기어가서, 조금도 식욕은 없는데도 구미에 맞는 음식을 먹어 보려고 계획을 꾸민다. 그때 누이동생은 무엇을 주면 그레고르를 즐겁게 할 수 있을까 하는 것은 생각지도 않고 아침과 낮에 바삐 상점에 나가기 전에, 닥치는대로 아무 음식이나 그레고르의 방안에 발끝으로 밀어 넣었다. 그리고 저녁때가 되면 그러한 음식을 조금 먹었거나 또는—흔히 그럴 때가 많았지만—전연 입을 대지도 않은데 대해서는 아랑곳없다는 듯이 서슴지도 않고 빗자루로 밖으로 쓸어내 버렸다. 또한 언제나 저녁때마다 해주던 방청소를 이제는 아무렇게나 되는대로 빨리 해치웠다. 더러운 자국이 그대로 벽에 남아 있고 여기저기에 먼지와 쓰레기, 그리고 오물 덩어리가 흩어져 있었다. 처음에 그레고르는 누이동생이 들어오면 특히 그러한 더러운 구석에 누워 있으면서 누이동생에게 핀잔을 주려고 했었다. 그러나 몇 주일이나 그런

곳에 누워 있었다손치더라도 누이동생은 자신의 태도를 고칠 것 같지 않았다. 누이동생도 자기와 마찬가지로 더러운 물건들을 뻔히 바라보면서도 어쩐지 그냥 내버려두기로 결심했던 것이다. 사실 대체로 식구들은 신경과민에 걸렸는데, 누이동생도 그레고르의 방을 청소한다는 자기에게 맡겨진 특권이 침해당하지 않도록, 이제까지 그녀에게서 볼 수 없었던 만큼 유달리 신경을 쓰면서 감시하고 있었다. 어느 날 어머니는 물을 몇 통 길어다가 그레고르의 방을 깨끗이 청소한 일이 있었다. 방은 온통 물천지가 되어 습기 때문에 그레고르는 기분이 상해서 꼼짝도 못하고 화를 내며 소파 위에 벌렁 누워 있었지만 어머니도 그것에 대한 벌을 면치는 못했다. 저녁때 누이동생은 그레고르의 방안이 달라진 것을 보고, 심한 모욕이라도 당한 듯이 불쾌하게 화를 발칵 내면서 안방으로 뛰어들어갔다. 어머니는 애원하다시피 손을 쳐들고 달래 보았지만 누이동생은 몸부림을 치면서 울음을 터뜨렸다. 그래서 부모는—물론 아버지는 안락의자에서 벌떡 일어섰지만—그냥 깜짝 놀라며 어쩔 줄 모르고 바라보고만 있었다. 드디어 부모님은 간신히 마음을 가다듬고 움직이기 시작했다. 왼쪽에서는 아버지가 왜 그레고르 방의 청소를 누이동생에게 맡겨 두지 않았는가고 어머니를 나무랐는가 하면, 또 오른쪽에서는 누이동생이 이제부터는 절대로 그레고르의 방을 청소하지 않겠다고 찢어지는 목소리로 앙탈을 부렸다. 한편 어머니는 너무 흥분해서 정신을 잃은 아버지를 침실

로 끌고 가느라고 안간힘을 다했다. 누이동생은 흐느껴
울며 분을 참지 못하고 조그마한 주먹으로 탁자를 두들
겨 댔다. 그레고르는 문을 닫아 주기만 하면 이런 추태
와 소동을 보지 않을 수도 있는데, 아무도 문을 닫아
주려고 생각하는 사람이 없었기 때문에 화가 치밀어서
쉿쉿하고 큰 소리로 씨근거리기만 했다.

　그러나 아무리 누이동생이 일에 시달려서 전과 같이
그레고르를 돌봐 주는 데 싫증이 났다고 하더라도 누이
동생 대신에 어머니가 들어와야 할 필요는 조금도 없었
으며, 그레고르 역시 소홀히 취급당할 이유도 없었다.
그 늙은 할멈이 있었기 때문이다. 그 할멈은 한평생 아
무리 어려운 일이나 심한 역경도 그의 강한 체력으로
능히 감당할 수 있었으리라고 생각되었지만, 처음부터
그레고르의 추잡한 꼴을 보기 싫어하는 기색은 조금도
없었다. 어떤 호기심에서가 아니라, 그 여자는 우연히
그레고르의 방문을 연 적이 있었다. 그때 그레고르는
아무에게도 쫓기지는 않았지만 매우 당황하여 갈피를
못 잡고 이리저리 기어다니기 시작했다. 그 할멈은 두
손을 아랫배 위에 모아쥐고 놀라는 표정으로 그레고르
의 모습을 보며 그 자리에 우두커니 서 있었다. 그때부
터 그 할멈은 아침과 저녁에는 언제나 서슴지 않고 방
문을 살그머니 조금 열고 그레고르 쪽을 들여다보곤 했
다. 처음 얼마 동안 그 할멈은 자기로서는 친절을 베푼
다는 말투로 "이리 오너라, 늙은 말똥벌레야!"라든가
"저 늙은 똥벌레 좀 봐!" 하고 그레고르를 자기 옆으로

불러 보려고 했다. 이런 말을 듣고도 그레고르는 아무 대답도 하지 않고 문이 열린 것도 모르는 듯이 꼼짝도 않고 자기 자리에 누워 있었다. 그 할멈이 제멋대로 그렇게 쓸데없이 그레고르를 괴롭힌다면, 차라리 매일같이 방이나 청소하라고 시켰으면 얼마나 좋을까 하고 생각했다. 한번은 어느 이른 아침에—어느덧 다가오는 봄날을 알리는 듯 모진 비가 창문을 들이치고 있었지만—그 할멈이 또다시 전과 같은 말투로 놀리기 시작했기 때문에 그레고르는 곧 쓰러질 것만 같아서 동작도 느렸지만, 울화통이 터져서 덤벼들려는 듯이 할멈에게로 몸을 돌렸다. 그러나 할멈은 무서워하기는커녕 방문 옆에 놓여 있던 의자를 높이 쳐들어 올렸다. 그 할멈이 입을 딱 벌리고 서 있는 꼴을 보면 그의 참뜻을 알 수 있었다. 그것은 높이 쳐들어 올린 의자가 그레고르의 등을 내리쳤을 때, 비로소 입을 꼭 다물 작정이었을 것이다. "자, 더 덤비지는 못하겠지?" 할멈은 그레고르가 슬며시 몸을 돌리는 것을 보자 그렇게 다짐하더니, 의자를 가만히 방구석에 갖다 놓았다.

이제 그레고르는 거의 아무것도 먹지 못했다. 다만 기어다니다가 우연히 갖다 놓은 음식 옆을 지나가게 되면 그냥 조금 입에 넣어 보지만 삼키지도 않고, 그대로 입 속에서 몇 시간 동안 물고 있다가 대개는 그대로 뱉어 버리고 말았다. 식욕이 나지 않는 것은 자기 방의 상태가 비참한 것을 슬퍼하는 탓이라고 생각했지만, 그는 방의 변화에 대해서는 곧 순응하게 되었다. 다른 곳에

둘 수 없는 물건들은 무엇이든 이 방에 들여놓기가 일쑤였다. 그런 물건은 이 집 안에 굉장히 많았다. 왜냐하면 살림방 하나를 세 사람의 하숙인에게 빌려 주었기 때문이었다. 이 점잖은 신사들은—그레고르가 어느 때 문틈으로 확인한 바에 의하면 세 사람이 다 털보였다.—환경 정리에 대해서 관심이 많은 사람들이었다. 자기들뿐만 아니라 일단 이 집에 하숙한 이상, 집안 전체에 대해서 특히 부엌에 대한 위생 문제까지 참견했다. 그들은 쓸데없는 패물이나 더러운 물건을 보면 참지를 못했다. 게다가 그들은 그들의 가구를 많이 갖고 들어왔기 때문에 많은 물건들이 남아 돌아가게 되었다. 그러나 억울하게 팔아 버릴 수도 없고 아까워서 내버리고 싶지도 않은 물건들이었다. 이러한 물건들이 모두 그레고르의 방으로 옮겨졌다. 부엌에서 버리는 상자와 쓰레기통까지 들어왔다. 우선 당장에 필요치 않은 물건들은 언제나 빠른 동작으로 일하는 할멈이 무조건 그레고르의 방으로 끌고 왔다. 다행히도 그레고르는 대개 날라다 놓는 물건이나, 그 물건을 들고 오는 할멈의 손밖에는 보지를 못했다. 그 할멈은 적당한 시기에 기회를 타서 그런 물건들을 되가져 가거나, 한꺼번에 갖다 버리려니 했으나 사실 그 물건들은 처음 내던진 장소에 그대로 놓여 있었다. 그레고르는 이런 잡동사니들 사이를 구불구불 누비고 돌아다닐 수가 없었다. 처음에는 그대로 두면 자유스럽게 기어다닐 통로가 없었기 때문에 어쩔 수 없이 그 잡동사니들을 옆으로 치워 버렸다. 그러나 나중에는 이렇게 힘든 일을 하며 기어다니고 나면 몸이 죽을 것처럼 몹시 고단하고 마음이 한없이 슬퍼져서 몇 시간 동안이나 꼼짝할 수도 없게 되었으며, 그러한 물건들을 움직이는데 점점 더 흥미를 느끼게 되었다.

하숙인들이 집에서 저녁식사를 할 때면 가끔 식구들이 공동으로 쓰고 있는 거실을 사용했기 때문에, 저녁때는 거실의 문이 닫혀 있는 일이 많았다. 그러나 그레고르는 선뜻 단념하고 억지로 문을 열려고도 하지 않았다. 그 전에도 저녁마다 문이 열려 있을 때에도 그레고르는 그 문을 이용하지 않고, 식구들의 눈에 띄지 않도록 아늑한 자기 방 한구석에 누워 있었다. 그런데 언젠가 할멈이 거실의 문을 약간 열어 놓은 채 내버려둔 적이 있었다. 그 문은 저녁때 하숙인들이 거실로 들어와서 불을 켤 때까지 열려 있었다. 하숙인들은 전에 아버지와 어머니와 그레고르가 앉았던 식탁의 그 자리에 자리잡고 냅킨을 펴더니 나이프와 포크를 손에 잡았다. 그러자 고기를 담뿍 담은 접시를 들고 어머니가 나타났으며, 바로 이어서 한 그릇 가득 담은 감자 그릇을 들고 누이동생이 따라왔다. 음식은 김이 무럭무럭 오르고 냄새가 구미를 돋구었다. 하숙인들은 마치 먹기 전에 검사나 해보려는 듯이, 자기들 앞에 놓인 그릇 위로 허리를 구부렸다. 그네들 중에서 한가운데 앉은 우두머리 격인 남자가 접시에서 고기 한 점을 베더니, 그것이 너무 연하게 익지나 않았나, 부엌으로 되돌려 보내지 않아도 좋을까, 다른 사람 앞에서 서슴지 않고 음미해 보왔다. 그는 맛을 보고 나서 만족했다. 그래서 긴장한 표정으로 들여다보고 있던 어머니와 누이동생은 한숨을 내쉬고 미소를 지었다.

식구들은 부엌에서 식사를 했다. 그래도 아버지만은 부엌으로 가기 전에 거실에 들어와서 제모를 손에 든 채 인사를 하고 식탁 주위를 한 번 쭉 돌아보았다. 하숙인들은 모두 일어나서 수염 속에서 무엇인지 중얼거렸다. 하숙인들은 자기들만 남게 되자 거의 아무 말도 하지 않고 조용히 식사를 했다. 그레고르는 식사하는 여러 가지 소리 가운데서, 한결같이 잇소리가 들리는 것이 이상했다. 그 소리가 그레고르에게는 마치 음식을 먹으려면 이가 필요하고, 이 없는 턱은 아무리 훌륭하게 보여도 아무 소용이 없다는 사실을 알려 주기 위해서 들려오는 것처럼 느껴졌다.

"나도 구미가 동하는데." 하고 수심에 잠긴 듯이 혼자서 중얼거렸다. "그러나 저런 음식은 싫어. 저 하숙인들은 참 잘도 먹는데, 나는 이처럼 비참하게 죽어가는구나!"

바로 이날 저녁이었다.—그레고르는 변신한 후 쭉 바이올린 소리도 들어 본 기억이 나지 않았다. 부엌 쪽에서 바이올린 소리가 들려왔다. 하숙인들은 벌써 저녁식사를 끝마치고 한가운데 앉은 우두머리격의 남자가 신문을 끄집어내어 두 사람에게 한 장씩 나눠 주었다. 그들은 모두 의자에 몸을 기대고 신문을 읽으며 담배를 피우고 있었다. 바이올린 소리가 들려왔을 때 그들은 그 소리에 신기하게 주의가 끌린 듯 일어나, 현관 방의 문을 향해서 발끝으로 소리를 죽이며 살금살금 걸어가서 문 앞에 함께 모여 서 있었다. 부엌에서도 그들의 발소리가 들린 것 같았다. 그래서 아버지가 소리를 쳤다.

"여러분, 바이올린 소리가 듣기 싫으신가요? 곧 그만두게 하지요."

"천만에요." 하고 그 우두머리격인 남자가 대답했다. "아가씨께서 이쪽 방으로 와서 연주해 줄 수 없을까요? 그편이 훨씬 편하고 기분도 흐뭇할 것 같은데요."

"네, 그러시지요." 하고 아버지는 마치 자기가 바이올린을 켜기나 하듯이 대답했다.

하숙인들은 방으로 돌아와서 기다리고 있었다. 이윽고 아버지는 스탠드를, 어머니는 악보를, 누이동생은 바이올린을 들고 방안으로 들어왔다. 누이동생은 침착한 태도로 연주할 준비를 갖추었다.

이제까지 한 번도 방을 빌려 준 일이 없었기 때문에 부모는 하숙인들에게 지나치게 예의를 지키느라 감히 자기들 자리에 앉으려고도 하지 못했다. 아버지는 문에 기대어 서서, 단추를 꼭 채운 제복의 단추 사이에 오른손을 집어넣고 있었다. 그러나 어머니는 하숙인 한 사람이 의자를 권해 드렸기 때문에 자리를 얻어 앉았다. 그 자리는 우연히 한쪽 구석이었지만, 어머니는 의자를 갖다 놓아 준 대로 그곳에 자리잡고 앉았다.

누이동생이 바이올린을 켜기 시작했다. 아버지와 어머니는 제각기 자리잡은 위치에서 주의 깊게 딸의 두 손의 움직임을 바라보았다. 그레고르는 바이올린 소리에 마음이 끌려서 자기도 모르게 약간 앞으로 나아가서 머리를 거실 쪽으로 내밀고 있었다. 그는 요사이 다른 사람에게 주의를 기울이지 않고 지나온 것을 조금도 이상하게 여기지 않았다. 그는 전 같으면 자신이 다른 사람들의 입장을 고려해 줄 수 있다는 것을 스스로 자랑스럽게 생각했다. 그러니만큼 지금에 와서는, 다른 사람의 눈앞에서 몸을 숨겨야 할 이유가 더욱 절실했을 것이다. 왜냐하면 자기 방안에는 어디나 먼지가 소복이 쌓여 있으며, 조금만 몸을 움직여도 먼지가 풀풀 날리고, 온몸이 먼지투성이가 되었기 때문이다. 그뿐더러 실오라기, 머리털, 먹다 남은 음식 찌꺼기 같은 것을 등과 옆구리에 붙인 채 끌고 돌아다녔다. 모든 것에 대한 그의 무관심한 태도는 말할 나위도 없었다. 그래서 전에는 하루에도 몇 번씩 그랬지만, 요사이는 벌렁 등을 대고 누워서 양탄자에 몸을 비비는 일도 없었다. 이러한 상태에도 불구하고, 티끌 하나 떨어져 있지 않는 깨끗한 거실 마룻바닥 위를 기어갔지만 조금도 거리끼지 않았을 뿐더러 부끄러운 줄도 몰랐다.

그러나 그가 기어나온 데에 대해서 눈치채는 사람은 아무도 없었다. 식구들은 바이올린 연주에 정신이 팔려 있었다. 하숙인들도 처음에는 두 손을 바지 호주머니 속에 넣은 채 누이동생의 스텐드 바로 뒤에 자리잡고 앉아 있었다. 그래서 그들은 모두 악보를 들여다볼 수도 있었기 때문에 누이동생에게는 확실히 방해가 되었을 것이다. 그들은 곧 바로 머리를 숙이고 나직한 목소리로 속삭이면서 창문 옆으로 물러섰다. 아버지는 염려하는 눈초리로 창문 옆에 있는 그들을 쳐다보고 있었다. 사실 누가 보더라도 아름답고 재미있는 바이올린 연주를 들을 수 있으리라고 기대하였던 그들은 기대에 어긋나서 실망하고 싫증이 났다. 다만 체면을 생각하고 예의를 지킨다는 입장에서 할 수 없이 듣고 있다는 눈치가 분명했다. 특히 그들 모두가 담배연기를 코와 입에서 허공으로 내뿜는 모습은 그들의 따분한 기색을 느끼게 하고도 남음이 충분했다.

그래도 누이동생의 연주는 매우 훌륭했다. 고개를 옆으로 갸우뚱하고, 눈초리는 감상에 젖은 듯 슬픈 표정으로 악보의 줄을 더듬고 있었다. 그레고르는 조금 더 앞으로 기어나갔다. 그리고 혹시 누이동생의 시선과 마주칠 수 있을까 기대하면서 고개를 마루 위에 바짝 대다시피 숙이고 있었다. 이처럼 음악소리에 감동을 느끼는데도 그는 역시 동물이란 말인가? 그는 마치 자기도 모르게 그리던, 마음의 양식을 얻는 길이 열리는 것처럼 느껴졌다. 그는 누이동생 옆으로 기어나가려고 했다. 누이동생의 치맛자락을 끌어당겨서 누이동생이 바이올린을 가지고 자기 방으로 건너와 주었으면 하는 뜻을 알리려고 했다. 왜냐하면 여기에서는 아무도 자기만큼 그 연주를 칭찬해 주는 사람이 없었기 때문이다. 그는 자기가 살고 있는 동안은 적어도 누이동생을 자기 방에서 내보내고 싶지 않았다. 그의 흉악한 모습은 처음으로 도움이 될 것이다. 자기 방에 있는 문마다 동시에 정신을 바짝 차리고 지켜서 있다가 들어오는 놈들에게 으르렁대며 덤벼들어야겠다. 그러나 누이동생을 강요해서는 안 되며, 자유로운 의사에 따라 자기 옆에서 지내게 해야 한다. 자기와 나란히 소파에 앉아서 자기 쪽으로 귀를 기울이게 하겠다. 그리고 그는 누이동생에게 그녀를 음악 학교에 보내 주려고 확고한 계획을 세우고 있었다는 것과, 이런 불행한 사건만 일어나지 않았더라면 어떤 반대에도 불구하고 지난 크리스마스날 저녁에—그런데 도대체 크리스마스가 벌써 지났을까?—여러 사람 앞에서 명백히 자기 계획을 발표했으리라는 것을 알려 주려고 했다. 이런 이야기를 하면 누이동생은 틀림없이 감격한 나머지 울음을 터뜨릴 것이다. 그러면 그레고르는 어깨까지 기어올라가서 누이동생 목에 키스를 해주려고 했다. 누이동생은 직장에 나가게 되면서부터 리본도 칼라도 없이 목을 내놓고 다녔기 때문이다.

"잠자 씨!" 하고, 우두머리격인 남자가 아버지에게 소리쳤다. 그리고 그는 그 이상 아무 말도 하지 않고 천천히 앞으로 기어나오는 그레고르를 집게손가락으로 가리켰다. 바이올린 소리가 멈췄다. 우두머리격인 그 남자는 우선 고개를 옆으로 저으며 친구들에게 미소를 던지고, 다시 그레고르 쪽을 쳐다보았다. 아버지는 그레고르를 쫓아내는 것보다는 먼저 하숙인들을 진정시키는 것이 더 필요하다고 생각하는 것 같았다. 그러나 하숙인들은 흥분하기는커녕 바이올린 연주보다도 그레고르에게 흥미를 느끼는 것 같았다. 아버지는 그들에게로 뛰어가서 두 팔을 벌리고 하숙인들을 자기 방으로 돌려보내려고 애를 쓰는 동시에, 자기 몸으로 그레고르가 보이지 않도록 가리려고 했다. 그때 그들은 아닌게아니라 약간 화를 냈는지, 또는 그레고르 같은 것이 이웃방에 살고 있었다는 사실을 꿈에도 모르고 있다가 그제야 알게 되어 화를 낸 것인지 도무지 알 수 없는 노릇이었다. 그들은 아버지에게 해명을 요구하고, 그들 쪽에서도 팔을 쳐들며 불안스럽게 수염을 비비 꼬면서 천천히 자기 방으로 물러갔다. 그동안 누이동생은 별안간 연주가 중단된 후 잠시 정신없이 멍하고 있다가 바로 정신을 차리고, 얼마 동안 축 늘어뜨린 두 손에 바이올린과 활을 쥐고 계속 연주를 하고 있는 듯이 악보를 들여다보다가 갑자기 몸을 일으켰다. 이어서 누이동생은 어머니—숨이 막히는 듯 가슴을 들먹거리며, 아직도 안락의자에 앉아 있는—의 무릎 위에 악기를 놓고 옆방으로 앞질러 뛰어들어갔다. 하숙인들은 아버지에게 쫓겨서 앞서보다 더 빨리 옆방—그들의 방—으로 다가오고 있었다. 누이동생은 익숙한 솜씨로 침대 위에 놓인 이부자리와 베개를 툭툭 위로 올리더니, 순식간에 보기좋게 정돈해 놓았다. 하숙인들이 방으로 몰려 들어오기 전에 침대를 정돈한 다음 그녀는 살짝 빠져나왔다. 아버지는 또다시 자기 옹고집에 사로잡혀서 늘 하숙인들에게 베풀던 존경심조차 잊어버린 것 같았다. 아버지는 악착같이 그들을 밀치고만 있었다. 드디어 방문까지 다

다랐을 때 우두머리격인 남자가 쾅! 하고 발을 굴렀기 때문에 아버지도 할 수 없이 발걸음을 멈추고 말았다.

"난 이 자리에서 선언하지만……." 그 남자는 한쪽 손을 쳐들고 어머니와 누이동생을 힐끗 바라본 다음 이렇게 말했다. "현재 이 집과 이 가족 속에 감돌고 있는 불쾌한 분위기를 고려해서—여기서 그 남자는 서뜻 결심이라도 한 듯이 마루 위에 침을 뱉었다.—나는 방을 해약합니다. 물론, 내가 지금까지 살아온 기간의 방세에 대해서는 한 푼도 지불할 수가 없습니다. 그 대신 나는 앞으로—내 말을 곧이 들으십시오.—아주 쉽게 근거를 대고 이유를 붙일 수 있는 어떠한 손해 배상청구를 당신에게 제기하게 될 것인지, 이 점을 신중히 고려해 볼 작정입니다." 그 남자는 입을 다물고 마치 무엇을 기대하는 듯이 똑바로 앞을 쳐다보았다.

아닌게아니라 두 친구들도 바로 입을 열었다. "우리도 역시, 이 자리에서 당장에 해약하겠습니다."

그러고 나서, 그 우두머리인 남자는 방문의 손잡이를 쥐고 요란스럽게 문를 닫았다.

아버지는 손으로 더듬으며 비틀거리더니 힘없이 의자 위에 푹 쓰러지고 말았다. 겉으로는 손발을 축 늘어뜨리고 전과 같이 저녁잠을 자는 것처럼 보였으나, 고개를 가만히 둘 수 없는 듯 쉴 새 없이 끄덕거리고 있는 걸 보면 전혀 잠을 자고 있지 않다는 것을 알 수 있었다. 그레고르는 그동안 자기가 하숙인들에게 현장에서 들켰던 바로 그 자리에 조용히 누워 있었다. 자기의 계획이 실패한데 대한 실망과, 아마도 오랫동안 많이 굶주렸기 때문에 몸이 극도로 쇠약해진 듯 그는 도저히 꼼짝할 수가 없었다. 그는 지금 당장이라도 자기 몸 위에 여러 가지 물건들이 한꺼번에, 무자비하게 허물어져서 덮쳐올 것이라고 확실히 느끼면서 그 순간을 기다리고 있었다. 그때 어머니의 손가락이 떨리더니 바이올린이 어머니 무릎에서 떨어지며 소리가 크게 울렸지만 그레고르는 조금도 놀라지 않았다.

"어머니!…… 아버지!" 하고 누이동생은 이야기를 끄집어내기 전에 손으로 탁자를 쳤다. "이 이상 더 못 견디겠어요. 어머니와 아버지는 아직 사정을 모르시겠지만, 저는 잘 알고 있어요. 저는 이런 괴물 앞에서 오빠의 이름을 부르고 싶지 않아요. 그래서 제 말씀은 저것을 없애야 한다는 거예요. 저것을 먹여 살리려고 참고 견디며 우리들은 인간으로서 할 수 있는 것은 다해 왔어요. 아무도 우리들을 나무랄 사람은 없어요."

"그래, 네 말이 옳다." 아버지는 혼자서 중얼거리듯 말했다.

아직도 완전히 숨을 돌리지 못하는 어머니는 마치 정신나간 사람과 같은 눈초리로 손을 입에 대고 기침을 하기 시작했다. 누이동생은 어머니 옆으로 달려가서 이마를 짚어 주었다. 아버지는 누이동생의 말을 듣고서 무엇인지 마음속에 결심이라도 한 것처럼 보였다. 아버지는 의자 위에 똑바로 앉아서, 하숙인들이 저녁식사를 끝낸 다음에도 식탁 위에 놓여 있는 접시들 사이에서,

수위의 제모를 주물럭거리면서 가끔 가만히 누워 있는 그레고르 쪽을 훔쳐 보았다.

"우리는 저것을 없애 버려야만 해요." 하고 그저 아버지만 쳐다보며 누이동생은 다짐하듯 말했다. 왜냐하면 어머니는 기침을 하느라고 아무 말도 듣지 못했기 때문이다. "저것은 아버지와 어머니의 목숨을 빼앗을 거예요. 저는 어쩐지 그렇게만 생각돼요. 저희들은 모두 갖은 고생을 다하면서 일해야 되는데, 이처럼 끝없는 두통거리를 집안에 두고 어떻게 참을 수가 있겠어요? 저는 이 이상 더 참을 수가 없어요." 이렇게 말하고 누이동생은 왈칵 울음을 터뜨렸다. 그 눈물이 어머니의 얼굴에 흘러내렸으나, 누이동생은 기계적으로 손을 움직이더니 어머니의 얼굴에서 눈물을 씻었다.

"얘야." 하고 아버지는 동정하듯이, 그리고 두드러지게 너그러운 마음으로 이렇게 말했다. "그러면 우리들은 어쩌면 좋단 말이냐?"

누이동생은 아버지에게 아무런 구체적인 방안은 없다고 어깨를 움츠렸다. 그녀는 울고 있는 동안에, 앞서 그처럼 단호했던 태도와는 정반대로 정말 어쩌면 좋을지 갈피를 잡지 못했다.

"저놈이 우리 마음을 조금이라도 알아 주었으면……." 하고 아버지는 반쯤 물어 보는 것처럼 말했다. 누이동생은 울면서, 그런 일은 전혀 생각해 볼 여지조차 없다는 듯이 한쪽 손을 성급히 내저었다.

"저놈이 우리 마음을 조금이라도 알아 주었으면……."

하고 아버지는 같은 말을 되풀이하고, 그런 일은 도저히 있을 수 없다는 누이동생의 확신을 자기도 그대로 받아들이려는 듯이 눈을 지그시 감았다.

"그렇다면, 저놈하고 타협할 수도 있을 텐데. 그러나 저 모양 저 꼴이니……."

"내쫓아야 해요." 하고 누이동생이 외쳤다.

"그렇게 하는 수밖에 없어요. 아버지! 저것이 그레고르라는 생각을 버리셔야만 돼요. 우리들이 이제껏 너무나 오랫동안 그렇게 믿어 왔던 것이, 우리들 자신의 불행이었어요. 어째서 저것이 그레고르란 말예요? 만일 정말 그레고르라면, 사람이 저런 동물과 함께 살 수 없다는 것쯤은 벌써 알아차리고, 자기 스스로 나가 버렸을 거예요. 그러면 오빠는 없어질망정, 우리는 안심하고 살아나갈 수 있고 언제까지나 오빠를 소중하게 회상할 수 있지 않아요. 그런데 저것은 우리들을 못 살게 굴고 하숙인들을 쫓아낼 뿐더러, 나중에는 아마 이 집 전체를 차지하고, 우리들까지 길거리에서 잠을 자게 할 거예요. 저것 좀 보세요, 아버지." 하고 누이동생이 갑자기 외쳤다. "또 장난을 시작했어요!"

그레고르에게는 이해가 가지 않는 괴상한 공포에 사로잡힌 듯 누이동생은 어머니 곁을 떠나, 마치 그녀가 우두커니 그레고르 옆에 있느니보다는, 오히려 어머니를 희생시키는 편이 낫다는 듯이 어머니의 의자를 박차고 펄쩍 뛰어 뒤로 물러났다. 이어서 그녀는 아버지 뒤로 달려갔다. 아버지도 누이동생의 동작을 보고 당황한

나머지, 자리에서 똑같이 일어나 누이동생을 보호하려
는 듯이 두 팔을 앞으로 쳐들었다.

　그러나 그레고르는 누이동생은 물론이고 아무에게도
공포심을 일으키려는 생각은 추호도 없었다. 그는 단
지, 자기 방으로 돌아가려고 몸을 돌리기 시작했던 것
이다. 그의 비참한 상태로는, 몸을 조금 돌리려고 해도
힘이 들었기 때문에 머리의 반동을 이용해야만 했다.
그래서 몇 번이고 머리를 쳐들었다가는 마룻바닥 위로
내려쳤다. 따라서 이같이 괴상한 동작이 말할 나위도
없이 사람들을 주목시켰다. 그는 동작을 멈추고 사방을
두리번거렸다. 그레고르의 악의 없는 의도만은 그래도
알아 주는 것 같았다. 사람들은 그저 순간적으로 놀랐
을 따름이다. 이제 식구들은 모두 아무 말도 하지 않고
슬픈 표정으로 그를 바라보고 있을 뿐이었다. 어머니는
의자에 앉아서, 두 다리를 모아서 쭉 뻗고 있었다. 극도
로 피로했기 때문에 눈꺼풀이 거의 덮일 것만 같았다.
아버지와 누이동생은 나란히 앉아 있었다. 누이동생은
한쪽 손으로 아버지의 목을 감고 있었다.

　'자, 이제는 방향을 돌려도 상관없겠지.' 그레고르는
그렇게 생각하고, 다시 돌기 시작했다. 그는 일에 지쳐
서 숨이 가쁘고 호흡이 거칠어졌기 때문에, 숨을 돌리
려고 이따금 쉬기도 했다. 그렇다고 해서 아무도 그를
쫓는 사람은 없었다. 무엇이든 그가 하는 대로 내버려
두었다. 그는 방향을 돌리고 나서 자기 방으로 곧장 돌
아가기 시작했다. 그는 자기 방까지의 거리가 그렇게도

먼 데 대해서 크게 놀랐다. 그래서 조금 전에 쇠약한 몸을 이끌고, 어떻게 이처럼 먼 거리를 멀다고 깨닫지 않고 기어왔는지 도무지 납득이 가지 않았다. 그저 빨리 기어가려고만 생각했기 때문에, 식구들이 말을 걸거나 소리를 쳐서 자기를 방해하는 일도 없었다는 사실을 거의 눈치채지 못했다. 겨우 방문 앞에 이르렀을 때 비로소 한번 고개를 돌려 보려고 했으나, 제대로 잘 돌려지지 않았다. 목이 굳은 것처럼 느껴졌기 때문이다. 그러나 그후 자기 뒤에서는 아무 변화도 일어나지 않았고, 다만 누이동생이 서 있던 모습이 눈에 띄었을 뿐이다. 그의 마지막 시선이 어머니를 힐끗 스쳤는데, 어머니는 그때 깜빡 잠이 들어 있었다.

그가 방안에 들어가자마자 어느새 성급히 방문이 닫히더니, 고리가 잠기고 그대로 방안에 갇히고 말았다. 별안간 뒤에서 요란스러운 소리가 났기 때문에, 그레고르는 너무나 놀라서 다리가 휘청 굽혀져서 부러질 지경이었다. 급히 달려온 사람은 누이동생이었다. 누이동생은 미리 서서 기다리고 있다가 그레고르가 방에 들어가자마자 번개같이 달려왔던 것이다. 그레고르는 다가오는 누이동생의 발소리를 전혀 듣지 못했다. 그녀는 열쇠를 열쇠 구멍에 넣어서 돌리며 "됐어요!" 하고 부모를 향해서 외쳤다.

"자, 이제부터 어쩔 셈인지?" 그레고르는 자기 자신에게 물어 보며 어둠 속에서 주위를 둘러보았다. 그는 곧 자기가 그 이상 더 움직일 수 없다는 사실을 깨달았다.

그는 별로 이상하게 여기지 않았다. 오히려 전부터 이와 같이 가느다란 다리로 여기까지 기어올 수 있었다는 것이 부자연스럽게 생각될 정도였다. 그밖에는 어느 정도 쾌감까지 느끼고 있었다. 사실 그는 온몸이 아팠지만, 점점 아픈 것이 가시고 결국 머지않아 완전히 가라앉을 것 같았다. 등에 박힌 썩은 사과도, 부드러운 먼지에 쌓인 그 주위의 염증도 거의 아픔을 느끼지 않게 되었다. 말할 수 없는 감동과 애정을 가지고 식구들을 돌이켜 생각해 보았다. 자기가 없어져야 한다는 그의 의견은 누이동생의 그것보다 아마도 훨씬 더 절실했을 것이다. 교회의 탑시계가 새벽 3시를 칠 때까지 그는 이처럼 허전하고 고요한 명상에 잠겨 있었다. 창밖이 훤하게 밝아오기 시작한 것을 그는 짐작할 수 있었다. 그때 그의 머리가 자기도 모르게, 밑으로 푹 숙여졌다. 그리고 그의 콧구멍으로부터 마지막 숨이 힘없이 흘러나왔다.

아침 일찍 할멈이 왔을 때—그런 짓만은 제발 하지 말라고 지금까지도 몇 번이나 타일렀지만, 성급하게 힘껏 문이란 문을 모조리 여닫기 때문에 이 할멈이 오면 온 집안 사람들은 편히 잠도 잘 수 없을 지경이었다. 할멈은 보통 때처럼 슬쩍 그레고르의 방을 들여다보았으나 처음에는 아무 이상도 발견하지 못했다. 할멈은 그가 감정이 상해서 일부러 꼼짝도 않고 누워 능글능글 불쾌한 태도를 취하고 있다고 생각했다. 할멈은 자신이 모든 것을 다 이해하고 있다고 생각했던 것이다. 할멈은 때마침 손에 기다란 비를 들고 있었기 때문에 문 밖에서 비를 내밀어 그레고르를 건드리려고 시도해 보았다. 그래도 아무 효과가 없었기 때문에 할멈은 바짝 화가 나서 그레고르의 몸을 약간 쑤셔 보았다. 그레고르가 아무 반항도 하지 못하고 자리에서 밀려가는 것을 보고 비로소 할멈은 이상하다는 듯이 주의 깊게 살펴보았다. 곧 그 진상을 알게 되자 할멈은 눈이 휘둥그래져서 자기가 모르게 휘파람을 휙 하고 불었다. 그러나 그 이상 그 자리에서 우물쭈물하지 않고, 갑자기 잠자 부부의 침실 문를 열어젖히고 어둠 속을 향해서 큰 소리로 외쳤다.

"좀 가봐요. 저것이 뻗었어요. 저기 자빠져서, 그만 뻗어 버리고 말았어요!"

잠자 부부는 벌떡 더블 침대에서 일어나서 할멈의 보고 내용을 알아보기도 전에, 우선 할멈 앞에서 놀라움과 당황한 꼬락서니를 감추지 않으면 안 되었다. 잠자 부부는 기겁을 하며 침대 좌우로 내려와 잠자 씨는 어깨에 담요를 걸치고, 부인은 잠옷을 입은 채 침실에서 나와 그레고르의 방으로 들어갔다. 그러는 동안에 거실의 문도 열렸다. 하숙을 친 다음부터 그레테는 거실에서 잠을 잤다. 그레테는 한잠도 자지 못한 것처럼 단정한 매무새였다. 무엇보다도 창백한 얼굴빛이 그것을 증명하는 것 같았다.

"죽었다니?" 잠자 부인은 이렇게 말하면서 믿을 수 없다는 듯 할멈을 쳐다보았다. 물론 자기가 알아보아도 알 수 있었고, 알아보지 않아도 알 수 있는 일이었다.

"죽은 것 같아요." 할멈은 이렇게 말하고 증거라도 보이려는 듯이, 그레고르의 시체를 옆으로 멀리 쭉 떠밀어 보였다. 잠자 부인은 그 빗자루를 가로막으려는 태도를 보였으나, 사실 막지는 않았다.

"자, 이제 우리는 하느님께 감사해야 할 거야." 잠자 씨가 이렇게 말했다. 그는 가슴에 십자가를 그었다. 어머니와 딸도 그가 하는 대로 따라서 똑같은 동작을 했다. 그때까지 시체에서 한눈도 팔지 않고 있던 그레테가 입을 열었다.

"좀 보세요. 오빠는 어쩌면 저렇게 말랐을까요. 벌써 오래 전부터 아무것도 먹지를 않았어요. 음식을 갖다 주어도, 그냥 그대로 내보냈지 뭐예요."

사실 그레고르의 몸은 너무 말라서, 뱃가죽이 등에 착 달라붙어 있었다. 이미 다리들이 몸뚱이를 위로 떠받들고 있는 것도 아니고, 그밖에 아무것도 사람들의 주의를 딴 데로 돌리게 하는 것이 없어져 버린 지금에 와서야 사람들은 그 사실을 똑똑하게 알게 되었다.

"그레테야, 이리 좀 온." 하고 잠자 부인은 슬픈 표정을 지으며 말했다.

그레테는 시체를 돌아다보며 양친의 뒤를 따라 침실로 들어갔다. 할멈은 방문을 닫고 창문을 활짝 열어젖혔다. 아직 이른 아침이지만, 신선한 공기 속에는 어딘지 훈훈한 온기가 감돌고 있었다. 어느덧 벌써 3월말이었다.

세 하숙인들이 방에서 나와 아침식사를 찾았으나 모

두들 어리둥절한 표정이었다. 하숙인의 존재조차 잊어 버릴 지경이었다.

"아침식사는 어디 있어요?" 하고 그들 가운데서 우두머리격인 남자가 퉁명스럽게 할멈에게 물었다. 그러나 할멈은 손가락을 입에 대고 아무 말도 없이 성급히 서두르며, 그레고르의 방에 가보라고 눈짓을 했다. 그들은 그레고르의 방으로 가서 약간 헌 웃옷 호주머니에 두 손을 처넣은 채 그레고르의 시체를 둘러싸고 서 있었다. 방안은 이미 환하게 밝아졌다.

　그때 문이 열렸다. 잠자 씨는 수위 제복을 입고 한쪽 팔을 아내에게, 또 다른 쪽 팔은 딸에게 부축을 받으며 나타났다. 세 사람의 얼굴은 모두들 약간 운 듯, 눈은 부어 있었다. 그레테는 때때로 아버지의 팔에 얼굴을 파묻었다.

"당장 우리집에서 나가 주시오!" 잠자 씨가 이렇게 말하고, 아내와 딸을 자기 몸에서 떼지도 않은 채 현관문 쪽을 가리켰다.

"무슨 말씀인지요?" 우두머리격인 남자가 약간 놀란 표정으로 빙그레 미소를 지으며 말했다. 나머지 두 사람은 뒷짐을 진 채로 끊임없이 손을 비비고 있었다. 마치 자기들에게 유리하게 벌어지게 될 언쟁을 마음속으로 은근히 기다리는 것 같았다.

"지금 내가 말한 바로 그대로요." 잠자 씨는 이렇게 대답하고, 아내와 딸의 옆에 나란히 서서 하숙인 앞으로 곧장 걸어갔다.

　우두머리격인 남자는 처음에는 꼼짝도 않고 그 자리에 서 있었는데 마치 머릿속에서 여러 가지 일을 다시 정리하려는 듯이 잠시 마루 위를 내려다보고 있었다. "그렇다면, 나가지요." 하고 말하고 잠자 씨를 쳐다보았다. 그 남자는 갑자기 자기를 엄습해 온 겸손한 기분 속에서, 이와 같이 새삼 결심한데 대해서까지도 주인에게 새로운 승인이라도 하는 것 같았다. 그러나 잠자 씨는 눈을 부릅뜨고 그저 몇 번이고 고개를 끄덕일 뿐이었다. 그리하여 그 남자는 곧 현관 방으로 뚜벅뚜벅 걸어 들어갔다. 두 친구는 손가락 하나 까딱하지 않고 잠시 귀를 기울이고 있었으나 곧 그 친구의 뒤를 쫓아갔다. 마치 잠자 씨가 자기들보다 먼저 앞질러서 현관 방에 들어가, 자기들과 친구 사이를 갈라 놓지나 않을까 두려워하는 것 같았다. 현관 방에서 그 세 사람은 옷걸이에서 모자를 손에 잡아들고 지팡이를 꺼내 든 다음, 무뚝뚝하게 인사를 하고 집을 나섰다. 전혀 아무 근거도 없는 의심을 품고서, 그의 의혹이 단순한 기우에 지나지 않는다는 사실은 바로 밝혀졌지만 잠자 씨는 아내와 딸을 데리고 계단 앞으로 나아가서 난간에 기대어 떠나가는 세 사람의 뒷모습을 내려다보았다.

　세 사람은 천천히 한결같이 발을 옮겨 기다란 계단을 내려갔으며, 아래층으로 내려가는데 따라 층계마다 중간의 커브를 도는 곳에서 언뜻 자취를 감췄다가 2, 3초 후에 다시 모습을 나타냈다. 그들이 밑으로 내려갈수록 그들에 대한 잠자 가족의 관심도 점점 사라져 갔다. 처음에는 저 밑에서 세 사람을 향하여 올라오던 고깃간 급사가, 마침내 그들을 지나쳐서 머리에 짐을 이고 뽐내듯 퉁퉁거리며 계단을 올라왔다. 그때 비로소 잠자 씨는 아내와 딸을 데리고 난간을 떠나, 가벼운 기분으로 집안으로 되돌아왔다.

그들은 오늘 하루 쉬면서 산보나 하기로 결정했다. 그들은 일을 쉴 만한 이유가 있었을 뿐만 아니라 쉴 필요도 있었다. 그래서 그들은 책상 옆에 앉아, 잠자 씨는 자기 지배인에게, 잠자 부인은 내의 재봉 주문자에게, 그리고 그레테는 상점 주인에게 각각 결근계를 썼다. 결근계를 쓰고 있을 때 할멈이 나타나 아침 일이 다 끝났으니 집으로 돌아가겠다고 말했기 때문에, 글을 쓰고 있던 그들은 고개도 들지 않고 끄덕거렸다. 그러나 할멈이 언제까지나 그 자리를 떠나려고 하지 않았기 때문에 화가 난 얼굴을 들었다.

"왜 그러고 있어요?" 하고 잠자 씨가 물었다. 할멈은 방문 옆에 서서 미소를 지었다. 할멈은 마치 식구들에게 매우 반가운 소식을 전해 주려고 왔지만, 상대방이 캐묻지 않으면 선뜻 알려 주지 않으려는 태도였다. 할멈의 모자 위에서 타조 깃털 하나가 꼿꼿이 꽂혀 있었는데, 가볍게 이리저리 흔들리고 있었다. 할멈이 자기 집에서 일하는 동안에도 잠자 씨는 그 깃털이 비위에 몹시 거슬렸다.

"대체 무슨 일이 있어요?" 하고 잠자 부인이 물었다.

할멈은 이 집에서 부인을 가장 존경하고 있었다. "네

……." 할멈은 이렇게 대답하고, 정답게 웃느라고 바로 말을 계속하지 못했다. "저, 옆방에 있는 그것을, 치워 버릴 걱정은 조금도 마세요. 벌써 제가 다 치워 버렸으니까요." 잠자 부인과 그레테는 계속해서 결근계를 쓰려는 듯이 고개를 숙이고 있었다. 잠자 씨는 할멈이 모든 일을 자세히 이야기하려는 것을 눈치채자 손을 내밀며 한사코 거절했다.

할멈은 거절을 당하자 기분이 상한 듯이 "여러분 안녕히 계세요." 하며 외치고 홱 돌아서더니, 요란스럽게 문을 닫고 나가 버렸다.

"저녁에 돌아오면, 할멈을 내보내!" 잠자 씨가 이렇게 말했으나, 부인이나 딸은 아무 대답도 하지 않았다. 간신히 얻은 마음의 안식이 할멈 때문에 다시 수포로 돌아간 것처럼 느껴졌기 때문이다. 아내와 딸은 자리에서 일어나 창문 옆으로 가서 서로 부둥켜 안고 있었다. 잠자 씨는 의자에 앉은 채 몸을 두 사람 쪽으로 돌리더니, 잠시 동안 조용히 그들을 쳐다보았다. 그 다음에 그는 말했다.

"자, 그만 이리 좀 와. 지난 일을 더 생각해서 뭘 해. 이제는 나도 좀 생각해 달란 말이야!"

아내와 딸은 아버지에게로 달려가 그를 위로한 다음 재빨리 결근계를 써버렸다.

그러고 나서 그들은 모처럼 함께 집을 나섰다. 몇 달 동안이나 이런 일을 경험하지 못했던 것이다. 전차를 타고 교외로 나갔다. 전차에는 오붓하게 그들 가족뿐이었다. 따뜻한 햇볕이 찻간으로 흘러들어왔다.

그들은 편안하게 좌석에 몸을 기대고, 장래의 일에 대한 이야기를 주고받았다. 자세히 생각해 보면 그들의 앞날도 전혀 희망이 없는 것은 아니었다. 왜냐하면 이제까지 서로 물어 볼 기회조차 없었지만, 막상 서로 이야기해 본즉 세 사람의 직업은 퍽 훌륭하며, 특히 앞으로는 더욱 유망할 것처럼 느껴졌기 때문이다. 우선 당장에 집안 환경을 개선하는 문제는 물론 이사를 가기만 하면 쉽사리 해결될 것 같았다. 그들은 그레고르가 택한 현재의 주택보다도 작고 집세가 싸지만, 그래도 위치가 좋고 무엇보다도 실용적인 주택을 원했다. 그들이 이와 같이 이야기하고 있는 동안 잠자 부부는 점점 활기를 띠는 딸의 모습을 바라보고, 거의 동시에 다음과 같은 현상을 눈치챘다. 즉, 그레테는 최근에 얼굴빛이 창백해지도록 갖은 고생을 다했지만 이제는 예쁘게 피어난 처녀의 자태가 엿보인다는 사실이다. 잠자 부부는 점점 말도 하지 않고 무뚝뚝해지고 또 거의 무의식적으로 눈과 눈으로 마음을 통하면서, 이제는 슬슬 딸을 위해서 훌륭한 신랑감을 얻어 주어야 할 때가 왔다고 생각했다.

그리고 드디어 전차가 목적지에 닿았을 때, 딸은 제일 먼저 일어나 풍만한 젊은 육체를 쭉 폈다. 딸의 모습이 잠자 부인의 눈에는, 그들의 새로운 꿈과 아름다운 계획을 다짐해 주는 것처럼 비치었다.

관 찰

⊠ 국도 위의 소년들

앞뜰의 울타리 건너편에서는 마차 지나가는 소리가 들렸고, 때로는 조금씩 흔들리는 나무 사이로 그것이 보이곤 했다. 이 무더운 여름날에 수레바퀴 소리와 멍에의 나무가 삐득거리는 소리란! 일꾼들이 들에서 돌아오며 창피할 정도로 웃어댔다.

나는 마침 우리들의 작은 그네에 앉아서, 내 양친의 집 뜰 나무 사이에서 쉬고 있던 중이었다.

울타리 밖에서는 아무 소리도 들리지 않았다. 조금전에 아이들이 뜀질을 하며 지나갔다. 볏가리 위에 사내들과 아낙네들을 싣고 짐수레가 지나갔고, 화단 주변에는 어둠이 깔렸다. 저녁녘에 지팡이를 든 신사가 천천히 산책하는 걸 봤다. 그러고는 팔짱을 낀 두세 명의 여자아이들이 그와 마주쳤지만, 이들은 가볍게 인사를 하곤 길가 풀밭으로 길을 비켰다.

그러고는 새들이 물방울이 튀듯 날아갔다. 나는 눈으로 그들을 쫓았으나 단숨에 높이 날아가 버렸으므로 나중에는 그들이 날아 올라가는 것 같지 않고, 오히려 내가 떨어져 내리는 것 같은 느낌이 되어 그네줄에 꼭 매달려선 살짝 그네를 흔들기 시작했다. 마침내 점점 힘차게 타자 그때는 이미 찬바람이 일기 시작했고, 하늘에는 날아가는 새 대신 파르르 떠는 별이 반짝이고 있었다.

촛불 옆에서 저녁을 먹었다. 이따금 나는 양팔을 나무로 만든 식탁 위에 놓고 벌써 피로를 느끼면서 버터 바른 빵을 씹고 있었다. 올이 거친 휘장이 따스한 바람에 부풀어올랐다. 때때로 밖을 지나가던 사람이 나를 더 잘 보려고, 또 나와 이야기하고 싶어서 손으로 그것을 잡아당겼다. 그럴 때면 대개는 촛불이 꺼지고 촛불의 어두운 연기 속에 한참 동안 모기떼가 웅성거리곤 했다. 누군지 창가에서 나를 찾으면 나는 그쪽을 쳐다보았지만 마치 울창한 산맥이나, 또는 그저 허공에 눈을 돌리듯 어이없어 했으며, 상대방 역시 별 대답을 기대하고 있는 것은 아니었다.

누군가 창벽을 넘어와 다들 집 밖에서 기다리고 있다고 전해 주면 나는 물론 한숨을 쉬며 일어섰다.

"그런데 왜 그렇게 한숨을 쉬니? 도대체 뭐가 어떻게라도 됐어? 색다른, 어쩔 수 없는 재난이라도 생겼니? 어떻게도 할 수 없단 말인가? 정말 모조리 망쳐 버렸니?"

아무것도 망쳐 버린 건 아니다. 우리들은 집 앞으로 달려갔다.

"아아, 이제 겨우들 왔군. 넌 언제나 늦구나."

"뭐라고, 내가?"

"그래, 너 말야. 같이 가기 싫거든 집에 남아 있으려무나."

"걱정 마라!"

"뭐 어째? 걱정 말라고? 말투가 어째 그러니?"

우리들은 머리로 밤의 어둠 속을 뚫고 갔다. 낮도 밤도 없었다. 어떤 때는 우리들 조끼의 단추가 서로 비벼대서 이 가는 소리가 났다. 때로는 또 우리들은 일정한 거리를 두고 달리기도 했다. 열대의 야수와도 같이 입에 불을 뿜고, 옛 전쟁 때 갑옷을 입은 기병(騎兵)과도 같이 땅을 박차고 공중을 날아, 우리는 서로 쫓듯 짧은 길을 달려내려가선 그 발길로 단숨에 국도로 뛰어올라갔다. 몇 명인가는 길가 구덩이에 뛰어들어 어두운 둑으로 사라졌는가 했더니 벌써 들길 위에 올라서서 낯선 사람처럼 내려다보고 있었다.

"내려오려무나!"

"우선 올라오라니까!"

"싫어, 떠밀 텐데 뭐. 그리 쉽게는 속지 않을걸."

"그렇게 두렵단 말이지? 오려무나, 오란 말야!"

"정말 너희들이! 너희들이 우리를 떨어뜨릴 작정이니? 무슨 꼬라질 하고 그따위 소릴 하는 거야."

우리는 돌진했다. 가슴을 찧고, 구덩이 풀 속에 엎어졌다. 뒹굴뒹굴 굴러떨어지며, 또 신이 나서 일부러 구르기도 했다. 모든 것들이 따스했으나, 우리는 풀잎의 따뜻함도 차가움도 느끼질 못했다. 다만 포근한 피로를 느꼈을 뿐이다.

오른쪽으로 누워 손을 귀 언저리로 가져가면 그대로 잠이 들어 버릴 것만 같았다. 물론 다시 한 번 턱을 들고 일어서려고는 해봤지만 더욱더 깊이 구덩이 속으로 들어가기만 했다. 그리고 이번엔 팔을 옆으로 내밀고 발을 기웃이 파닥거리며 공중으로 몸을 내던지면 꼭 더 한층 깊은 곳으로 빠져 들어가기만 했다. 구덩이 맨 밑바닥에서 잠을 자려면 어떻게 충분히 몸을 펴고 특히 무릎을 펴고 누워야 할 것인지 아직 거의 생각하지도 않고 울음이 터질 듯 아프기라도 한 듯이, 등을 대고 누워 있었다. 그러다가 어떤 아이가 허리에 팔꿈치를 대고 검은 발바닥으로 우리 머리 위를 넘어 둑에서 길 위로 뛰어나가면 우리는 그저 눈만 깜박거릴 뿐이었다.

달은 어느덧 제법 높이 솟았고, 우편마차가 불을 켜고 지나갔다. 주위에 약한 바람이 일기 시작했고, 구덩이 속에서도 그것을 느낄 수 있었다. 머지않은 곳의 숲이 살랑거리기 시작하자 이제는 혼자 있는 것도 싱거워졌다.

"어디들 있니?"

"여기야!"

"모두 모여라!"

"뭘 숨고 야단이야, 바보 같은 짓은 그만둬!"

"우편마차가 벌써 지나간 걸 모르니?"

"정말? 벌써 지나갔어?"

"그럼, 네가 잠든 사이에 가버렸어."

"잠들었다고? 그럴 리가 있나!"

"잠자코 있어. 네 얼굴에 씌어 있는걸."

"그만둬."

"가자!"

우리들은 서로 붙어서 달렸다. 손을 마주 잡고 있는 아이들도 있었다. 내려가는 길이었으므로 모두들 머리를 높이 쳐들어야 했다. 누군가가 인디언의 싸움 노래를 불렀다. 우리들의 발길이 유달리 가벼워져 뛰는 족족 바람이 우리의 허리를 안아 올렸다. 아무것도 우리를 멈추게 하지는 못했을 것이다. 우리는 이렇게 달렸으므로 앞질러 가는 때도 팔짱을 끼고 유유히 서로 쳐다볼 수 있었다.

빌트바흐 다리에 이르자 우리들은 멈춰섰다. 앞장 서서 가던 아이들도 되돌아왔다. 아래에 내려다보이는 물결은 돌과 나무뿌리에 부딪치는데 밤이 벌써 깊어진 것 같지는 않았다. 누구든 다리의 난간을 뛰어넘어 들어가지 않을 이유는 하나도 없었다.

멀리 숲 저쪽에서부터 기차가 나타났다. 어느 차실(車室)에도 불이 넘쳐흐르듯 켜져 있고, 유리창은 모두가 아래로 꼭꼭 닫혀 있었다. 우리들 중의 한 사람이 유행가를 부르기 시작했다. 모두들 따라 부르고 싶어졌다. 우리는 기차가 달리는 것보다 더 빨리 노래를 불렀다. 목소리만으로는 부족해서 팔을 내흔들었다. 소리에 맞추어 부르고 있으니까, 마치 우리 모두가 거대한 군중 속에 끼여든 것 같이 희한한 기분이었다. 자기의 목소리를 다른 사람의 소리와 섞을 때 사람이란 낚시에 걸린 것 같은 기분이다.

이렇게 숲을 등지고 먼곳 나그네들의 귀에까지 울리

라고 불러댔다. 마을에선 어른들은 아직도 자지 않고 있었으며, 어머니들은 밤의 잠자리를 마련하고 있었다. 이미 때가 되었다. 나는 옆에 서 있는 아이에게 입을 맞추고, 다음 세 아이에겐 악수만 하고서 왔던 길을 되돌아 달렸다. 아무도 날 부르진 않았다. 아무도 이젠 나를 보지 못할 첫째 네거리를 돌아, 들길을 달려 다시금 숲속으로 뛰어들었다. 나는 열심히 남쪽 동리를 향해서 달렸다. 우리 마을에선 그 동리를 가르켜 이렇게들 말하고 있었다.

"거기 사람들은 잠을 자지 않는대."

"왜?"

"고단하질 않으니 그렇겠지."

"왜 그럴까?"

"바보들이니까 그렇지 뭐."

"바보들은 고단하지도 않은가?"

"바보가 어째서 고단하단 말이야!"

⊠ 사기꾼의 탈을 벗기다

드디어 밤 10시경, 나는 전부터 조금 알고 지내던 사나이와 이번에도 우연히 길동무가 되어 두 시간 동안이나 거리를 헤맨 끝에 귀인(貴人)의 집 앞에 이르렀다. 나는 거기 야회에 초대를 받았던 것이다.

"자 그럼!" 나는 이렇게 말하고, 이젠 아무래도 헤어

저야 되겠다는 듯이 손을 마주쳤다. 이렇게 확실하게 하진 않았지만 나는 벌써 두세 번이나 그런 눈치를 보였던 것이다.

나는 이미 아주 피로해 있었다.

"이대로 바로 올라가시렵니까?" 그가 물었다.

그의 입속에서 이가 서로 맞닿는 듯한 소리가 들렸다.

"예."

물론 나는 초대를 받았다. 그런 사연은 곧 그에게 이야기해 두어야 했었을 터이다. 나는 그 전부터 무척 가고 싶어했던 집에 초대를 받은 것이지, 이렇게 문앞에 서서 마주보고 서 있는 사나이의 귀 언저리로 저쪽을 스쳐보고 있으라고 초대받은 건 아니다. 더구나 지금도 그와 말없이 마주 서 있자니, 마치 우리는 이 자리에 오래도록 이렇게 서 있기로 결심이라도 한 것 같았다. 그리고 보니 주위에 즐비한 집들도, 또 그 위로 별에 이르기까지 맞닿아 있는 암흑조차도 우리의 침묵에 관여하고 있었다. 어디를 걷고 있는지 알아볼 흥미조차 없다는 듯 산책하는 자의 발소리, 끊임없이 저쪽 보도에 몸을 부딪치는 바람, 어떤 방의 닫혀진 창을 향해 노래를 부르는 축음기—이 소리들은 마치 그 침묵이 영겁의 과거부터 영원한 미래에 걸쳐서 그들의 소유인 것처럼, 이 침묵 속에서 들으라는 듯이 울려오고 있었다.

그리고 나의 동반자는 한 번 웃고 나서는 그의 뜻과 같이—또 나의 뜻에 따라 순응해 왔다. 그러곤 벽 쪽으로 오른팔을 쳐들고 눈을 감고는 얼굴을 그 팔에 묻었다.

그러나 나는 이 미소를 끝까지 지켜보지 않았다. 수치감이 갑자기 내 얼굴을 돌리게 했던 것이다. 즉, 이 웃음을 보고 처음으로 나는 그 사나이가 사기꾼이며 그 이상은 아무것도 아님을 깨달았던 것이다. 나는 이미 수개월 동안 이 동리에 머물고 있어서, 이들 사기꾼을 철저하게 알고 있다고 믿어 왔던 터이다. 밤에 옆 골목에서 양쪽 손을 앞으로 내밀고 요릿집 주인처럼 우리를 향해 다가오는 모습도, 우리가 서 있는 광고 기둥 둘레를 빙빙 돌며 둥근 기둥 뒤에서 적어도 한쪽 눈을 가지고 슬그머니 내다보는 거나, 네거리에서 우리가 불안해 하고 있을 때, 우리들 바로 앞의 보도 끝에서 느닷없이 나타나는 것도! 나는 그들을 잘 알고 있었던 것이다. 그들은 작은 여관에서 알게 된 이 동리의 최초의 사람들이었으니까 말이다. 그리고 나는 그네들 덕분으로 불굴(不屈)이라는 것을 처음으로 보았다. 지금은 그 불굴이라는 것을 이 지상에서 제외하고 생각할 수는 없고, 이미 그것은 내 마음속에 자리잡기까지 한 것이다. 그들로부터 벗어난 지 오래이고, 이미 아무것도 붙잡을 게 없는데도 그들은 아직도 여전히 마주 보고 거기 서 있는 것이다. 그들은 결코 주저앉지 않으며, 결코 넘어져 버리지도 않는다. 먼데서이긴 하지만, 여전히 설복해 버릴 듯한 눈초리로 노려보고 있는 것이다! 또 그들이 하는 수작이란 언제나 마찬가지다. 그들은 가능한 한 넓게 우리들의 앞길을 가로막고 서서, 우리들이 가고자 하는 곳에서부터 우리들을 차단해 버리려고 꾀한다.

그 대신에 우리들의 거처를 그들의 가슴속에 마련해 주는 것이다. 그리고 쌓이고 쌓인 감정이 우리들의 내부에서 마침내 끓어오를 땐, 그것을 포옹으로 받아들여 그 속에 얼굴을 파묻으며 몸을 던져 오는 것이다.

이 낡은 수작을 이번에는 제법 오래 그들과 동행하고 난 후에야 비로소 알아차렸다. 이러한 수치를 씻어 버리려고 나는 손가락 끝을 부서지라고 비벼대었다.

그러나 그 사나이는 여전히 내 앞에 기대서서 아직도 자신이 사기꾼이라고 생각하고 있으며, 자기의 운명에 대한 만족감이 그의 가리우지 않은 뺨을 붉게 물들였다.

"알았소."

이렇게 말하고 나는 그의 어깨를 가볍게 쳤다. 그러고는 급히 층계를 올라갔다. 위층 건넛방에 있던 말없이 충실한 하인들의 놀라운 반가움은 나를 기쁘게 했다. 내 외투를 벗기고, 장화의 먼지를 털어 주는 사이에 나는 차례로 그들을 쳐다보았다. 나는 숨을 돌려 쉬고 쭉 몸을 펴고는 응접실로 들어갔다.

▨ 홀연한 산책

저녁에 집에 붙어 있기로 굳게 결심이나 한 듯이 생각될 때, 집에서 입던 옷을 바꾸어 입고 저녁을 먹은 후 책상 위에 불을 켜놓고 앉아서, 언제나 그걸 끝마치고는 으레 잠을 자는 습관인 일이나 놀이를 시작했을 때, 밖에선 날씨가 험악하여 집에 머물러 있는 것이 당연한 듯이 보일 때, 이제는 제법 오래 책상에 앉아 있었으므로 새삼스레 나가겠다면 모두들 놀람직할 때, 벌써 층계는 어두워졌고 현관문조차 닫혀 있을 때, 그러나 역시 갑작스레 불쾌해져서 재킷을 갈아입고 별안간 외출하는 옷차림을 보이고, 좀 나가 봐야 되겠다고 말하고, 사실 또 몇 마디 이별을 고하고, 방문을 닫는 정도에 따라 뒤에 남기는 불쾌감이 많아지기도 하고 적어지기도 한다고 생각하며 거리에 나서면, 자기 자신을 찾고, 뜻밖에 찾아 준 자유에 보답이라도 하듯이 가벼운 걸음으로, 이 단 한 가지 결심을 한 것으로 미루어서 자기 자신의 내부에 모든 일에 대해서 결단을 내릴 힘이 집중하고 있는 것처럼 느끼며, 필요 이상으로 갑작스런 변화를 일으켜 그것을 참고 견디어 낼 능력을 자기 자신이 가지고 있는 것을 평상시보다 큰 의의를 가지는 것처럼 인정하고, 그런 모양으로 긴 가로를 걸어가면—그때 사람은 그날밤 자기는 전혀 가족의 테두리를 벗어나고, 식구들이란 실존하지 않는 것으로 변하고, 그 반면에 자기는 확고하고 검은 윤곽을 가지고, 뒤쪽에서 허벅다리를 치면서, 자기 본연의 자태(姿態)에까지 높여지게 되는 것이다.

이렇게 밤이 깊었을 때, 어떻게 하고 있을까 궁금하여 한 친구를 찾는다면 이러한 감정은 한층 더 강해지는 것이다.

⊠ 결 심

처참한 상태에서 벗어나는 것은 강렬한 의지가 담긴 에너지만 있으면 용이한 일일 것이다. 나는 안락의자에서 몸을 일으키고, 테이블 둘레를 뛰어다니며, 머리와 목을 움직이고, 뉴에 불을 켜고 눈 언저리 근육을 긴장시킨다. 온갖 감정을 저지하고, 지금 막 들어오는 A에게 급하게 인사하고, B를 내 방에서 참을성 있게 친절하게 접대하며, C에게선 이야기하는 것 전부를 고통과 노고를 무릅쓰고 숨을 길게 쉬면서 내부로 삼켜 버린다.

그러나 그렇게 잘 되더라도 역시 피할 수 없는 실패와 더불어 전부가 가벼운 것이나 무거운 것이나, 갑작스레 멈추고 나는 빙빙 선회하면서 구태(舊態)로 되돌아오곤 해야 할 것이다.

그러므로 결국 만사로 받아들이는 데 최상의 길은 역시 자기 자신 무거운 덩어리가 되어 행동하는 것, 그것이다. 그래도 날아갈 것같이 느낄 때는 자신을 꾀어서 불필요한 수단을 부리지 말고 상대방을 짐승과 같은 눈초리로 노려보며 후회하지 않을 것, 요컨대 유령으로서 여명을 가지고 있는 모든 것을 자신의 손으로 눌러죽일 것, 다시 말하면 최종적인 묘지의 안식을 증가시키고 그외의 아무것도 존속시키지 말지어다.

그러한 상태의 특징이라 할 수 있는 몸짓은 작은 손가락으로 눈썹 위를 살짝 만지는 것이다.

▨ 산으로의 소풍

"나는 모른다." 소리없이 나는 외쳤다. "난 정말 몰라. 아무도 오지 않는다면 아무도 안 오는 거겠지. 나는 아무한테도 나쁜 짓 같은 건 하질 않았으며 또 아무도 나한테 나쁜 짓을 하지 않았다. 그런데 아무도 날 도우러 들지를 않는군. 전혀 아무도. 그러나 그런 것은 아니다. 다만 아무도 나를 돕지 않는다는 것이—그렇지 않으면 전혀 아무도 아닌 자는 예의가 바른데, 아무도 아닌 자들의 일행과 소풍이라도 하고 싶다고 생각한다. —그렇지 않을 이유가 있겠나—물론 산으로, 어디 다른 데 갈 데가 또 있어야지? 이 아무도 아닌 자들이 서로들 떼를 지어 가는 모습. 이 많은 팔이 혹은 엇비슷하게 뻗쳐지고 혹은 서로 팔짱들을 끼고 이 많은 발들은 거의 발꿈치가 닿을 것같이! 모두들 프록 코트를 입은 것은 물론이다. 우리는 이렇게 의기양양하게 걸어간다. 바람은 우리들의, 또 우리의 손발 사이를 스쳐서 지나간다. 목덜미는 산에서 아주 편해진다! 우리들이 노래를 부르지 않는 것은 아주 신기한 일이다."

▨ 독신자의 불행

언제까지나 독신으로 있는 것이란 괴로운 일인가보다. 나이가 지긋해서, 저녁에 사람들과 어울려 지내고 싶은 나머지 위신을 지키면서 한 자리 끼워 줄 것을 간청하다니. 앓아누워 있으면서 침대 머리맡에서 몇 주일씩이나 텅빈 병실을 쳐다만 보고 있다니. 으레 문 밖에서 헤어지고 한 번도 자기 아내와 나란히 층계를 올라오지도 못하다니. 방으로 돌아오면 다른 세대로 통하는 옆 문밖에는 없고, 자신이 저녁거리를 손에 쥐고 집으로 돌아오는 것이라니. 다른 집 아이들을 보면 놀라 "나에겐 없구나!" 하고 되풀이만 하고 있어야 하다니. 외모나 태도를 어렸을 때의 기억에 남는 한두 독신자를 흉내내어 꾸며 내다니.

다만 실제 오늘이나 또는 앞날에 자기 자신 그런 꼴이 되리라, 자기의 몸뚱이와 현실의 머리 또는 이마를 가지고 그것을 손으로 때려 줄 수밖엔 없으리라.

▨ 상 인

몇몇 사람이 나를 동정하고 있음직하다. 그러나 나는 조금도 그것을 느끼지 않고 있다. 내 가슴속은 내 작은 장사 걱정으로 가득 차 있다. 그것으로 나는 이마와 관자놀이가 아프다. 그러나 하등 만족할 만한 전망은 없다. 하기야 내 장사라는 건 작은 것이니까.

몇 시간이나 미리 결정을 내려야 되며, 심부름꾼의 기억력을 각성시켜 주어야 하며, 염려되는 실패를 미리 경고하고 한 계절에는 벌써 다음 계절의 유행을 생각해야 하며, 그것도 내가 사귀는 부류의 사람들 사이에 있어서의 유행이 아니고 시골 무뚝뚝한 민중들의 유행에 대해서 생각해야 한다.

내 돈이라는 것은 낯선 사람들의 호주머니에 있는 것이다. 그러나 타인의 형편이라는 걸 내가 확실하게 알 도리가 없다. 타인이 어떠한 불행을 당할지 미리 알 수도 없으며, 그것을 내가 어떻게 막아낼 수 있단 말인가! 아마도 그들은 갑자기 호탕해져서 요릿집 정원에서 대향연을 베풀고 있는지도 모르겠고, 또 다른 친구들은 미국으로 도피하는 도중 잠깐 이 향연에 머물러 있는지도 모를 일이다.

그런데 주일의 어느 날 저녁 같은 때, 가게가 닫히고 나면 홀연 나는 내 장사의 끊이지 않는 일 때문에 아무것도 할 수 없는 몇 시간을 내 눈앞에 본다. 그럴 때면 아침부터 미리 느끼고 있던 흥분이 밀물처럼 내 마음에 밀려와서, 나는 그것을 지탱할 길이 없어 목표도 없이 어디론지 끌려가고 마는 것이다.

그런데도 나는 이 기분을 조금도 살리지 못하고 그저 집으로 또 돌아오는 수밖에 없다. 왜냐하면 내 얼굴이나 손은 더럽고 온통 땀이 나 있으며, 더구나 옷은 얼룩지고 먼지투성이며, 머리에는 사무용 모자를 쓰고 궤짝의 못에 긁힌 구두를 신고 있기 때문이다. 하는 수 없이 나는 물결 위라도 걸어가듯 발을 옮기고 양쪽 손의 손가락으로 딱딱 소리를 내며 내 옆을 스쳐가는 아이들의 머리를 쓰다듬어 준다.

그러나 길은 짧다. 나는 이내 집에 이르러 엘리베이터 문을 열고 안으로 들어간다.

나는 이제 갑작스레 홀로 있음을 느낀다. 다른 사람들은 층계를 몇 개나 더 올라가야 하며, 이윽고 약간 피로해져서 누구든지 현관문을 열어 줄 때까지 가쁜 숨결로 기다려야 한다. 그때 화가 치민다거나 지루해할 근거는 충분히 있다. 그러고는 건넛방에 가서 모자를 벗어 걸고, 복도를 지나 유리가 끼어 있는 문앞을 몇 개씩 지나서 겨우 자기 방에 들어가서야 비로소 그들은 홀로 있게 되는 것이다.

그런데 나는 엘리베이터 속에서 바로 혼자가 된다. 무릎에 손을 기대어 좁은 거울을 들여다본다. 엘리베이터가 올라가기 시작하면 나는 입을 연다.

"조용해. 물러가 있어. 나무그늘로 가고 싶은가? 창의 포장 뒤로, 나뭇잎의 아치 속으로 가고 싶은가?"

나는 이렇게 말한다. 그러면 층계의 난간이 젖빛 유리창에 폭포수처럼 흘러 떨어진다.

"날아가라. 한 번도 보지도 못한 너희들의 날개가 너희들을 골짜기 마을로, 아니면 가고 싶거든 파리에라도 날라다 주렴.

그러나 행렬이 가로 세로로부터 나타나서 서로 양보하지 않고 서로 뚫고 지나가며 결국 최후의 열 사이에 다시금 빈 틈을 생기게 할 때까지 창으로부터의 전망을 향락하라, 손수건을 흔들라, 깜짝 놀라 감격하고 지나가는 아름다운 부인을 찬미하라.

시내를 넘어 나무 다리를 건너 헤엄치는 아이들에게 고개를 끄덕여라, 그리고 먼 데 장갑선에 탄 수천명의 마도로스들이 지르는 환호성에 놀라라.

볼품없는 사나이를 뒤따라서 막다른 골목에 쫓아 넣으면, 그를 강탈하고 그 다음에는 모두들 각자 호주머니에 손을 넣고 그 사나이가 서글피 길 모퉁이를 왼쪽으로 돌아 걸어가는 뒷모습을 바라보라.

말을 타고 달려온 경관이 말을 제어하며 너희들을 격퇴한다. 하고 싶은 대로 하라고 두라. 텅빈 길이 그들을 불행한 기분으로 만든다. 나는 그걸 알고 있다. 자, 보라. 그들은 벌써 하나 둘씩 짝지어 흩어져 돌아간다. 천천히 길 모퉁이를 돌아, 날아가듯 광장을 지나서."

이때 나는 내려야만 한다. 엘리베이터를 아래로 내려보내고 문의 초인종을 눌러야 한다. 그러면 여자아이가 문을 열어 주고 나는 인사를 해준다.

▧ 방심하여 밖을 본다

지금 재빨리 다가오는 이 봄날에 우리들은 무엇을 할 것인가? 오늘 아침에는 하늘에 구름이 끼어 회색이 되어 있었다. 그런데 지금 창가에 가보고 깜짝 놀라 볼을 창의 손잡이에 대었다.

아래에서 벌써 틀림없이 저물어 가는 해의 여광(餘光)이 걸어가는 소녀의 문득 돌아보는 어린애 같은 순

진한 얼굴을 비췄다. 동시에 그 소녀의 뒤를 재빨리 쫓
아오던 사나이의 그림자가 그 위에 떨어짐을 본다.

그러고선 그 사나이는 벌써 지나가 버렸다. 그 아이
의 얼굴은 다시금 밝아진다.

▩ 귀 로

소나기가 지난 후의 공기의 설득력을 보라. 내 여러
가지의 공훈이 내 의식에 나타나서 내가 거역하지도 않
는데 나를 압도해 버린다.

나는 행진을 한다. 나의 템포는 이 길 한쪽의 템포가
되고 이 길의, 이 한 모퉁이의 템포가 된다. 나는 의당
문을 두드리는 소리, 테이블을 두드리는 소리, 온갖 토
스트(축배의 인사)에 대해 책임이 있다.

또 지금 침대에 나란히 누운 두 여인, 신축 건물의
발판에 또는 어두운 골목 집의 벽에 바싹 기대 선 여인
들 또 창가의 터키 의자에 앉은 두 여인에 대해서도 책
임을 느끼는 것이 마땅하다.

나는 나의 미래에 대해서 나의 과거를 존중한다. 그
러나 양방(兩方)이 다 훌륭하여 그 우열을 가릴 수가
없다. 다만 나에게 이토록 은혜를 베푸신 신의 섭리가
불공평함을 탓할 따름이다.

나의 방으로 들어오면 나는 조금 생각에 잠기게 된
다. 그렇다고 층계를 올라오는 사이에 뭐 숙고할 만한

것을 발견했다는 것은 아니다. 나는 창을 활짝 열어젖히고 또 어느 정원에선가 아직도 음악이 들려오지만 나에게는 그다지 소용되지 않는다.

⊠ 달려 지나가는 사람들

밤, 길가를 산책하고 있을 때 먼 데서부터 눈에 띄는 한 사나이가—그럴 수밖에 없는 것이 눈앞의 도로는 오르막길이고, 때마침 보름달이 떴으므로—우리들을 향해서 달려올 때 우리들은 그를 붙잡지는 않을 것이다. 비록 그가 아주 약해 보이거나 누더기옷을 입고 있더라도, 또 누군가 뒤를 쫓아와 소리지르고 있더라도 그렇게 하진 않고, 오히려 그가 달리는 대로 내버려둘 것이다.

왜냐하면 마침 밤이고, 길이 보름달에 비치어 눈앞에 오르막길이 돼 있는데 우리가 책임을 느낄 수야 없기 때문이다. 더구나 어쩌면 이 둘은 그들의 대화에 열중하고 있는지도 모른다. 또는 이 둘이서 다른 하나를 쫓고 있는지도, 첫째 사람이 결백함에도 쫓기고 있는지도, 또는 뒤쫓는 사람이 살인을 하려고 하는지도 모른다. 그렇다면 우리는 살인 공범이 될 것이며, 혹은 이 둘이 서로 보지도 알지도 못한 사이인지도 모르며, 두 사람은 각기 자기 책임 때문에 자기의 침대를 향해 달리고 있는지도 모른다. 또 어쩌면 이들은 몽유병 환자일지도 모르고, 첫째 사람이 흉기를 들고 있는지도 모를 일이다.

그런데 마침내 우리가 피로해서 기진맥진해서는 안 된단 말인가? 그렇게 많은 포도주를 먹지 않았더냐? 두번째 사람의 모습도 이미 보이지 않게 되니 우리는 후련함을 느낀다.

⊠ 승 객

나는 전차의 운전대 옆자리에 서서 이 세계, 이 도시 또 내 가정에 있어서의 나의 위치에 관해서 아주 불안하게 생각한다. 더구나 그 어느 방향이든 도대체 어떠한 요구를 당당하게 할 수 있는지, 그저 지나가는 말로도 나는 말할 수 없다. 내가 이렇게 운전대 옆에 서 있는 것도, 가죽 손잡이를 쥐고 있는 것도, 이 전차가 나를 싣고 가는 대로 두는 것도 나는 조금도 변호할 여지가 없으며, 사람들이 전차를 피하고, 또는 천천히 걸어가며, 쇼윈도 앞에 우뚝 서 있는 것에 대해서도 변호할 도리가 없다. 물론 아무도 그걸 나에게 요구하고 있는 것은 아니다. 그러나 그건 아무래도 좋다.

전차는 어느 정류장에 가까워 간다. 한 소녀가 내리려고 발판 가까이 온다. 나는 그 소녀를 어루만져라도 본 듯이 확실하게 안다. 그 소녀는 검은 옷을 입고 있는데, 스커트의 주름은 거의 움직이지 않는다. 블라우스는 몸에 딱 맞고 올이 작은 하얀 레이스 칼라를 달고 있다. 왼손은 납작하게 벽에 대어 있고, 오른손엔 우산을 들어 위에서부터 두번째 계단에 짚고 있다. 얼굴은 갈색이며, 코는 양쪽이 약간 눌린 듯한데 끝은 둥글고 넓적하다. 숱이 많은 갈색 머리털을 가지고 있고, 오른쪽 관자놀이에는 잔머리가 바람에 날리고 있다. 작은 귀는 비좁게 붙어 있다. 그렇지만 나에겐 바로 옆에 서 있으므로 오른쪽 귀 뒤가 송두리째 보인다. 귀뿌리가 그늘져 있는 것까지도.

이럴 때 나는 내 자신에게 묻는다. 그 소녀가 자기 자신에 대해서 의아한 생각을 하지 않고, 입을 꼭 다물고는 그러한 말은 전혀 하지도 않고 있다니, 그럴 수 있는 일일가 라고.

⊠ 옷

이따금 나는 많은 주름과 접힘살이 있고, 여러 가지 장식품이 달린 옷이 아름다운 몸에 보기 좋게 감겨 있는 것을 보는데, 그럴 때면 나는 생각한다. 그것은 언제까지나 이대로 있지는 않겠지, 구겨져서 똑바로 펴지지 않고, 먼지가 묻어도 그 장식에 깊이 박혀 털지도 못하게 되겠지 하고. 또 날마다 값비싼 옷을 아침에 걸치고 저녁에 벗고 하듯, 서글프고 어리석은 짓을 하는 사람이 또 있을까 하고.

그러나 나는 이따금 본다. 어여쁘고 매혹적인 근육과

관절을 가졌으며, 터질 듯한 살결, 보드랍고 가느다란 머리를 가진 소녀가 날마다 이 천연의 가장무도회 드레스를 입고 나타나는 것을. 그리고 언제나 똑같은 얼굴을 똑같은 손바닥에 대고 자기의 손거울을 들여다보고 있는 것을.

다만 종종 그들이 저녁 늦게 연회에서 돌아왔을 때, 거울 속에선 그 옷이 헐고 부풀었으며, 먼지투성이가 되어 여러 사람에게 다 보였으니 더 입을 수도 없는 것으로 보이게 될 것이다.

▨ 거　　절

내가 어여쁜 소녀를 만나서, "같이 와주지 않겠니?" 하고 청할 때 그 소녀가 잠자코 지나가면, 그 소녀는 이렇게 생각하고 있을 것이다.

'당신은 소문이 자자한 이름 높은 공작도 아니고, 인디언과 같은 체격에 수평으로 붙은 눈, 잔디의 공기와 그 사이를 지나가는 시내에 마사지된 피부를 가진 멋있는 미국 사람도 아니며, 당신은 내가 어디 있는지도 잘 모르는 바다를 향한 여행도 또 그러한 바다 위를 향해 한 적이 없지요. 그러니까 어여쁜 소녀인 내가 왜 당신과 같이 가야 된다고 생각하세요?'

'넌 잊어버리고 있어. 너는 거리를 달리는 자동차에 앉아 있는 것이 아냐. 답답한 옷을 입고 너를 추종하는 자도 못 봤어, 너를 위해 축복의 말을 중얼대며 정확한 반원을 그리고 네 꽁무니를 따라다니는 자들 말이야. 너의 가슴은 코르셋으로 알맞게 감싸여 있지만 너의 다리나 엉덩이는 그 단정함을 메우고 남음이 있단다. 너는 작년 가을에 우리들을 전부 즐겁게 했던 주름 많은 타턴의 옷을 입고 있구나. 하지만 너는 이따금 이러한 생명의 위험을 몸에 지닌 채 무심히 웃는구나.'

'맞았어요. 우리들 서로 말하는 건 옳아요. 그렇지만 그런 것을 서로 너무 잘 알아서 어쩔 수 없는 처지가 되지 않도록, 정말 서로 떨어져서 제각기 집으로 갑시다.'

▨ 경마기수를 위한 사색

잘 생각해 보면 경마에서 1위를 하고 싶다는 기분을 일으킬 만한 것은 아무것도 없다.

그 고을의 최고의 기수로서 알려진다는 영예는 오케스트라가 시작되자 무척 가슴을 설레게 하므로 다음날 아침 아무래도 후회가 생기는 것을 막을 도리가 없게 된다.

꾀많은 경쟁자인, 상당한 세력가들의 질투는 사람으로 둘러싸인 좁다란 울타리 속에서 우리들을 고통스럽게 한다. 우리는 그 사이를 뚫고 나와 평지에 나가는데, 거기서 우리들의 앞은 텅비어 있고 다만 두셋의 앞을 빼앗긴 기수 두세 명이 지평선 끝으로 말을 달리는 모습만이 작게 보일 뿐이다.

우리의 많은 친구들은 내깃돈을 받기에 바쁘고, 다만 어깨너머 먼 창구로부터 우리들에게 환호를 울려 준다. 그러나 정말 제일 좋은 친구는 전혀 우리 말에 걸지를 않는다. 왜냐하면 우리 말에 걸었다가 잃게 되면 우리를 원망하게 될까 두려워서이다. 그러나 우리 말이 1위를 해서 그들이 하나도 벌지 못할 때엔, 우리들이 지나가면 머리를 돌려 오히려 구경꾼들의 자리를 쳐다보곤 하는 것이다.

떨어진 경쟁자들은 안장에 매달려 그를 찾아 준 불행을 되돌아보며, 자기들에게 무슨 부정이라도 일어나지 않을까 하고 생각한다. 그들은 일부러 활기 있는 척하고, 마치 지금부터 새로운 경주가 시작되려 하고 있는 것처럼, 더욱이 이번 경주는 진짜고 전의 것은 아이들 장난인 것처럼 보이려고 한다.

많은 부인들에게 승리자는 우스꽝스럽게 보인다.

그들은 뽐내고 있지만, 결국 영원히 계속하는 악수와 축사와 인사와 먼 데로 향한 인사에 당황해서 어떻게 했으면 좋을지 모르고 있으니까 말이다. 그런가 하면 패배한 기수들은 입을 다물고 대개는 소리를 지르는 말의 목덜미를 가볍게 만져 주는 것이다.

마침내 찌푸린 하늘에서 비가 오기 시작한다.

▨ 거리로 향한 창문

혼자 고독하게 살고 있으면서 그래도 때로는 무엇인가 관계를 가지고 싶은 사람, 하루 사이의 시간의 변화나 날씨의 변화, 직업의 변화 또는 이와 같은 것을 참작해서, 그저 매달릴 수 있는 어떤 팔이라도 보고 싶다고 생각하는 사람은 거리로 향한 창문이 없이는 도저히 오래 견뎌 나가지 못한다. 그렇게 아무것도 구하지 않고 그저 피로한 사람이 되어 군중과 하늘 사이에서 아래위로 눈을 돌리며 창가에 기대어 서서, 아무 욕망도 없이 머리를 갸웃이 뒤로 젖히고 있으면, 어느덧 아래를 지나가는 말이 그 뒤에 거느리고 오는 마차와 그 소음 속에, 그리고 마침내는 인간 공동의 세계로 그를 이끌어 가는 것이다.

▨ 인디언이 되고 싶은 마음

인디언이 되었으면! 서슴지 않고 달리는 말에 올라타고 비스듬히 바람을 가르며 진동하는 대지 위를 몇 번인가 또 짧은 전율조차 느끼면서 마침내는 박차를 내던지고, 하기야 박차라는 게 없었지만 마침내는 말고삐를 집어던지고, 하기야 말고삐도 없었지만 그리고는 말쑥하게 깎은 광야와 같은 대지조차도 거의 눈에 띄지 않을 정도로 이미 말의 목덜미도 말의 머리도 없이.

▩ 수　목

　대체 우리는 눈 속에 서 있는 나무 줄거리와 같다. 그것은 보기에는 눈 위에 미끈히 서 있어 조금만 밀면 간단하게 밀려 없어질 것 같다. 그러나 그렇게 되지 않는다. 그것은 대지에 굳게 뿌리 박고 있기 때문이다.
　그런데 보라, 그것조차도 겉치레인 것을!

▩ 불　행

　언젠가 동짓달의 저녁 때였다. 이미 견딜 수 없게 되어 내 방 좁다란 양탄자 위를 경주로(競走路)처럼 달리고, 불들이 켜진 거리가 눈에 띄자 놀라 뒤로 돌아와서, 방 깊숙이 거울 속에 다시금 새로운 목표를 발견하여 다만 그 외치는 소리를 듣기 위해서, 소리를 지르지만 하등 반응이 없고 또 외치는 힘을 빼앗는 아무것도 없기에 저울의 한쪽 접시가 비어 있는 때와 같이 올라가기만 하고 멈출 줄을 모르고 있을 때 갑자기 벽에서 문이 하나 열렸다. 아주 재빨리, 하기야 신속을 필요로 했으니까. 그리고 밑에 포장한 도로 위의 마차에 매어 놓은 말조차도 전쟁터에서 성질이 거칠어진 말처럼 목구멍까지 드러내고 앞발을 들어 솟구치고 있었으니까.
　작은 유령처럼 한 아이가 아직 불이 켜 있지 않은 캄캄한 복도에서 들어와, 알지 못할 정도로 흔들리는 마루의 대들보 위에 발 끝으로 서 있다. 방의 어스름 빛에 바로 눈이 부셔 급히 얼굴을 손에 묻으려고 했으나 문득 창을 향해 보고는 안심을 하였다. 십자 모양의 창살에서는 거리의 불빛이 안개처럼 떠올라 마침내 어둠 속에 잠겨 있었다. 열어젖힌 문앞에 오른쪽 팔꿈치로 벽에 기대 서서 밖에서 불어오는 바람이 발의 관절과, 목덜미나 관자놀이를 따라 스쳐 지나가게 놓아두고 있었다.

나는 잠시 동안 쳐다보고 있다가 "안녕하십니까?"라고 말하고 난롯가에 걸려 있는 저고리를 입었다. 그렇게 반벌거숭이로 서 있고 싶지는 않았기 때문이다. 얼마 동안 나는 입을 딱 벌리고 있었는데, 그것은 나의 흥분이 입에서부터 달아나도록 하기 위함에서였다. 내 내부에는 불쾌한 침이 들끓었고 얼굴에선 눈썹이 떨렸다. 요컨대 바로 이 기다렸던 방문처럼 나에게 나빴던 것은 아무것도 없었다.

그 아이는 아직 벽 옆 똑같은 곳에 자리잡고 서 있었다. 그는 오른쪽 손을 벽에 꼭 대고 볼을 붉게 물들이고선 하얗게 칠한 벽의, 거칠게 울퉁불퉁한 자리에 싫증도 내지 않고 손가락을 비벼대었다. 나는 입을 열었다.

"정말 당신은 날 찾아오셨나요, 틀림없겠지요? 이 집은 큼직해서 틀리기가 일쑤예요. 나는 아무개올시다. 4층에 살고 있는데, 그래도 당신이 찾아오신 건 납니까?"

"조용히, 조용히!" 어깨 너머로 그 아이가 말을 던졌다. "모두가 틀림없어요."

"그러시면 아예 방으로 들어오세요. 문을 닫고 싶은데요."

"문은 지금 막 내가 닫았어요. 괴로움을 끼치고 싶진 않아요. 그대로 계십시오. 그리고 아무 걱정도 마시고요."

"괴로움이라니요, 그런 말씀은 마십시오. 이 복도에는 많은 사람들이 살고 있습죠. 물론 모두 내가 아는 사람들입니다만, 대부분이 지금 일자리에서 돌아오고 있습니다. 방에서 말소리가 들리면 다들 몰려들어 무슨 일이나 생겼나 하고 들여다보는 것을 당연한 일처럼 믿고들 있거든요. 그런 겁니다. 그들은 하루의 노동을 마치고 온 거예요. 일시적으로 얻은 저녁녘의 자유 속에서 어느 누구에게 굴복하겠습니까! 더구나 그런 일은 당신도 잘 알고 계시지요. 그러니 문을 닫게 내버려두십시오."

"네, 어떻게 된 셈입니까? 무얼 생각하시는 겁니까? 나에게는 온 집안 사람들이 몰려온다 해도 아무렇지 않습니다. 그리고 다시 말씀드리지만 문은 내가 이미 닫았어요. 혹시 당신만이 문을 닫을 수 있다고 생각하십니까? 더구나 자물쇠도 잠가 놨는데요."

"그렇다면 됐어요. 그 이상은 별로 바라는 것도 없습니다. 자물쇠까지 잠글 건 없었는데요. 하여간 들어오셨으니 편히 계시지요. 당신은 나의 손님입니다. 나를 믿어 주세요. 걱정하실 건 아무것도 없으니 그저 마음 놓고 계십시오. 나는 당신을 무리하게 붙들지도 쫓지도 않습니다. 그런 말씀까지 드려야 되겠습니까? 그토록 나를 잘 모르십니까?"

"천만에, 그런 말씀은 사실 하실 필요 없었습니다. 오히려 그런 말씀을 하시지 않았어야 되는 겁니다요. 나는 아이예요, 왜 나에 대해서 그렇게 여러 가지 신경을 쓰십니까?"

"그리 마음 상하진 마세요. 물론 아이입니다. 그러나 당신은 그렇게 작지 않습니다. 당신은 이제 완전히 어른이 되셨어요. 만일 당신이 여자였다면 이렇게 아무렇게나 나와 한방에 틀어박혀 있지는 못할 것입니다."

"우리는 그런 일은 걱정할 필요가 없습니다. 내가 여쭙고 싶었던 것은 이렇습니다. 내가 당신을 잘 알고 있다는 것만으로 나는 아주 안심할 수 없어요. 다만 나에게 거짓말을 하는 수고만은 당신이 안해도 좋아요. 그럼에도 당신은 나에게 치레를 하시는군요. 그런 일은 그만두십시다. 제발 그만두시라니까요. 더구나 나는 당신을 어디서나, 언제나, 이 어둠 속에서까지도 알고 있는 것은 아니니까요. 불을 켜는 것이 훨씬 좋겠어요. 아니 역시 켜지 않는 게 낫겠습니다. 하지만 당신이 나를 협박하셨다는 것을 나는 언제나 생각할 것입니다."

"뭐라고요? 당신을 협박했다고요? 제발, 나는 당신이 마침내 여기 오셨다는 걸 이렇게 기뻐하지 않습니까. 내가 '마침내'라고 한 것은 이미 늦었으니까 말입니다. 왜 당신이 이렇게 늦게 오셨는지 나는 잘 모르겠습니다. 하기야 내가 기쁜 나머지 이것저것 뒤섞어서 이야기했는데, 그것을 당신이 액면 그대로 받아들이셨는지는 모르겠습니다. 내가 그렇게 말한 것은 열 번이라도 인정합니다. 심지어 당신이 원하는 것을 모조리 이야기함으로써 내가 당신을 협박한 셈이 되는군요. 하지만 제발 다투지는 맙시다! 그러나 어떻게 해서 당신이 그러한 것을 믿게끔 되었을까요? 어떻게 해서 당신이 내 기분을 이토록 상하게 할 수 있었을까요? 왜 당신은 애를 써서 당신이 여기 와 계시는 짧은 시간을 망쳐 버리시려는 겁니까? 아무리 낯선 사람일지라도 당신보다는 친절할 거예요."

"하긴 그렇겠지요. 그런 것은 하등 새로운 진리는 아닙니다. 낯선 사람이라면 당신에게 친절도 하겠지만, 나는 그렇지도 못할 만큼 애당초 당신 가까이에 있는 거예요. 이것은 당신도 알고 계실 텐데, 왜 슬퍼하십니까? 희극을 연출하시겠다는 말씀이십니까? 그렇다면 나는 지금 당장 나가렵니다."

"그러세요? 그렇게까지 당신은 말씀하십니까? 당신은 조금 뻔뻔스럽습니다. 어쨌든 결국 당신은 내 방에 계십니다. 당신은 당신의 손가락을 미친 듯이 나의 벽에 비벼대고 계십니다. 나의 방입니다. 내 벽이에요! 더구나 당신이 말씀하시는 건 우스꽝스러워요. 뻔뻔스러울 뿐만이 아니고요. 당신 말씀은 당신의 본성이 그렇기 때문에 나와 이런 식으로 말하지 않을 수 없단 말이지요. 정말입니까? 당신의 본성이 그렇게 시킨단 말이지요? 참 훌륭한 본성이십니다. 당신의 본성이란 또 하나의 본성이기도 한데, 내가 본래 당신에게 친절히

하면 당신도 그렇게 할 도리밖에 없을 터인데요."

"그것이 친절한 것입니까?"

"내가 말하는 건 그전 일입니다."

"나중에 내가 어떻게 되리라는 것을 당신은 알고 계십니까?"

"아무것도 나는 모릅니다."

이렇게 하고 나는 침대 옆의 책상에 가서 그 위에 촛불을 켰다. 나의 방엔 그때 가스도 전등도 없었다. 그리고 얼마 동안 책상 옆에 앉아 있었으나, 그것에도 싫증이 나서 외투를 입고 기다란 의자에서 모자를 집어 쓰고 촛불을 불어서 껐다. 나가려고 할 때 나는 안락의자의 다리에 걸렸다.

층계에서 같은 층에 세들고 있는 사람을 만났다.

"벌써 또 나가십니까? 당신은 부랑자이군요?"라고 두 번째 계단에 발을 멈춰 서서 그가 물었다.

"그럼 어떻게 해야 되겠습니까?" 내가 말했다.

"지금 나는 내 방에서 유령을 만났어요."

"마치 수프 속에 머리카락이라도 들어 있는 걸 본 것처럼 불쾌해서 말하는군요."

"농담이시지요. 하지만 아시다시피 유령은 역시 유령이거든요."

"그건 그렇겠죠. 그렇지만 유령 같은 걸 전혀 믿지 않는다면 어떻게 하지요?"

"당신은 내가 유령을 믿고 있다고 생각하십니까? 그렇지만 믿지 않는다고 해도 무슨 소용이 있겠습니까?"

"아주 간단합니다. 실제로 유령이 나타나더라도 이젠 겁을 내지 않으면 됩니다."

"네, 그렇지만 그건 2차적인 공포입니다. 진짜 공포는 유령이 나타나는 원인에 대한 공포예요. 그리고 그런 공포는 가시지 않아요. 나는 이런 기분을 지금 심하게 가지고 있거든요."

나는 신경질적으로 내 호주머니를 전부 뒤졌다.

"그러나 유령이 나타나는 것 그 자체를 두려워하지 않는다면 그 원인을 침착하게 추구할 수 있지 않겠습니까?"

"당신은 아직 한 번도 유령과 말을 건네 보지 않으셨군요. 유령이라는 것은 결코 확실한 걸 알 수 없어요. 그건 이것도 아니고 저것도 아니에요. 이 유령들은 그들의 존재에 대해서 우리들 이상으로 의혹을 가지고 있어요. 그것도 그들의 불확실성을 생각하면 이상할 건 없어요."

"그러나 내가 들은 바에는 유령도 기를 수 있다던데요."

"그건 잘 아셨습니다. 할 수 있어요. 그러나 누가 그런 짓을 하겠습니까?"

"왜요? 하지요. 이를테면 만약 그것이 여자 유령이라면."라고 말하고는 뛰어서 계단을 올라갔다.

"아아, 그렇군." 내가 말했다. "그렇다손치더라도 보증은 안 되지요."

나는 곰곰이 생각했다. 내 친구는 벌써 높이 올라갔고, 나를 보려면 층계 위 둥근 천장에서 굽어보아야만 했다.

"그렇지만!" 하고 내가 외쳤다.

"당신이 그 위의 유령을 내쫓아 준다면 그때엔 우리들 사이는 마지막입니다, 영원히."

"그러나 물론 농담일 뿐이었지요." 그가 말하고 머리를 움츠렸다.

"그렇다면 됐어." 이렇게 내가 말했다. 그리고 그제야 처음으로 진정하여 산책도 할 수 있을 것 같았다. 그러나 나는 아주 고독했으므로 차라리 올라가서 자고 말았다.

단식(斷食) 광대

▨ 최초의 고민

공중 곡예사—아는 바와 같이 서커스 가설극장의 드높은 천장에 매달려서 재주를 부리는 이 곡예는 사람이 해낼 수 있는 재주 중에서도 가장 어려운 것 중의 하나인데—는 계획이 달라지지 않는 한 낮이나 밤이나 줄곧 높은 그네에 매달려 있었다. 처음에야 재주를 닦겠다는 오직 한 가지 열정으로 그렇게 했었지만, 나중에 그것은 횡포한 습관이 되고 말았다. 그가 요구하는 것이란 극히 몇 가지 뿐이었고, 이것은 전부 아래에서 교대로 깨어 있는 심부름꾼이 맡아서 특별히 만든 그릇에 넣어 올려가고 내려오곤 했다. 이러한 생활 형태니 주위에 특별히 걱정을 끼치는 일도 없었다. 다만 다른 순서가 진행되고 있을 때도 그는 숨어 있지 않고 그대로 위에 머물러 있으므로 약간 방해가 되었을 뿐이다. 그런 때에 그는 대체로 얌전히 조용하게 있지만 역시 여기저기서 관중의 시선이 그를 향하곤 했다. 하지만 감독은 그가 비범하고 바꿀 수 없는 재주꾼인만큼 이러한 것쯤은 용서해 주었다. 더욱이 그가 이러한 생활을 취미삼이 하는 것이 아니고, 끊임없는 수련을 쌓아 완전한 기술을 닦겠다는 일념에서라는 것은 누구에게도 환히 알려진 일이었으니까 말이다.

어쨌든 위에 있어도 나쁜 것은 없었다. 더구나 따뜻한 계절이 되어 둥근 천장의 창문이 전부 열어젖혀지고 햇볕이 신선한 공기와 더불어 이 어두컴컴한 공간에 세차게 스며들 때면 그곳은 아름답기조차 했다. 두말할 나위도 없이 그의 대인관계는 지극히 한정되어 있어, 다만 이따금 동료 곡예사가 줄사다리를 타고 올라와 그에게로 오는 것뿐이었다. 그런 때 그들은 그네에 나란히 앉아서 줄의 손잡이 좌우에 기대어 뭔가 지껄이곤 했다. 또 어떤 때는 목수가 지붕을 고치러 올라와서 열려 있는 창 사이로 두세 마디 말을 건네기도 하고, 소방대원이 제일 높은 자리에 있는 비상등을 점검하러 와서 뭐라고 그에게 경의를 표하거나 하지만, 극히 요령부득의 이야기뿐이었다. 그렇지 않을 때는 그의 주위는 언제나 조용했다. 간혹 오후에 텅비어 고요한 극장 속을 이리저리 거닐다가 어떤 일꾼이 문득 생각난 듯이 거의 눈이 미치지도 않을 높은 곳을 쳐다보곤 했다. 거기엔 누군가 쳐다보고 있다는 것도 알지 못하고 공중 곡예사가 여러 가지 재주를 연습하거나 그렇지 않으면 휴식을 하고 있었다.

어쩔 수 없이 이곳에서 저곳으로 떠돌아다니는 여행만 없었다면 곡예사는 성가시지도 않게 지낼 수 있었을 것이다. 그런데 그 떠돌아다닌다는 것이 그에게는 아주 귀찮은 일이었다. 하기야, 흥행주는 이 곡예사가 쓸데없는 걱정에 오래 신음하지 않도록 여러 가지로 마음을

써주기는 한다. 도회지로 갈 때면, 언제나 경주용 자동
차로 될 수 있으면 밤중이나 아침 일찍 사람 기척이 없
는 거리를 전속력으로 달리기도 하지만, 그것도 곡예사
가 마음에 그리는 동경에 비하면 아직도 느린 셈이다.
기차 속에서도 차실 한 칸을 고스란히 주어, 종래 생활
과는 같지 않다손치더라도 그 대신 혼자서 그물 선반에
누워 여행할 수도 있었다. 다음 흥행지의 극장에선 그
가 도착하기 훨씬 전에 이미 그네를 알맞은 자리에 매
달고, 장내로 통하는 문이라는 문은 전부 열어 놓고 통
로도 널찍하게 잡아 둔다. 그러나 역시 공중 곡예사가
줄사다리에 다리를 걸고 순식간에 그네로 뛰어올라가서
매달려 있는 그때야말로 언제나 흥행주의 생활에서 가
장 찬란한 순간인 것이다.

그리하여 거듭하는 순업(巡業)마다 흥행주는 성공할
지언정, 새로운 순업이 있을 때마다 그는 역시 고통스
러웠다. 왜냐하면 여행이라는 것이 다른 일은 모두 제
쳐놓더라도 어쨌든 공중 곡예사의 신경에는 치명적이었
기 때문이다.

그런 형편인데 또다시 어느 땐가 다같이 여행을 하게
되었다. 공중 곡예사는 그물 선반에 누워 꿈을 꾸고 있
었고 흥행주는 창가에서 책을 읽고 있었는데, 곡예사가
흥행주에게 조용히 말을 걸었다. 흥행주는 바로 대꾸를
해준다. 곡예사가 입술을 물며 말하기를, 지금까지는
그네 하나를 썼는데 다음부터는 그것 대신 언제나 그네
두 개를, 서로 마주 보는 그네 둘을 써야겠다는 것이었

다. 홍행주는 바로 동의했다. 곡예사는 지금 여기서 홍행주가 찬성하든 반대하든 그런 건 상관 없다는 듯이, 이제부터는 결코 어떤 일이 있더라도 그네 하나만 가지고는 안하겠다고 말했다. 그런 일은 다시 있으리라고 생각만 해도 소름이 끼친다는 태도였다. 홍행주는 주저주저 살피듯이 하면서 다시 한 번 자기도 같은 의견임을 설명했다. 그네를 둘로 하면 더 좋음에는 틀림없다. 그렇지 않더라도 이 새로운 생각은 매우 유익하다. 연기가 다채로워져서 재미있어지겠으니까 말이다.

그러자 곡예사는 갑자기 울기 시작했다. 놀란 홍행주가 벌떡 일어나서 도대체 웬일이냐고 물었지만 아무 대답도 없었으므로, 의자 위에 올라서서 곡예사를 쓰다듬으며 자기의 얼굴을 곡예사의 얼굴에 갖다 대었다. 곡예사의 눈물이 그의 얼굴에 흘러내렸다. 그러나 여러 가지 물어 보고 달래는 말을 한 후에야 겨우 곡예사는 훌쩍거리며 말했다. "두 손에 막대기 하나만을 쥐고 어떻게 내가 살아간단 말인가!"

이쯤 되니 곡예사를 달래는 것이 훨씬 쉬워졌다. 홍행주는 다음 정거장에서 즉시 다음 출연지에 전보를 쳐서 그네를 하나 더 만들도록 하겠다고 약속하였다. 곡예사를 이렇게 오랫동안 그네 하나로 부려먹었다는데 가책을 느꼈고, 그러한 결점을 지적해 준데 대해서 곡예사에게 감사도 하고 칭찬해 주었다. 이렇게 해서 겨우 곡예사를 진정시킬 수가 있었고, 그는 다시 한구석으로 돌아갔다. 그러나 그 자신은 마음이 가라앉질 않왔다. 가슴이 아파서 슬그머니 책 너머로 곡예사를 쳐다보았다. 일단 그러한 생각에 사로잡혔으니 어떻게 해서 그것을 내던질 수 있었겠는가? 그것은 점점 더해 가지 않을 수 없지 않았던가? 생활조차도 위협하고 들지 않았던가? 그리고 사실 홍행주는 지금 울음을 멈추고 잠든 것같이 보이는 곡예사의 매끈한 어린애 같은 얼굴에서 처음으로 주름살이 생기는 것을 본 것 같았다.

▨ 작은 여인

작은 여인이 있다. 본래 아주 홀쭉하지만 몸매는 아주 꽉 짜여 있다. 내가 보기에 그 여인은 언제나 똑같은 옷을 입고 있다. 노란빛 섞인 회색의, 말하자면 나무 색깔 천으로 만든 옷으로서 같은 색의 수술인가, 단추와 같은 장식을 달고 있었다. 그 여인은 언제나 모자 없이 다니고, 윤기 있는 금빛 머리는 반질반질하여 깔끔하지 않다고는 할 수 없으나 축 늘어진 차림이었다. 몸맵시가 가뿐하여 분명히 그 동작을 의도적으로 과장하여 보이며 허리에 손을 대고 상반신을 재빨리 옆으로 돌리기를 좋아했다.

그의 손에서 받는 인상이란, 그 여인처럼 한가닥 한가닥 손가락이 서로 뚜렷하게 갈라져 있는 것을 본 적이 없다고나 표현할 수 있는지 모르겠다. 그렇다고 그 여인의 손이 해부학적으로 유별나다는 것은 아니다. 그것은 극히 평범한 손이다.

그런데 이 작은 여인은 내가 무척 마음에 거슬리는 성싶다. 언제나 내 욕을 하고, 그 여인의 잘못은 언제나 나로부터 일어나며, 하나에서 열까지 내가 못마땅하다는 것이다. 생활이라는 것을 조각조각 나누어서 그 하나하나를 구별하여 판단할 수 있다면, 아마도 내 생활의 한 조각 한 조각이 그 여인에게는 울화의 원인인 것이다. 내가 도대체 왜 그 여인의 눈에 거슬리는 것일까 하고 나는 이따금 생각해 봤다. 나의 모든 것이 그 여인의 미적 감각이나 정의감·전통·습관·희망 이러한 것과 맞지 않는지도 모른다. 이렇듯 안 맞는 성미야 있지만 그렇다고 왜 그 여인은 그토록 애를 태우는 것일까? 나와 그 여인 사이엔 그토록 애를 태울 만한 아무런 관계라곤 없다. 그 여인은 다만 나를 완전히 타인으로 정하고 있으면 되는 것이다. 실상 그와 같이 나는 그녀에겐 타인이고, 또 그렇게 결정만 해준다면 나는 그것을 환영은 할지언정 반대하지 않을 것이다. 그 여인이 다만 나의 존재를 잊어버리기만 하면 되는 것이다. 내가 여태껏 나의 존재를 그 여인에게 인식시키도록 강요한 적도 없었고, 앞으로도 결코 그럴 리는 없을 것이다. 그러면 온갖 걱정도 아주 깨끗하게 사라져 버릴 텐데 지금의 경우 나는 나 자신에 대해서, 즉 그 여인의 그러한 태도가 물론 나에게도 고통스럽다는 것을 전혀 도외시하고 있다. 내가 그것을 도외시하고 있는 것은 나의 온갖 고통쯤은 그 여인의 것에 비하면 아무것도 아니라는 것을 잘 알고 있기 때문이다. 또 그런 경우, 그것이 사랑의 번민도 아니라는 것을 뻔히 알고 있다. 실제로 나를 개선한다는 것과도 그 여인은 아무런 관계라곤 없다. 더구나 그 여인이 나에 대해 퍼붓는 온갖 비난은 내 생활이 그것으로 인해서 어떻게 된다는 성질의 것은 아닌 것이다. 그렇다고 나의 생활이 그 여인을 괴롭히고 있는 것도 아니다. 그 여인의 괴로움은 다름아닌 그 여인 자신의 개인적 관심사로서 말하자면 내가 그 여인에게 주는 괴로움, 내 손으로 그 여인의 장래를 위협하는 괴로움에 복수하는 일이다. 전에 한 번 나는 이와 같이 항상 그 여인이 속을 태우고 있는 것에 대해서 어떻게 하면 가장 좋은 결말을 맺을 수 있는가를 가르쳐 주려고 한 적이 있었다. 그러나 그 덕분에 나는 그 여인을 더욱더 노하게 했으므로, 이젠 두 번 다시 그러한 어리석은 짓은 되풀이하지 않을 것이다.

하고 싶다면 나에게 책임이 있다고 해도 좋을 것이지. 왜냐하면 이 여인이 나에 대해서 아무 관계 없는 타인이며 우리들 사이의 관계가 단 하나, 내가 제공하는 울화라기보다 그 여인이 마음대로 나로 하여금 제공하도록 하고 있는 울화 그것뿐이라고는 하지만, 역시 그 여인이 이 울화에 육체적으로 괴로워하고 있는 것을 보고서야 무관심하게 있을 수는 없기 때문이다. 이따금 나에게는 어느 아침 그 여인이 또 창백한 얼굴을 하고 밤에도 잠을 이루지 못했는지 두통에 시달리면서 거의 일도 손에 댈 수 없었다는 소식이 들려온다. 더구나 최근에는 그런 소식이 잦다. 이런 일로 그 여인은 가족을 걱정시키고 있는데, 모두들 이것저것 그 원인에 관해서 추측은 해봤지만 아직껏 알지 못하고 있다. 나만이 그것을 알고 있으나 그것은 그럼에도 언제나 새로워지는 울화에 불과하다. 그렇다고 내가 그의 가족과 걱정을 나누고 있다는 것은 물론 아니다. 그 여인은 아주 강인하다. 누가 도대체 그렇게 울화를 터뜨릴 수 있으며 그 울화를 누가 뒤처리할 수 있단 말인가. 그 여인이 이렇게 괴롭게 보이는 것은 적어도 부분적으로는, 오직 세상 사람이 나에게 의혹의 눈을 돌리도록 하기 위함이라고 의심될 때도 있다. 내 존재 때문에 그 여인이 얼마나 괴로워하고 있나를 공공연하게 입밖에 내기에는 그 여인은 너무도 거만하다. 나 때문에 다른 사람에게 호소한다는 것은 그 여인에게는 굴욕이라고 생각하는 모양이다. 오직 증오 때문에 그칠 줄 모르고 영원히 그 여자를 채찍질하는 증오 때문에, 그 여인은 나에게 매여 정신이 없다. 이런 불순한 일을 들고 공중 앞에 드러내어 이야기한다는 것은 심히 그 여자가 수치스럽게 여기는 일이다. 그러나 한편 이토록 줄곧 그 여인이 압박을 느끼고 있는 일에 대해서 아예 입을 다물고 있다는 것도 못할 노릇이다. 그래서 그 여인은 여자의 지혜를 써서 중용(中庸)의 길을 찾고 있다. 즉, 언제까지나 잠자코 있으면서 다만 내심의 괴로움을 밖에 나타난 징후만으로써 세론의 판결 앞에 내세우려고 하는 것이다. 더구나 그 여인은 아마도 세인이 일단 나에게 주목하기만 하면, 그때엔 만인의 나에 대한 공공연한 분노가 생겨 그 방대한 강력 수단에 호소하여 나를 완전한 파탄에까지 이끌어 넣을 것으로 기대조차 하는 것 같다. 하기야 이것이 그 여인의 개인적인 약한 분노보다는 훨씬 강력하고 신속하게 이루어질 가능성도 있다. 이렇게 되면 그 여인은 살짝 꼬리를 빼고 한숨을 쉬곤 나에게 등을 보이고 돌아설 것이다. 그러나 이것이 정말 그 여인이 바라는 것이라면 그 여자는 착각을 하고 있는 것이다. 즉, 공중(公衆)이라는 것은 그러한 구실을 맡지 않을 것이며, 설령 아주 강력한 확대경으로 나를 포착했다고 하더라도 결코 끝없이 나에게 욕만 퍼붓는 그러한 짓은 하지 않을 것이다. 나라는 인간은 그 여자가 생각하는 것처럼 그렇게 쓸모 없는 인간은 아니다. 그렇지만 나는 별로 나 자신을 칭찬하려는 것은 아니다. 특히 이 경우에 있어서는 그렇다. 내가 비록 남달리 공중에게 이로운 사람은 아니지만, 어쨌든 또 반대의 뜻으로 뛰어난 사람이 아님에도 틀림없다.

오직 그 여자에게만, 거의 흰빛을 내다시피하는 그 여자의 눈에만 나는 유달리 보이는 것으로써, 이런 것은 아무리 그 여자가 설명해 보았자 다른 사람이 믿을 리가 없다. 그렇다면 나는 이 점에 대해서 아주 안심해도 되는 것일까? 아니다. 그렇지는 않다. 왜냐하면 내 태도로 인해서 그 여자가 이처럼 상심하고 있다는 것이 정말 알려진다면 그리고 벌써 몇몇의 감시인이, 매우 근면한 보도원께서 거의 그것을 간파하려 하고 있고,

또는 적어도 간파한 척하고 있을 것이니 그렇게 되면 세상은 시끄러워져서 나에게, 왜 너는 개전(改悛)의 여지가 없는 성품을 가지고 그 가냘픈 여인을 괴롭히는가, 그 여자를 죽음 속으로라도 끌어넣을 작정인가, 또는 언제나 그런 짓을 지양하고 이성과 인간다운 소박한 동정심을 갖게 되느냐고 질문의 화살을 던질 것이니, 세상이 이렇게 묻고 덤비면 대답하기가 곤란하게 될 것이기 때문이다. 이런 경우에 나는 그러한 병적인 징후를 신용할 수 없다고 토로해 버려야 할까? 그리고 한 가지 죄과로부터 벗어나기 위해서 다른 사람을, 더구나 서투른 방법으로 책함으로써 불쾌한 인상을 주어도 될 것인가? 또 내가 가령 정말로 병든 것을 믿는다고 하더라도 그 여인은 나와는 타인이며, 우리들 사이의 관계라고 해도 그것은 오직 그 여자 자신이 꾸며 만든 것으로 단지 그 여자측의 관계이므로 나는 조금도 동정할 여지가 없다고 딱 잘라 공공연히 이야기해 버릴 수도 있을 것이다. 나는 다른 사람으로부터 신용을 받지 않는다고는 말하고 싶지 않다. 오히려 나에 대한 신용·불신용은 사람들이 할 것은 못 된다. 그런 것을 운위할 정도로 되어 있지는 않다. 오로지 사람들은 어느 가냘프고 병든 여인에 대한 나의 회답을 기록에 적어 두는 것뿐이다. 또 그것은 나에게 유리한 것은 못 될 것이다. 여기에서 어떤 대답을 하더라도, 이런 경우에 연애 관계라는 의혹을 일으키지 않으려고 해봐도 언제나 완강하게 내 앞길을 딱 가로막고 서는 것이 세상의 무지무능이다. 그러한 관계란 없으며 설혹 있다고 하더라도 이미 오래 전에 그 여자는 나로부터 멀어져 버린 것은 극도로 명확한 노릇이다. 나로서는 이 여인의 판단의 격렬함과 꺾일 줄 모르는 그 추구력에, 내가 그 여자의 미점(美點)에 의해서 언제나 힐책을 받고 있지만 않다면, 사실 간탄하지 않을 수 없을 것이다. 그렇지만 여하튼 그 여자와 나 사이에는 우호적인 관계란 추호도 없다. 이 점에 대해서 그 여자는 숨김이 없고 진정이다. 내 최후의 희망도 거기에 있다. 그 여자의 작전 계획으로 나와 그러한 관계에 있다는 것을 다른 사람에게 믿게 하기에 좋은 형편에서도 그 여자는 그러한 짓을 하는 것을 한 번도 잊지 않는 것 같다. 그러나 이러한 점에서는 우둔한 공중들은 그 여자의 의도에 사로잡혀 언제나 나에게 반대할 것이다.

그렇기 때문에 결국 나는 세상이 간섭하기 전에 때를 잘 맞추어 이 작은 여인의 분노를 아주 배제하지는 못할망정 조금이라도 완화하도록 나 자신을 개조하는 수밖에 없나보다. 사실 나는 여러번 나 자신에게 물어 보았다. 도대체 지금 현재 나의 상태를 바꾸고 싶지 않을 만큼 그것에 만족하고 있는지, 또 그렇게 할 필요를 확신하기 때문에 하는 것이 아니고 다만 그 여인을 달래기 위해서만 일부러 한다고 하더라도 내 자신을 변화시킨다는 것은 가능한 일일까 하고. 그래서 나는 상당히 노력해 봤다. 힘이 들고 애를 쓰지 않은 것은 아니지만, 나에게는 오히려 잘 맞고 유쾌해지기조차 했다. 여러 가지 변화가 일어나고, 더구나 그것이 다른 사람들도 알게 되어 그것을 그 여인이 눈치채도록 할 필요는 없었다. 그 여자는 나보다 먼저 그런 것을 알고 있다. 내 마음속의 의도의 표정까지도 알아차리고 있는 것이다. 그러나 성과는 만족한 것이 못 되었다. 어떻게 해서 그게 가능하단 말이냐? 나에 대한 그 여인의 불만은 지금은 나도 알고 있지만 아주 근본적인 것이다. 어떠한 것으로도 그것을 배제할 수는 없다. 나 자신을 없애 버리더라도 그건 결코 안 된다. 내가 자살했다고 들어도 그 여인의 분노는 그칠 줄 모를 것이다. 그런데 이처럼 예리한 여자가 이 일에 대해서 나처럼 알아차리고 있지 않다고는 아무래도 생각할 수 없다. 그리고 그 여자의 노력에는 희망이 없고 또 나 자신이 무실무능한 사람이고 보니 여하한 선의를 가지고도 그 여인의 요구에 적응할 수 있다고는 생각할 수 없다. 틀림없이 그 여자도 이것을 알아차리고 있지만, 싸우는 자의 통성으로 그 여자는 싸우는 정열에 그만 사로잡혀 그것을 잊고 있는 것이다. 그리고 나의 서글픈 성격은 이미 한 번 그렇게 타고난 것이므로 달리 택할 도리가 없으니 그것은 상식을 벗어난 사람에게 작은 소리로 충고라도 해주고 싶어지는 마음이다. 이러한 형편 때문에 우리는 결코 화해할 수 없을 것이다. 아침에 상쾌한 행복감에 잠겨 언제나 집에서 나오지만 나로 인해 슬픔에 여윈 얼굴과 마주친다. 불쾌한 듯 위로 말려진 입술, 살피려는 듯한 눈초리, 살피기도 전에 벌써 결과를 알고 있는 듯한 눈초리, 그 눈초리가 내 위를 스쳐 지나간다. 아무리 재빠르다 할지라도 그 시선에서 벗어나지는 못한다. 소녀다운 볼을 오목하게 하고, 괴로운 듯한 웃음, 한탄하는 듯이 하늘을 우러러보는 것이나 손을 허리에 대고 있는 것은 자신을 가다듬으려 함에서이다. 그러나 곧 울화가 터져 얼굴은 창백해지고 핏대를 올리고 와들와들 떠는 것이다.

전에 나는 생전 처음으로, 정말 그때도 어이없어 처음이라고 고백했지만 어느 친한 친구에게 이 일에 관해, 다른 이야기 끝에 대수롭지 않게 두세 마디 암시적인 이야기를 했다. 본래 그 여자의 일쯤이야 나에게는 외부적으로는 매우 사소한 일인데, 그때 나는 이 모든 것의 의미를 사실보다 조금 더 축소해서 이야기했던 것이다. 그런데도 그 친구는 이야기를 소홀히 듣지 않을 뿐더러, 자기 자신이 어떤 일에는 의미를 덧붙여 가며 화제를 돌리게 하기는커녕 굳이 그 이야기만 고집하는 것이었으니 이상한 노릇이 아닐 수 없었다. 그런데 더욱 이상한 것은 가장 긴요한 점에 대해서는 대수롭지 않은 일이라고 얕보는 것이었다. 나에게 그는 잠시 여행이나 하라고 굳이 권했다. 그 권유도 모르는 바는 아니다. 사실 일은 간단하다. 아무나 가까이 가보면 그렇다고 알아차릴 수 있다. 그러나 내가 떠나간다고 해서 만사가, 그렇지 않으면 다만 긴요한 문제만이라도 해결이 될 정도로 단순하지는 않다. 오히려 그 반대로, 나는 떠나가지 않도록 조심해야 되겠다. 내가 만약 어떤 계획대로 따라야 한다면, 어떤 경우든지 간에 그것은 이 사건을 지금까지의 좁은 외부 세계와 관계를 가지지 않는 범위 안에 멈추게 하는 것, 즉 내가 지금 처하고 있는 곳에 얌전히 머물러 있겠다는 계획뿐이다. 나는 이 문제 때문에 생기는 심한 변화를, 그것이 비록 어떠한 것이라도 그대로 받아들이고 아무하고도 그 일에 대해서는 상의하지 않겠다. 그러나 이런 온갖 것들은 그것이 어떤 위험한 비밀이라서 그런 것은 아니고 오히려 그 일이 전혀 개인적이고 사소한, 대수롭지 않은 일이며, 언제까지나 그대로 있어야 할 성질의 것이기 때문이다. 이런 점으로 보아서 내 친구의 충고는 전혀 헛되지는 않았다. 색다른 것을 가르쳐 주지는 않았을망정, 내 마음속에 있는 나의 의도를 더욱 굳게 해주었다.

요컨대 조금 생각해 보면 알 수 있는 바와 같이 날이 지나감에 따라 이 문제에 일어난 것같이 보이는 여러 가지 변화는 이 일 자체의 변화가 아니라 그 일에 대한 나의 견해의 발전에 불과한 것이고, 그것도 어떤 때는 이 견해가 평온하고 믿음직한 것이 되어 핵심으로 가까워지는데, 또 어떤 때는 아무리 가벼운 정상이라 할지라도 줄곧 마음을 뒤흔들어 견딜 수 없는 영향을 받고 마침내는 일종의 신경쇠약에 걸려 버린다는 것이다.

어떤 판결이 때로는 바로 눈앞에 나타나는 것처럼 생각되지만, 그러나 아마 아직은 오지 않겠지 하고 믿음으로써 이 일에 대해서 한층 더 침착해진다. 사람들이란 특히 젊었을 때 판결이 나타나는 템포를 너무 과대하게 중요시하는 경향이 있다. 어쩌다가 나의 이 작은

여자 심판관이 나를 보고 현기증이 나서 옆의 의자에
주저앉아 한 손으로 의자를 꼭 잡고, 한 손으로는 코르
셋을 쥐어 잡으며 분노와 절망의 눈물이 볼에 흘러내릴
때면 나는 항상 이제야 판결이 났구나, 이제 나는 변론
을 하기 위해 소환되나보다 하고 생각하는 것이었다.
그러나 판결도 없고 변론도 필요없으며, 여자란 기분이
상하기 쉽고 세상이란 온갖 일에 주의를 하고 있을 틈
이 없다. 그런데 도대체 몇 해 동안에 무슨 일이 일어
났던가? 별다른 것은 없었다. 다만 이러한 사건만이 되
풀이되고 있었을 뿐이다. 어느 때는 강하게 또 어느 때
는 약하게 그저 그 총합계만 커졌을 뿐이다. 그리고 사
람들은 무슨 가능성만 보이면 몰려들어 제각기 간섭하
려고 들 것이다. 그러나 아무런 가능성도 없다. 그들은
다만 자기들의 후각만 믿어 왔던 것인데, 이 후각이라
는 것은 그 소유한 사람만 잔뜩 부려먹을 뿐 다른 사람
에게는 아무 소용 없는 것이다. 그러나 결국은 항상 그
러했다. 언제나 이와 같은 쓸데없는 심부름꾼인 한가한
사람이 있어 항상 어떤 교활한 방법으로 친척이니 뭐니
해가지고 자기 이웃을 변호해 주겠다고 나서는 것이다.
그들은 언제나 주의하고 코를 킁킁대고 있지만 그 결과
란 뻔한 것으로 다만 그들이 거기에 변함없이 존재한다
는 것, 그것뿐인 것이다. 무슨 변화가 있었다면 그것은
내가 점점 더 그들을 알게 되고, 그들의 얼굴을 차츰
구별하게끔 되었다는 것뿐이다. 전에는 나도 이런 친구
들이 곳곳에서 모여들어 일은 점점 커지고 마침내는 저

절로 판결이 나는 줄로 알고 있었다. 오늘날 나는 그런 것이란 본래 옛날부터 있는 것으로, 판결의 도래 운운과 거의 아무 관계도 없다는 것을 알게 된 것 같다. 그리고 그 판결 그 자체도, 왜 나는 이토록 어머어마한 낱말을 썼을까? 만약 어느 때—물론 내일도 아니고, 모레도 아니며 아마 그런 일이 없겠지만—공중이 그의 권한에 속하지 않는 이러한 일에 관계하게 된다면, 이것도 내가 재삼 되풀이하는 말이지만 나는 필경 그 심리에서 그대로 안전하게 있지는 않을 것이나 다음과 같은 일도 생각할 수 있다. 나는 이 공중에서 미지의 존재도 아니고, 그 전부터 공중이 보는 속에서 떳떳이 살아왔고 신용도 받았으며 또한 신용받을 만한 생활을 해왔다. 그러니 나중에야 나타난 괴로워하는 이 작은 여인은 이야기하는 김에 말해 두지만, 내가 아닌 다른 사람이라면 벌써 오래 전에 이 여인을 밤송이 같은 것으로 인정하여 공중을 위해서 아무 소리 없이 장화로 짓밟아 버렸을는지도 모른다. 또 최악의 경우에라도 이 여인은 공중이 오래 전에 나를 존경할 만한 일원이라고 증명해 주는 면장(免狀)에 아주 작은 더러운 장식 글씨를 첨가하는 정도에 그칠 것이다. 이것이 이 사건의 실정이니 나를 불안하게 할 건더기라고는 조금도 없다.

세월이 감에 따라 내가 조금 불안해져가고 있다는 것은 사건의 본래 의미와는 아무 관계도 없다. 누구든지 남의 울화통을 터뜨릴 하등의 이유도 없는 것을 알고 있으면서 줄곧 남을 화나게 하고 있다는 것은 그리 간단하게 참을 수 없는 노릇이다. 그래서 불안해져 이성적으로 생각해 보면 오리라고는 믿어지지 않지만, 말하자면 육체적으로는 판결을 기다리게 되는 것이다. 하지만 때로는 그것도 연령의 문제에 지나지 않는다고도 말할 수 있다. 젊을 때는 모든 것이 잘 어울린다. 청춘이란 그칠 줄 모르는 힘의 원천에서는 아름답지 않은 개개의 사상(事象)은 소멸하고 마는 것이다. 젊은 사람이 눈을 크게 뜨고 무엇인가를 찾는 눈초리를 하고 있더라도 그것은 악의로써 받아들여지지 않는다. 전혀 그렇다고 느껴지지도 않을 것이며 그 자신도 그것을 알지 못하고 있는 것이다. 그러나 늙어서 남아 있는 것이란 정말 찌꺼기뿐으로 모든 것이 다 필요한 것뿐이며 그 어느것도 회복되지 못한다. 한 가지 한 가지를 보기 싫도록 보아 왔던 것이다. 늙은이가 눈이 휘둥그래 하고 있다면 그것은 확실히 무엇을 기다리는 눈초리이다. 그 눈을 정착시키기란 어려운 일이 아니다. 다만 늙은이의 경우라도 눈초리를 정착시킨다는 것은 현실적으로나 객관적으로 결코 타락을 뜻하는 것은 아니다.

결국은 어떤 방법으로 보더라도 확실한 나의 귀착점은 이와 같이 사소한 일들을 간단하게 한 손으로 가리고 있더라도, 나는 그 여인의 어떠한 성화에도 변함없이 지금까지의 생활을 방해받지 않고 언제까지나 조용히 계속해 가도 좋다는 것이다.

⊠ 단식 광대

지난 수십년 동안에 단식 광대에 대한 관심이 매우 적어졌다. 전에는 이와 같이 대규모의 흥행을 직영으로 할 것 같으면 벌이가 괜찮았으나 요사이는 전혀 불가능하다. 시대가 바뀐 것이다. 그 당시만 해도 단식 광대 때문에 온 도시가 떠들썩했다. 단식일로부터 날로 관심은 높아질 뿐이었고, 누구든지 단식 광대를 적어도 하루에 한 번은 보기를 원했다. 나중에는 심지어 창살이 달린 작은 울 앞에 앉아서 온종일 지켜보고 있겠다고 예약 신청까지 하게 되었다. 참관은 밤에도 계속되었고 효과를 올리기 위해서 횃불을 비췄다. 날씨가 좋은 날에는 울을 옥외로 가지고 나갔다. 그런 때 단식 광대를 보려는 것은 어린애들이었다. 어른들에게는 때때로 유행이라고 해서 모두들 관심을 갖는 한갓 장난에 불과했지만 아이들은 놀라 입을 딱 벌리고, 조심스레 서로의 손을 마주 잡고 창백해진 광대의 얼굴을 들여다보는 것이었다. 광대는 검정 타이스를 입고 갈비뼈는 앙상하며 의자조차도 거부한 채 짚을 깔고 앉아서 한 번 정중히 고개를 끄덕끄덕하고는 긴장한 미소를 띠며 묻는 말에 대답하고, 말라빠진 것을 만질 수 있도록 창살 사이로 팔을 내밀다가는 다시 생각에 잠겨 무념무상의 상태로 돌아간다. 울 속에 있는 유일한 가구인 시계 소리조차도 마음에 두지 않는 듯, 눈은 거의 감은 채 그저 앞만 똑바로 쳐다보고 있다가 다만 이따금 입술을 축이느라

작은 잔에 든 물을 마시곤 하는 것이다.

끊임없이 교대로 몰려오는 관중 외에도, 그 관중에서 뽑은 상임(常任) 파수가 있는데 그것이 또 공교롭게 보통은 백정이었다. 항상 세 사람씩 서 있어 낮이나 밤이나 단식 광대가 남몰래 음식을 집어먹지 못하도록 지키는 일을 맡아 보고 있었다. 이것도 단지 대중을 안심시키도록 하려는 한갓 형식에 불과하며, 광대가 단식 기간 중 결코 어떤 일이 있더라도 심지어는 강제적으로라도 아무것도 입에 대지 않는다는 것을 소식통들은 잘 알고 있었다. 이 광대로서의 명예가 이를 금하고 있었던 것이다. 하기야 이런 것을 모르는 파수도 있어서, 때로는 밤의 파수 중에는 악착스럽게 지키지 않고 일부러 멀리 떨어진 한구석에 앉아서 광대가 비밀히 들여온 음식이라도 있으면 조금쯤 꺼내 먹어도 좋다는 듯이 고의로 카드 놀이를 하는 수도 있었다. 그러나 이러한 파수처럼 광대를 괴롭히는 존재는 없었다. 그들이야말로 그를 비참하게 만들었으며 그 기아를 절망적인 고통으로 만들어 주었다. 이런 때면 단식 광대는 왕왕 자기의 쇠약을 극복하고 이런 파수가 지키는 시간 중 견딜 수 있는 데까지 노래를 불렀다. 그들의 광대에 대한 의혹이 얼마나 잘못된 것인가를 보여 주기 위해서. 그러나 이것도 별 소용은 없었다. 그들은 노래를 부르면서도 잘 먹는다고 놀리기만 했으므로 이들보다는 오히려 울 옆에 바싹 다가앉아 넓은 흥행장의 희미한 불빛만으로는 모자란다는 듯이, 흥행주가 주어서 마음대로 사용하도록 한 회중전등으로 광대를 비추어 보는 파수가 훨씬 나았다. 눈부신 빛은 조금도 방해가 되지 않았다. 물론 잠들지는 못하지만 그는 언제나 어떠한 불빛에서도, 어떠한 때에도 사람이 꽉 차 시끌시끌한 흥행장 속일망정 조금씩은 잠짓을 할 수 있었다. 이러한 파수들과 그 밤을 꼬박 눈 한 번 붙이지 않고 새우는 것을 즐겨 하였다. 그들과 농담을 하고 자기의 방랑 생활의 여러 가지 이야기를 하며 또 그들의 이야기에도 귀를 기울이는 것을 사양치 않았다. 이것도 그들을 자지 못하게 깨워 놓고 그가 울 안에 아무것도 먹을 것이 없으며 그들 아무도 흉내를 내지 못할 만큼 단식하고 있다는 것을 되풀이해서 보여 주려는 심산에서였던 것이다. 그러다가 아침이 되어 그의 셈으로 파수들에게 충분히 먹고 남을 정도의 아침식사가 들어오고, 밤을 새워 파수를 해서 피로한 후 건강한 사나이들이 왕성한 식욕으로 와 달겨드는 것을 보았을 때 그는 가장 행복했다. 하기야 이 아침식사에서 파수들이 부당하게 매수나 당할까 하고 살펴보는 사람도 있었으나 이것은 너무 지나친 이야기였다. 매수당하지 않기 위해서 아침식사를 하지 않고 야경을 하지 않겠느냐고 사람들이 물으면, 그들은 머뭇거리다 결국은 자기들이 역시 의혹의 눈초리를 받고 있는 그 상태 그대로 머무르는 것이었다.

이 일은 물론 단식이라는 것과 결코 분리할 수 없는 혐의의 하나이다. 아무라도 낮이면 낮, 밤이면 밤마다 광대 옆에서 줄곧 파수를 한다는 것은 안 될 말이었다.

그러므로 누구든지 자신의 눈으로 실제 중단하지 않고 틀림없이 단식을 하고 있는가를 인식할 수는 없었다. 오직 광대 자신만이 이것을 알고 있었으니, 다시 말하면 그 자신만이 자기의 단식에 만족하는 관객이 될 수 있었다는 말이다. 그러나 또한 그도 다른 이유로 결코 만족하지는 못했다. 많은 사람들이 야위어 가는 광대를 차마 보지 못하겠다는 측은한 감정으로 이 흥행을 멀리 하고 있으나, 사실은 광대 자신으로 말하면 아마도 그토록 단식 그 자체 때문에 말라가는 것이 아니고 오히려 자기 자신에 대한 불만에서 야위어 가는 것이었다. 보통 어떠한 소식통도 알지 못하고 있는 터이지만, 다시 말하면 단식이라는 것이 얼마나 용이한 일이라는 것은 오직 그만이 알고 있었다. 단식이란 세상에서 가장 쉬운 일이었다. 광대는 그렇다는 것조차도 숨기지 않았으나 사람들은 믿지 않았다. 호의적으로 생각하는 사람은 이것을 겸손이라고 말했지만 대개는 아마 선전할 심산으로 그러는 거겠지, 또는 진짜 사기꾼이라고까지도 생각했다. 사기꾼이니까 물론 단식을 쉽게 하는 방법을 알고 있고, 사기꾼이니까 그것을 반쯤 자백도 하는 두터운 낯가죽을 갖고 있는 것이라고 생각했다. 이런 모든 일을 그는 감수해야만 했다. 해가 바뀜에 따라 그런 데 익숙해지기도 했지만 마음속으로는 불만이 사무쳐 사라지질 않고 괴롭히고 있었다. 지금까지 단식 기간이 끝나고서도—그 증명서가 그에게 교부되어야 한다—마음대로 울을 떠나 본 적은 한 번도 없었다. 흥행주는

단식 기간을 최고 40일로 정하고 그 이상은 결코 큰 도
회지에서도 단식을 시키지 않았다. 더구나 이것은 당연
한 이유에서 그렇게 한 것이다. 이 40일이라는 것이 경
험으로 비추어, 점점 선전이 되어가고 그 도시의 관심
도 점점 늘어가는 한도여서 그후는 관중들도 구경을 하
지 않게 되어 결정적으로 손님이 줄어드는 것이 뻔한
일이었기 때문이다. 물론 도시와 시골 사이에는 이 점
에 관해서 약간의 차이는 있지만 최고 단식 기간을 40
일로 한다는 것은 대체로 타당하였다. 그리하여 40일째
가 될 것 같으면 꽃을 쌓아서 장식을 한 울의 문이 열
리고, 열광적인 관중이 장내를 채우며 군악대가 음악을
연주하는 가운데 두 사람의 의사가 단식 광대에게 필요
한 검진을 하기 위해서 울 안으로 들어온다. 이러한 장
내의 결과는 메가폰으로 보도되고, 마침내는 추첨으로
뽑힌 두 명의 젊은 귀부인이 나타나 단식 광대를 부축
하여 층계를 두세 개 아래로 안내하게 되는데, 거기 작
은 책상 위에는 알뜰히 마련된 환자용 음식이 마련되어
있었다. 이 순간 단식 광대는 이것을 거절했다. 그는 스
스로 뼈만 앙상한 팔을 구부려서, 부축하려고 뻗쳐진
귀부인의 손에 기대기는 하지만 일어서려고 하지는 않
았다. 40일이 지난 지금에 와서 왜 그만두어야 한단 말
이냐? 앞으로도 무기한으로 오래 견뎌 나갈 수 있을 터
인데, 왜 지금 단식이 한창이라고 할 수 있는 가장 좋
은 고비에 그만두어야 한단 말인가? 더 오래 단식한다
는 명예를 왜 그로부터 박탈하겠다는 것일까? 그가 유

사 이래 최대의 광대가 되는데 그치지 않고—하기야 지금도 틀림없이 최대의 광대이긴 하지만—좀더 자기 자신을 먼 곳, 포착할 수 없는 곳까지 밀어올리겠다는 것이다. 왜냐하면 그는 자기의 단식 능력의 한계를 느끼지 않기 때문이다. 그토록 온갖 찬사를 아끼지 않던 대중이 왜 그렇게밖에 참아 주질 않을까? 더 오래 단식할 수 있다는데 대중들은 왜 참지를 못한단 말인가? 그는 피로하기도 했지만 짚 위에 똑바로 앉았다. 이제 한창 걸려 몸을 일으키고 먹으러 가야 한다. 식사라니, 그것은 생각하기만 해도 구역질이 날 것 같다. 귀부인 앞이므로 입밖에 내어 말하는 것은 가까스로 삼갔다. 그는 보기에 매우 친절한 것 같으면서도 사실은 잔인하기 짝이 없는 귀부인의 눈동자를 쳐다보았다. 그러고는 야위어빠진 목 위에 무겁게 얹혀 있는 머리를 흔들었다. 그러나 그때 언제나 발생하는 일이 일어났다. 흥행주가 다가와서는 잠자코—음악 때문에 이야기는 할 수 없었다. 두 팔을 광대의 머리 위로 쳐들었다. 그것은 마치 여기 짚 위에 있는 하느님의 창조물인 이 가엾은 순교자를 하느님도 살펴보시라는 듯이 권하는 것 같았다. 확실히 단식 광대는 순교자였다. 다만 전혀 다른 의미에서 흥행주는 마치 깨어지는 물건이나 다루듯, 매우 조심스럽게 보라는 듯이 광대의 가냘픈 몸뚱이를 껴안았다. 그리고 그를 살그머니 흔드는 것 같지도 않게 흔들었으나 광대의 사지와 몸뚱이는 저절로 동요했다—그 사이에 죽은 사람처럼 창백해진 귀부인들의 손에 넘겨 주었다. 이젠 광대도 만사를 체념한 듯 시키는 대로 달게 받았다. 머리가 가슴 위에 오고 뒹굴뒹굴 구르는 것처럼 영문을 모르고 몸을 지탱하고 있자니 몸뚱이가 텅 빈 것처럼 느껴졌다. 자기 보존의 본능에서 다리를 양 무릎에 맞대고 마치 지면이 진짜 땅이 아닌 것처럼 땅을 긁었다. 발이 맨 먼저 찾고 있었던 건 진짜 땅바닥이었다. 그러자 온몸의 무게가, 물론 아주 가벼운 것이었지만 한쪽 귀부인에게 쏠렸다. 그 귀부인은 부축하려고 몹시 숨가빠—이 일이 이토록 어려운 줄은 생각도 못했었다.—우선 얼굴이라도 광대에 닿지 않도록 목을 될 수 있는 한 길게 뽑고 있었지만 그것도 잘 되질 않았고, 한편 운이 좋은 귀부인은 조금도 부축하려 들지는 않고 대단히 만족한 듯이 서 있으니, 와들와들 떨며 뼈다귀의 다발과 같은 광대의 손을 자기 앞에 가져오려고 하다가 잠자코 보고 있던 관중이 웃어대니 견디다 못해 울기 시작하여, 오래 전부터 대기하고 있던 한 심부름꾼과 교대해야 하는 형편에 이르렀다. 그러고는 식사를 하게 됐는데, 반 실신 상태에 빠진 몽롱한 광대에게 흥행주가 마실 것을 조금 따라 주며 광대의 이 상태로부터 주의를 돌리려고 뭔지 우습고 재미있게 속삭여댔다. 표면으로는 광대가 흥행주에게 속삭인 것처럼 꾸며진 축배의 인사가 관중들에게 외쳐졌다. 악대 나팔을 불어대어 만장의 감격을 북돋아 주곤 끝장이 났다. 관중은 제각기 흩어져 갔으나 아무도 이 일에 대해서 불만을 말할 권리는 가지지 못했다. 오직 단식 광대를 제외하고는 아무도.

  이렇게 해서 그는 규칙적인 휴식을 취하고선 긴 세월을 겉보기에 화려한 가운데 세상 사람들의 찬사를 받으며 살아 왔으나, 그러나 대체로 그는 서글퍼지고 더구나 아무도 그를 진심으로 이해해 주지 않아서 점점 우울해지기만 했다. 어떻게 하면 그를 위안해 줄 수 있었을까? 그를 위해서 무엇이 남아 있었던가? 어쩌다가 마음씨 좋은 사람이 나타나서 그를 동정하고 그가 우울한 것은 단식에서 오는 것이라고 그에게 설명하려고 할 때, 만약 그것이 단식 기간의 한창일 때는 특히 광대는 발칵 성을 내어 쏘아대며 야수와도 같이 울을 잡아 흔들어 모두 깜짝 놀라는 경우가 있었다. 그러나 이런 때 흥행주가 즐겨 쓰는 처벌법이 있었다. 그는 모여든 관중들 앞에서 광대를 변명하여 말하기를 잔뜩 배부르게 잡숫고 오신 여러분께서는 잘 모르시겠지만 단식하면 성을 내기 쉬우니 그것만 참작하신다면 이 광대의 행위를 용서해 줄 수 있을 것이라고 덧붙였다. 이것과 관련시켜 이렇게 단식하는 것보다 훨씬 더 오랫동안 단식할 수 있다는 광대의 주장에 대해서도 말하기를 그 높은 노력, 훌륭한 의지, 위대한 자기 부정의 정신을 칭찬했다. 확실히 이런 것은 광대가 항상 주장하는 바였다. 그러면서도 이번에는 그 자리에서 즉매하는 몇 가지 사진을 들어 보이면서 그것으로써 광대의 주장하는 바를 부정하려고 들었다. 그 사진에는 광대가 단식 40일째에 침대에 누워서 뼈만 남아 아주 쇠약해져서, 지금이라도 꺼져 버릴 것만 같은 모습이 찍혀 있었던 것이다. 흥행주에게는 이러한 사실의 왜곡이 많았었고 광대 자신도 그걸 잘 알고 있었으나, 언제나 새삼스레 기력이 쇠퇴해 가는 것을 느꼈던 것이다. 지난번 단식 결과가 어떠했다는 것이 여기에서는 원인으로 설명되는 것이다! 이 우열함과 이 우열한 세상에 대해서 도전을 한다는 것은 안 될 말이었다. 그는 언제나 다름없이 굳은 신념을 가지고 호시탐탐 울 옆에 앉아 흥행주의 말을 듣고 있다가도, 사진이 나오기만 하면 그때마다 창살을 놓고 한숨을 쉬며 짚 위에 주저앉았다. 거기에 안심을 한 군중은 다시 달려들어 그를 살펴보기 시작하는 것이다.

이런 장면을 목격한 사람이 2, 3년 후에 이것을 회상할 것 같으면, 이따금 자신도 뭐가 뭔지 모르게 되어 버린다. 왜냐하면 이 세월 동안에 이미 말했던 바와 같은 변화가 시작되고 있었기 때문이며, 그것은 거의 돌발적으로 생긴 일이었다. 아마도 더욱 깊은 원인이 있었겠지만 아무도 그것을 밝히려고는 하지 않는다.

어쨌든 어느 날 이 어리광을 부리며 살던 단식 광대는 오락을 추구하는 대중이 갑작스레 자기를 떠나서 다른 구경거리로 모여 가는 것을 보았다. 흥행주는 다시 한 번 어디 다른 데서 예전과 같은 인기를 찾아볼까 하고 유럽의 거의 반을 광대와 함께 돌아다녀 봤으나 만사가 헛일이었다. 어디를 가나 이상하게도 마치 상의라도 한 듯이 단식에 대한 반감이 움트고 있었다. 물론 하루아침에 그렇게 된 것은 아니다. 이제와 같이 늦어서야 당시 인기가 충천했던 가운데 주의하지 않았던, 그렇지만 숨길 수 없이 나타났던 몇 가지 전조(前兆)를 기억했다. 그러나 이제와서 그 방위책을 강구한다는 것은 너무 늦었다. 물론 언젠가 다시 단식의 시대가 올 것은 확실했지만 현존하는 사람들에게는 위안이 되지 못했다. 그렇다면 단식 광대는 어떻게 해야 된단 말인가? 수많은 관중에게 환호를 받았던 그런 자가 이제 와서 시장의 작은 가설극장에 나가지도 못할 노릇이고, 다른 직업으로 바꾸자니 너무도 늙었을 뿐더러, 무엇보다도 단식이라는 것에 너무나도 애착을 느끼고 있으니 말이다. 그래서 광대는 둘도 없는 동료였던 흥행주와 헤어져서 어느 커다란 곡마단에 들어가게 되었다. 그는 자기의 민감한 성질을 해치지 않기 위해서 계약조건에는 눈도 돌리지 않았다.

큰 곡마단에서는 연중 도태되고 보충되는 수많은 사람과 짐승·도구 등이 있어서 무엇이든지 어느 때나 사용할 수 있으며, 단식 광대도 물론 분에 맞는 겸손한 요구에 의하여 쓸모가 있었던 것이다. 더욱이 이 특수한 경우에는 고용되어 있는 것이 광대 자신이 아니고 오래 전부터 알려져 있는 그의 명성인 것이다. 더구나 이 특기는 세월이 지난다고 줄어드는 성질의 것이 아니므로, 이 점이 광대의 기력이 한창때를 지나 너무 오래되었으니 안정된 곡마단에 자리를 잡은 것이라고는 결코 말할 수 없었다. 한편 광대 자신이 확언하기를 그는 전과 조금도 다름없는 단식을 하겠다고 말했으며, 더욱

이 그의 의사대로 맡기기만 한다면—그것은 그 자리에 서 약속이 성립되었지만—진짜 이번에는 세상 사람을 아연케 할 수 있다고까지 주장했었다. 그러나 이러한 주장이란 광대 자신은 흥분한 나머지 잊기 쉬운 일이었으나 시대의 조류에 비추어 볼 때, 장사치들의 조소를 살 따름이었다.

그러나 결국 광대 자신도 이러한 실정을 무시하고 있었던 것은 아니고, 울에 든 자기를 결코 말 뛰는 진짜 무대 한복판에 놓아 주지 않고 밖의 마구간 가까이, 그래도 제일 사람이 많이 모여드는 장소에 놓아 주는 것을 당연한 것으로 생각하고 있었다. 큼직하고 선명한 색으로 칠한 선전 문구가 울을 둘러싸고 있어서, 실제로 거기에서 볼 수 있는 사실을 광고하고 있었다. 관중들이 곡예의 막간에 짐승들을 보려고 마구간 쪽으로 몰려들면 거의 언제나 단식 광대 앞에 잠깐 머물렀다가 바로 지나쳐 버렸다. 좁은 통로에서 목적하는 마구간으로 가려고 밀려오는 사람들이 도중에서 멈추는 이유를 모르고 더 오래 서서 쳐다보지 못하게 밀어대지만 않았던들 아마 더 오래 거기 머물러 구경을 했을 것이다. 이것이 본래 의당 생활의 목적으로 이 몰려드는 시간을 고대하고 있었을 터인데, 오히려 이때가 오는 것을 광대가 두려워하는 이유이기도 했다. 처음에는 그도 이 막간을 짧지만 기대하지 않은 것은 아니었다. 황홀해서 몰려드는 군중을 노려보고 있었다. 그러나 오래지 않아서 곧—아무리 완강하고 거의 의식적인 자기 기만으로

써도 이런 경험과는 맞서질 못했다.—그는 이 군중들이 예외없이 마구간을 찾아가는 걸 확신하게 되었다. 멀리에서 이 광경을 쳐다보면 역시 다름없는 화려한 광경이었다. 왜냐하면 군중들이 그의 앞까지 가까이 오면 끊임없이 줄을 지어 밀려드는 시끄럽게 떠드는 사람들의 소리와 욕설이 광대 주위에 들려 귀라도 먹을 것 같았으니까 말이다. 그들의 한패는, 이들은 광대에게는 더욱 괴로운 존재였지만 차근히 그를 보려는 사람들로서 이해에서가 아니고 다만 장난으로 또 놀림감으로 생각하고 있었고, 다른 패는 우선 무엇보다도 오로지 마구간으로 가겠다는 무리였다. 큰 무리가 지나가 버리면 뒤이어서 낙오자가 따랐다. 이들은 마음만 있었다면 방해하지 않고 서서 구경할 수도 있었겠으나, 거의 옆눈질하지도 않고 발걸음을 크게 하여 짐승 구경에 늦을까 하고 급히 지나가 버렸다. 그 중에서도 극히 드물기는 하지만 아이들을 거느린 아버지가 와서는 광대를 가리키면서 어떤 것이라고 상세하게 설명해 주는 행운의 경우도 아주 없지는 않았다. 이 광대는 말이야, 전에는 역시 이와 비슷은 하지만 비교가 안 될 만큼 큰 굿패에 있었단다. 이렇게 설명하는 것이었다. 그러면 아이들은 학교나 가정에서 잘 듣고 보지 못하던 터이므로 역시 잘 알아듣지 못했지만—단식이라고 말해 준들 아이들에게 무슨 흥미거리라도 되겠는가?—뭔가 주구하는 듯한 눈을 번쩍이며 새로운 미래의, 더욱 인자한 시대의 비밀을 미루어 생각해 보는 것이었다. 그럴 때면 필경 그 광대는 자기가 앉아 있는 장소가 이렇게 마구간 옆만 아니었다면 훨씬 좋았을 것이라고 생각하는 것이었다. 곡마단 사람들이 쉽사리 이렇게 결정해 버린 것은 마구간이 냄새를 풍기고 짐승들이 밤중에 으르렁대며 맹수에게 줄 고깃덩어리가 눈앞을 스쳐가고 먹이를 줄 때 짐승들이 울어대는 것, 이런 것들이 그의 기분을 몹시 상하게 하고 그를 끊임없이 위압한다는 점은 문제삼지 않았기 때문이다. 그러나 감독에게 청원을 한다는 짓은 감히 하지 않았다. 오히려 언제나 그는 짐승들 덕분으로 구경꾼을 나누어 받고 있었다. 그 군중 사이에 이따금 자기를 찾아 주는 고객을 발견할 수 있었으니 말이다. 만약에 그가 자기의 존재를 일부러 나타나게 하려고 했다면, 오히려 마구간으로 가는 사람들의 방해가 될 뿐이라고 어느 구석에 버려질 수도 있는 일이었다.

　물론 아주 작은 방해물, 점점 하찮아지는 방해물인 것이다. 요새 와서는 단식 광대가 사람의 이목을 끌려는 이상야릇한 짓도 관중들에게는 이미 흔해 빠지게 익어서, 이 익숙해진 것으로 그 광대의 평판이 좌우되는 것이었다. 그는 할 수 있는 한 단식을 해보이려고 생각하고 또 실제로 해치웠지만 이미 아무것도 그를 구제할 수는 없었으며, 사람들은 그저 옆을 스쳐 지나갈 뿐이었다. 한번 아무라도 붙들고 단식에 대해서 설명해 보라! 느낄 수 없는 노릇이다. 그 아름다웠던 선전 문구도 더러워져서 읽을 수조차 없게 되어 마침내는 찢어졌으나, 아무도 새로 써놓으려는 사람은 없었다. 며칠간 단식을 했다고 숫자를 써놓는 칠판도 처음에는 매일 조심스레 바꾸어 써놓곤 하더니 오래 전부터 그냥 그대로 걸어놓고 있는 판이다. 그것도 그럴 것이, 처음 한 주일이 지나니 이 작은 일을 맡아 보던 계원 자신이 이 일에 대해서 싫증이 났던 것이다. 그래서 광대는 전에 꿈꾸었던 대로의 단식을 계속했고 그 당시 예언했던 대로 무난히 성공했지만, 누구 한 사람 그 날짜를 헤아리는 사람도 없고 광대 자신도 그 성과가 어느 정도에 이르렀는지 몰랐다. 그래서 그의 마음은 무거워졌다. 그러던 어느 날 한 게으름뱅이가 우연히 그 앞에 서더니 그 낡아빠진 숫자를 보고 놀리며 사기꾼의 엉터리라고 욕을 했으나, 그런 의미에서는 확실히 이것은 무관심과 그에 따르는 악습에 의해서 이루어지는 어리석은 허위였다. 왜냐하면 사람을 기만한 것은 매일 성실하게 일을 해나온 광대가 아니고, 세상이 그를 속여 그의 보수를 빼앗아 간 것이기 때문이다.

그런데 어느덧 여러 날이 지나고 그것조차도 마지막이 되었다. 어느 날 한 감독이 이 울을 발견하곤, 왜 이렇듯 충분히 쓸 만한 울에 썩어빠진 짚을 넣어 묵히고 있느냐고 일하는 사람에게 물었다. 아무도 몰랐으나 마침내 한 사람이 숫자 적힌 칠판을 보고 단식 광대의 생각을 했다. 그들이 막대로 짚을 헤쳐 보자 그 속에는 광대가 있었다.

"아니, 아직도 단식을 하고 있나?" 감독이 물었다. "언제 그만둘 작정인가?"

"용서해 주오, 여러분." 광대의 가냘픈 목소리였다. 감독만이 울에 귀를 대고 들어서 알아차렸다.

"물론이지." 하고 감독은 말하고 손가락을 이마에 대어 모여 있는 사람들에게 광대의 상태를 암시해 주었다. "우린 당신을 용서하고말고."

"나는 언제나 나의 단식으로 당신들을 놀라게 하려고 했었소."라고 광대가 말했다.

"하기야 우리도 놀라고 있네." 가까이 다가오면서 감독이 말했다.

"그런데 놀라지 않는 게 좋아요." 광대가 말했다.

"그렇다면 놀라지는 않겠네." 감독이 말을 이었다. 그런데 "왜 놀라지 않는 게 좋단 말인가?"

"그렇게 되면 난 또 단식을 해야 된단 말이오. 나는 다른 것은 아무것도 못하니까요." 광대가 대답했다.

"이것 좀 봐, 왜 당신은 다른 것을 못한다는 건가?"

"말하자면……." 광대는 말하며, 작은 머리를 약간 들고 입이라도 맞추려는 듯 입을 뾰족하게 하여 감독의 귀에 바싹 대고서는, 조금도 새어 나가지 않게 속삭였다. "나는 맛이 있는 음식을 찾지를 못했단 말이오. 입에 맞는 음식을 찾기만 했던들 이따위 인기끄는 일 같은 거 안하고 당신이나 여러 사람처럼 진탕 먹고 지냈을 것이오." 이것이 마지막 이야기였다. 그러나 그 눈동자에는 아직도 더 단식할 수 있음을 자랑하는 것 같지는 않으나 굳은 확신의 빛이 보였다.

"자, 치워 버려!" 하고 감독이 말했다.

그리하여 단식 광대는 짚과 함께 파묻히고 울에는 새로 표범 한 마리가 가두어졌다. 오래도록 황폐하던 울속에 이 야수가 뛰어다니는 것을 보면 아무리 둔감한 사람일지라도 소생한 것 같은 밝은 느낌을 가질 수 있었다. 파수들은 아무것도 생각지 않고 그저 이 짐승이 좋아하는 음식을 날라왔다. 이 짐승은 자유조차도 그립지 않다는 듯이 보였다. 죽어서 가죽으로 하기엔 아까울 정도로 필요한 것이라곤 모조리 달고 있는 이 고귀한 몸뚱이는 자유까지도 지니고 있는 것 같았다. 이 즐비한 이빨 사이 어딘가에 자유를 물고 있는 것같이 보였다. 산다는 기쁨이 이 목구멍에서부터 세찬 열기를 내뿜고 있었으므로 관중들이 버티어 서 있기는 쉬운 일이 아니었다. 그러나 그들은 그것을 극복하고 울 둘레에 모여 전혀 떠나려고 하지 않았다.

▨ 가희(歌姬) 요제피네 또는 쥐의 족속

우리의 가희 이름은 요제피네이다. 그 여자가 노래하는 것을 듣지 않은 사람은 노래의 힘을 모른다. 그 여자의 노랫소리에 감동하지 않는 사람은 없다. 본래 우리 족속은 음악이라는 걸 도무지 즐기지 않으므로 그만큼 이것은 높은 가치가 있는 일이다. 적막한 평화야말로 우리들의 가장 좋은 음악이다. 우리의 삶이란 고달픈 것이니까, 이제는 우리의 나날의 근심을 모조리 떨어 버리겠다는 그러한 때가 온다고 하더라도 이런 음악과 같은 우리의 생활과는 인연이 먼 그런 것 때문에 이러쿵저러쿵할 생각은 나지 않는다. 그렇다고 우리는 그것을 탓하지는 않는다. 또 탓할 처지도 못 되고, 어떤 종류의 교활이라는 것은 우리들에겐 또한 필요 불가결한 것이므로 이것을 우리의 최대의 미덕이라고도 생각한다.

그리고 설혹, 그런 일은 물론 없지만, 우리가 음악이 가져오는 행복이라는 것을 동경한다고 하더라도 역시 이 교활한 웃음을 띠고는 모든 것을 체념해 버리곤 할 것이다. 오직 요제피네만이 그런 범주에서 벗어난다. 그 여자는 음악을 사랑하고 있을 뿐더러 그것을 우리들에게 중개해 주는 법도 알고 있다. 그 여자만이 유일한 가희인 것이다. 그 여자가 없어진다면—그게 언제가 될는지는 누가 알겠냐만은—음악이라는 것도 우리들의 생활에서 자취를 감추고 말 것이다.

도대체 이 음악이라는 것이 어떠한 상태에 있는 것인가 하고 여러번 생각해 봤다. 어쨌든 우리는 본래 음악적이 못 된다. 그런데 우리가 요제피네의 음악을 이해한다는 것은 혹은, 우리가 그걸 이해 못한다고 요제피네는 말하고 있으나, 적어도 우리가 그 음악을 이해한다고 믿는 것은 어찌된 영문일까? 가장 간단한 대답은 말하자면 아무리 우둔한 인간일지라도 그것을 듣고는 못 견딜 만큼 그 여자의 노래가 아름답다는 것일까? 그러나 이 대답도 만족할 만한 것은 못 된다. 만일 그것이 사실이라면 누구든지 이 노래에 대해서 우선 언제나 비범하다는 느낌을 가질 것이다. 우리가 일찍이 들어보지 못한 또 들을 능력조차 전혀 없는, 오직 요제피네만이 우리들에게 듣는 힘을 베풀어 주고 다른 아무도 그렇게 할 수 없는 그러한 무엇이 이 목구멍에서부터 울려 나온다는 느낌을 가질 것이다. 그러나 사실은 나의 의견과는 맞지 않는다. 내가 그런 것을 느껴 본 적도 없으며 다른 사람에게서도 그런 경우를 보지 못했으니 말이다. 허물없는 사이니 우리 숨김 없이 털어놓고 이야기하자. 요제피네의 노래는 노래로서는 하등 비범한 것이 아니라는 것을.

그래 도대체 그것이 노래란 말이냐? 우리가 비록 비음악적이긴 하지만 그래도 노래의 전통이라는 것을 가지고는 있다. 우리들 족속에게도 옛부터 노래는 있었다. 전통이 그렇게 말하고 있으며 비록 아무도 이젠 노래하지 못할망정 그래도 가요가 남아 있다. 그러나 노래가 어떤 것이라는 관념은 우리가 가지고 있되 이 관념이 요제피네의 예술과는 맞지 않을 따름이다. 그래 그게 노래란 말이야? 오히려 지저귐이 아닐까? 이 지저귐 같으면야 우리는 물론 잘 알고 있다. 그것은 우리 족속의 천부의 특기인 것이다. 아니 특기라기보다는 오히려 독특한 생활 표현이다. 우리는 모두 지저귄다. 그러면서도 그것을 예술이라고 일컫는 자는 없다. 그런 것에는 관심도 없이 느끼지도 않고 그저 지저귀는 것이다. 뿐만 아니라 지저귐이 우리들의 독특한 특색이라는 것조차 모르는 자가 허다하다. 그러니 요제피네가 노래하는 것이 아니고, 그저 지저귀는 것이며 필경—적어도 나에게는 그렇게 생각된다. 그것은 흔한 지저귐의 테두리를 벗어나지 못했다는 것이 사실이라 하면 미장이도 보통 하루종일 일하면서 푸념삼아 노래를 부르는데, 이 흔한 지저귐에 대한 능력으로 말한다면 그 여자는 그 정도에도 미치지 못하는 것 같으니, 이런 것이 모두 정말이라면 요제피네에게 붙여진 소위 예술가라는 명칭은 터무니 없는 말이 된다. 그러나 실은 여기에서 비로소 그 여자의 위대한 영향력에 대한 수수께끼가 풀리게 되는 것이다.

그렇지만 그 여자가 만들어 내는 것은 역시 지저귐에 불과하다. 적당히 멀리 떨어져서 귀를 기울여 볼 것 같으면, 또는 이 점에 관해서 여러 가지 시험을 해보면 더욱 좋다. 요제피네가 다른 사람들과 어울려서 함께 노래를 부르고 있을 때 그 여자의 목소리만을 가려내는 문제를 자기에게 과해 보라. 그러면 틀림없이 평범한, 기껏해야 여자의 가냘픔과 부드러움 때문에 뛰어나게 보이는 지저귐을 들을 뿐인 것이다. 그런데 그 여자 앞에 서게 되면 이것이 한갓 지저귐에 그치질 않는다. 그 여자의 예술을 이해하는 데는 그 여자의 노랫소리를 들을 뿐만 아니라 또한 볼 필요도 있다. 설혹 이것이 흔해빠진 보통의 지저귐에 지나지 않는다 하더라도 이 다름아닌 평범한 것을 하는 데에 일부러 수선을 떤다는 야릇한 특이성이 있다. 호두를 쪼갠다는 것은 물론 예술이 아니다. 그러므로 사람을 불러모아 놓고 오락삼아 그들을 위안하기 위해서 호두를 쪼개는 자는 없을 것이다. 그러나 그자가 그 일을 해치우고 그의 의도가 이루어졌다면 그때는 비단 호두를 쪼갠다는 것과는 문제가 달라진다. 또는 이 일에 관해서도 우리가 이 예술을 수박 겉핥기로 얕보았다는 것이 되며, 이 새로 호두를 쪼갠 자는 처음으로 우리들에게 이 예술의 본연을 보여준 셈이 된다. 이때 그가 호두를 쪼개는 것이 다소 우리들 대다수보다도 서툴렀다고 하더라도 오히려 그 효과는 더욱 유익했다고 할 수 있는 것이다.

필경 요제피네의 노래에 대해서도 비슷한 사정일 것이다. 우리는 우리들에 관해서는 조금도 놀라지 않는 것을 그 여자에 대해서는 경탄하고 있다. 어쨌든 우리들에 관해서 놀라지 않는다는 점에 있어서는 그 여자는 우리와 완전히 일치하고 있다. 언젠가 나는 물론 흔히 있는 일이긴 하지만, 어떤 사람이 그 여자에게 이 일반 대중의 지저귐에 대해서 더구나 아주 겸손하게 주의를 촉구하고 있는 곳에 있었던 적이 있다. 그러나 요제피네에게는 그것은 이미 큰일이었다. 그때 그녀가 얼굴에 띠고 있던 것처럼 거만한 웃음은 처음 봤다. 본래 더할 수 없이 섬세한 그녀가, 이러한 종류의 여자가 흔한 우리 족속들 틈에서도 뛰어나게 섬세했던 그 여자가 그때만은 아주 속돼 보였던 것이다. 몹시 민감한 그 여자는 자기 자신도 그걸 알아차리고 자기를 가다듬었다. 그래서 어느 때나 그 여자는 자기의 예술과 지저귐의 관계를 일체 부정하고 들었다. 반대 의견을 가진 사람들을 어쩌면 그 여자는 마음속으로 멸시와 증오만 하고 있을 뿐이다. 이것은 통속적인 자부가 아니다. 나도 반쯤 속해 있는 이 반대파는 확실히 일반 대중처럼 그 여자에게 탄복하고 있지는 않지만, 요제피네는 다만 칭찬받고 있는 것만으로 부족하여 그 여자의 마음에 드는 방법으로 칭찬을 받고 싶어한다. 단순히 경탄만 하는 것은 그 여자에게는 대수롭지 않게 생각된다. 그 여자와 마주 앉아 있노라면 그 여자를 이해하게 된다. 먼곳에 있을 때만 반대를 하는 것이다. 그 여자 앞에서는 알게 된다. 여기 그 여자가 지저귀는 것은 지저귐이 아니라는 것을.

지저귐이라는 것은 우리들의 무의식적인 습관의 하나이기 때문에 요제피네의 청중들도 지저귀리라고 생각된다. 그 여자의 예술을 듣고 있으면 우리는 기분이 좋아진다. 또 기분이 좋을 때 우리는 지저귄다. 그런데 그 여자의 청중은 지저귀질 않는다. 아주 조용하다. 마치 우리가 동경하고 있던 평화를 누릴 수 있게 되었고, 그 것으로 적어도 우리들 자신의 지저귐은 방해를 받고나 있는 것처럼 우리는 잠자코 있다. 우리를 황홀케 하고 있는 것이 도대체 그 여자의 노랫소리인지 그렇지 않고 오히려 그 가냘픈 노랫소리를 감싸 주고 있는 장엄한 정숙인지는 모른다. 어느 땐가 요제피네가 노래를 하고 있는데, 한 못난 여인이 무심코 지저귀기 시작한 적이 있었다. 그런데 그 소리는 우리가 요제피네로부터 듣는 것과 똑같은 것이었다. 하나는 바로 저기 눈앞에서 아까부터 부르고 있는 몹시 익숙하면서도 역시 수줍은 듯한 노랫소리이며, 또 하나는 여기 청중 속에서 무아의 경지에서 어린애처럼 지저귀는 소리였다. 그 차이를 따지기는 불가능한 일이었을 게다. 그런데도 우리도 필요 없이 공연히 쉬쉬하며 소리를 내어 교란자로 하여금 입을 다물게 했지만, 그렇게 할 필요는 없었던 것이다. 그렇지 않아도 그 여자는 필경 걱정이 되어 수줍어서 도망쳐 버렸을 것이니 말이다. 한편 요제피네는 양쪽 팔을 펼치고 목은 뽑을 대로 뽑고서 자기 자신을 잃고 개선의 환호를 부르짖고 있었다.

하여튼 그 여자는 언제나 그런 모양이었다. 아무리 사소한 일, 아무리 뜻밖의 우연, 어떠한 거슬림 또 마룻바닥의 삐거덕거리는 소리, 이 가는 소리, 조명의 방해, 이런 것들도 오직 자기 노래의 효과를 올려 주기 위한 것이라고 그 여자는 생각하고 있었던 것이다. 그 여자의 생각으로는 자기의 노래는 마이동풍격이라고 한다. 열광적인 박수갈채는 빠진 적이 없었지만 그래도 정말 이해해 주리라는 것을 체념한 지 오래라고 그 여자는 말하고 있다. 그런데 거기에 온갖 방해물이 나타난다. 그 여자의 노래의 순수성에 외부로부터 대항해 보겠다는 모든 것에 그 여자는 다투지 않고 순순히 그저 대조를 시킴으로써 승리를 거두며 대중을 각성시키고, 이해는 아니라손치더라도 뭔지 모르는 존경의 염을 일으키는데 성공한다. 사소한 일에도 마음을 쓰는데 하물며 큰일에 있어서야 당연한 일이다. 우리들의 생활이란 본래 불안정한 것, 날마다 뜻하지 않는 숱한 불안과 희망과 공포를 가지지 않는 날은 없다. 이 모든 것을 혼자서 견뎌 나가기란 힘든 일이라고 해서 공포의 후원을 밤낮 기대하고 있을 수도 없는 노릇이다. 또 설혹 그렇다고 할지라도 정말 어려운 때가 이따금 있다. 본래 오직 한 사람의 몫이었던 짐이 수천의 어깨에 걸리게 되어 이들조차도 전전긍긍할 때가 있다. 그럴 때면 요제피네는 이제야말로 때가 왔다고 생각한다. 재빨리 거기 나타난다. 그의 온갖 정력을 노래에 기울여 넣은 듯 그 노래에 직접 관계가 없는 것은 모조리 온갖 힘을, 거의 생활의 힘조차도 빼앗긴 듯이 창백해서 오직 좋은 사람들의 보호에 몸을 맡긴 듯 자기 자신을 완전히 빼앗기고, 한갓 노래에만 살고 싸늘한 입김을 울리는 노랫소리에 불어넣은 듯 아랫가슴은 불안한 듯이 떨며 노래부르는 가냘픈 모습. 그러나 바로 그때 소위 반대파 사람들이 우리들에게 말하는 것을 듣곤 한다. 저 여자는 지저귀는 것조차 못한단 말이야. 노래도 아니야. 노래라니, 말도 안 돼. 저따위 풍토적인 흔한 지저귐쯤 얼마나 짜내겠다고 저리 야단스럽게 수선을 떤단 말인가? 우리도 그런 생각이 든다. 그러나 앞서 말한 바와 같이 이것은 역시 피치 못한 것이기는 하지만 헛된, 한갓 순식간의 인상에 지나지 않는다. 그리고 이미 우리는 대중의 마음속에 휩쓸려 몸과 몸을 비벼대며 따뜻한 숨결로 수줍어하며 귀를 기울이는 것이다.

　더구나 우리들, 항상 뭔지 움직거리고 있고 때로는

확실하지도 않는 목표물을 향해서 달려들기 일쑤인 이러한 족속들을 자기 주위에 모으기 위해 요제피네는 우선 무엇보다도 작은 머리를 뒤로 젖히고 입은 반쯤 벌리고서, 두 눈은 높은 곳을 쳐다보며 지금 자기는 노래를 부르겠다는 자세를 취해야만 한다. 그 여자는 어디서나 원하는 대로 이런 행동을 해낼 수 있다. 너무 멀리 내려다보이는 곳은 안 된다. 조금 으슥한, 우연히 순식간에 생각해 낸 어느 구석 같은 것이 역시 편리하다. 그 여자가 노래를 부른다는 소문은 당장에 퍼져서 곧 줄을 지어 모여든다. 그런데 거기 때때로 방해가 들어온다. 요제피네가 마침 흥분하고 신이 나서 노래를 부르고 싶은데, 우리들로 말할 것 같으면 이 시름 저 시름, 이것저것 여러 가지 일로 우왕좌왕하고 있을 때라, 아무리 선의를 가지고 있더라도 요제피네가 원하듯 그리 빨리 모이지를 않는다. 그래서 그 여자는 만족할 만큼 청중이 모이지도 않았는데 때로는 잠시 동안 심한 몸짓을 하며 서 있다. 그러고는 당연히 성을 내기 시작하고 발을 구르며 숙녀답지 못하게 욕지거리를 한다. 뿐만 아니라 심지어는 물어뜯기조차 한다. 그런데 이와 같은 행동조차 그 여자의 명성을 더럽히지는 않는다. 그 여자의 과대한 요구를 억누른다기보다는 조금이라도 그 요구에 응하려고 노력하는 것이 일쑤다. 청중을 끌어모으기 위해서 심부름꾼을 보낸다. 그런 일은 그 여자에게 비밀로 한다. 그리고 주위의 골목마다 몰려오는 사람들에게 빨리 가달라고 눈짓을 하기 위해서 보초를 배치한다. 이럭저럭하고 있자면 결국은 간신히 웬만한 수가 모여들게 된다.

대중이 그토록 요제피네의 시중을 드는 것은 무슨 이유일까? 이것은 요제피네의 노래에 관한 문제와도 서로 관계가 있으면서도 대답하기에는 그것보다 쉽지 않은 문제이다. 대중이 요제피네에게 그 노래 때문에 무제한으로 헌신하고 있다고 말할 수 있다면 이 문제를 그만 말살해 버리고 앞서의 문제와 하나로 취급해 버릴 수도 있다. 그러나 그렇게는 되지 않는다. 우리 족속은 무제한의 헌신이라는 것을 거의 모른다. 무엇보다도 천진한 교활을 좋아하는 이 족속, 어린애 같은 속삭임, 물론 천진난만한, 다만 입만 움직이는 한담을 즐기는 이러한 족속에겐 어쨌든 무제한으로 헌신한다는 것은 안 될 말이다. 이것쯤은 요제피네도 잘 알고 있었다. 그리고 이것이야말로 그 여자가 가냘픈 목에 전력을 기울여 싸우고 있는 바로 그것인 것이다.

그러나 다만 이러한 일반적인 판단을 너무 넓게 생각해서는 안 된다. 대중이 요제피네에게 헌신하고 있다. 그러나 다만 무제한으로 그렇게 하는 것은 아니다. 이를테면 요제피네에 대해서 웃을 수는 없을 것이다. 요제피네에 대해서 웃지 않을 수 없는 일이 여러 가지 있는 것은 자인할 수 있다. 웃음 그 자체는 항상 우리 가까이에 있다. 비록 우리의 생활이란 여러 모로 비참하지만 은근한 미소란 항상 우리집에 있는 것과 같다. 그렇지만 우리는 요제피네에 대해서는 웃지 않는다. 나는 이따금 대중이 요제피네와의 관계를, 좀 가냘프고 돌보아 주어야 할 어딘가 뛰어난 재능이 있고, 스스로 생각하기를 노래에 있어서 탁월하다고 하는 이 여성이 자기들의 손에 맡겨져 있고, 또 그 여자를 잘 보살펴 주어야 한다고 생각하는 것 같은 인상을 받는다. 그 이유는 누구에게도 명료하지는 않다. 오직 사실이 그런 것 같을 뿐이다. 그러나 누구의 손에 맡겨져 있다는 일에 대해서는 사람들은 웃지 않는다. 이러한 것을 웃는다면 이것은 의무를 손상하는 것이 된다. 그러니까 우리들 중에서도 가장 나쁜 녀석들이 "요제피네를 보고 있으면 웃음이 사라진다."라고 곧잘 말을 하는데, 이것은 요제피네에 대한 악의가 가장 심한 말이다.

이와 같이 민중은 애원인지 강요인지는 잘 모르지만 작은 손을 뻗친다. 아이를 껴안는 아버지인 양 요제피네의 시중을 든다. 우리 족속은 그러한, 아버지의 의무를 다하는 데는 아무 쓸모도 없지만 적어도 이 경우에 있어서는 사실 완전하게 그 구실을 하고 있다고 생각해도 좋다. 혼자서는 결코 되지 않는 것으로, 그 점에 있어서 민중 전체가 비로소 할 수 있는 일이다. 물론 대중과 개인의 힘의 차이는 대단하므로 대중은 보호물을 충분히 따뜻하게 가까운 곳에 끌어넣을 수가 있어 보호물은 충분히 안전하다. 물론 요제피네에게는 감히 이러한 이야기를 하지 않는다. "나는 당신네들 보호 아래 이렇게 지저귀고 있어요."라고 그 여자는 말한다. '그래, 그래, 너는 지저귀고 있고말고.' 우리는 이렇게 생각한다. 더구나 그 여자가 모반을 한다 할지라도 그것은 실은 반항이라기보다는 오히려 순진한 어리광이나 어린아이의 감사 표시일 것이며, 그러한 것에 마음을 쓰지 않는 것이 아버지다운 소행이다.

그런데 여기 다른 문제가 개입해 온다. 이것을 대중과 요제피네 사이의 이러한 관계를 가지고서 설명하기는 더욱 곤란하다. 말하자면 요제피네는 반대 의견을 가지고 있다. 요제피네는 자기가 오히려 대중을 보호하는 존재라고 믿고 있다. 정치나 경제의 나쁜 상황으로부터 우리를 구제하는 것은 그녀의 노래이며, 그 힘은 결코 작은 것이 아니다. 그것은 불행을 추방하지는 못할지언정 적어도 불행에 견디는 힘을 우리에게 부여한다. 물론 그 여자는 그렇게 입밖에 내어 말하지는 않는다. 또 다르게 이야기하지도 않는다. 도대체 그 여자는 말이 적고 수다쟁이들 틈에서도 잠자코 있다. 그렇지만 눈은 번쩍이며 꽉 다문 입 모양으로—우리들 사이에는 입을 다물고 있는 자는 겨우 몇 명밖에 되지 않는데도 그 여자는 그것을 할 수 있다. —그것을 간파할 수 있다. 아무리 불길한 보도를 듣더라도—날마다 거짓과 허위가 범람하고 있다. 그 여자는 곧 일어선다. 다른 때면 피로해서 땅에 주저앉을 터이지만 그 여자는 일어서서 목을 길게 빼고 폭풍을 앞에 둔 목동처럼 짐승떼를 둘러본다. 필경 아이들까지도 비슷하게 난폭하고 방종한 도전을 하겠지만, 요제피네의 경우는 그토록 터무니없지는 않다. 하기야 그 여자가 우리를 구하지도 않으며 힘을 부여해 주는 것도 아니다. 이 대중의 구제자인 양 행세하는 것은 용이한 일이다. 이 대중이란 고생에 익숙해졌고 수고를 아낄 줄도 모르며 결단성이 있는 동시에 죽음을 잘 알고 있어, 언뜻 보기에는 소심하면서 항상 무모한 분위기 가운데 산다. 더구나 용맹무쌍하고 결실을 맺는 그러한 족속이다. 이러한 대중에게 뒤늦게 구제자인 척하기란 어렵지 않은 일이라고 나는 말하는 것이다. 이 대중은 역사가—일반적으로 우리는 역사 연구를 전적으로 등한히 하고 있지만—그 공포에 떨 정도의 온갖 희생을 무릅쓰고라도 언제나 어떻게 해서든지 자기 자신을 구제하여 왔던 것이다. 또 우리가 이러한 궁경에 있으면서 유별나게 요제피네의 노랫소리에 귀를 기울인다는 것도 사실이다. 위로부터 내려 누르는 여러 가지 위협 때문에 우리는 잠자코 있으며 얌전히 요제피네의 횡포에도 순종하고 있는 것이다. 우리들은 즐겨 모여든다. 서로 밀고 당기며 모여든다. 특히 이것은 우리들의 걱정스런 본제(本題)로부터 전혀 동떨어졌다는 데 기인한다. 우리는 벌써 재빨리도—그렇다. 성급함은 필요하다. 요제피네는 이것을 잘도 잊어버린다.—전쟁 전의 평화의 술잔에 취해 있는 것과 같다. 이것은 독창회라기보다는 오히려 대중 집회이다. 더구나 이러한 가냘픈 지저귐을 앞에 놓고 아주 고요해져 있는 그러한 집회이다. 그 여자를 욕하려고 해도 너무나 엄숙한 순간이다.

그런데 필경 요제피네는 이러한 관계에 대해서 결코

만족하지는 못할 것이다. 요제피네는 지금껏 한 번도 맑은 모습을 보인 적이 없고, 언제나 신경질적인 불쾌 감 속에 지내왔으나 자기 의식에만 눈이 어두워서 많은 것을 보지도 못하고 아주 애쓰지 않는다면 더욱 많은 것을 빠뜨리고 지나가게 될 것이다. 이런 점으로 엄밀히 말해서 일반적으로 유익한 의미에 있어서 아첨꾼의 무리가 항상 활약하고 있다. 그러나 곁에서 아무도 모르게 대중 집회의 한 모퉁이에서 노래하는 것을 위해서라면 그 여자는 자신의 노래를 제공하지는 않을 것이다. 애당초 그것도 무의미한 것은 아니었다.

그러나 그것조차도 할 필요는 없다. 그 여자의 예술은 알려지지 않은 채 그대로 있지는 않으니까. 첫째 우리가 근본적으로 다른 일을 하고 있고, 이 고요함이 오직 그 여자의 노래를 듣기 위함이며, 많은 사람들이 전혀 눈을 쳐들고 보지도 않을 뿐더러 얼굴을 옆에 있는 사람의 모피에 비벼대서 요제피네는 그저 헛수고를 하고 있는 것 같아 보이지만, 그래도—이것은 부정할 수 없다.—그 여자의 지저귐의 무엇인가가 우리들의 귀에 울려 오는 것을 피하지 못한다. 홀을 드높이 울리는 이 지저귐은 다른 사람들이 침묵을 강요당하고 있는 곳에 마치 대중의 사자(使者)인 양 개개인에게 들려오는 것이다. 둔중한 결단의 한가운데 요제피네의 가냘픈 지저귐은 마치 적의 세계에서 폭동 속에 있는 우리 대중의 처참한 모습과도 같다. 그 여자는 주장하기를 이 노랫소리, 이 연출은 그 자신을 위해서 주장하는 것이 아니고 오직 우리들과 통하는 길을 마련하는 것이라고 한다. 그렇게 생각하는 것은 옳다. 만일 후일에 진짜 예술 가수가 나타난다면 필경 우리는 그 가수의 노래에 견디지 못할 것이며, 이러한 상연의 무의미함을 이구동성으로 거절할 것이다. 원컨대 요제피네여, 우리가 그 노래에 귀를 기울인다는 사실이 그의 노래에 대한 반증이라는 인식을 가지지 않을지어다. 그러나 그 여자는 그러한 예감을 가지는 모양이다. 그렇지 않다면 왜 그 여자는 우리가 귀를 기울이는 것을 그토록 열을 올려 부정하고 들까? 그렇지만 그 여자는 다시 노래를 부른다. 이러한 예감은 저버린 채 지저귄다.

그러나 역시 그 여자는 스스로 위안을 찾을 것이다. 하기야 우리도 역시 그 여자의 노래에 귀를 기울이고 있다. 예술 가수에게 귀를 기울이는 것과 비슷할 것이다. 예술 가수가 우리들에 대해서 아무리 애를 써도 소용 없는 영향력을 그 여자는 지니고 있다. 그리고 이 영향력은 그 여자의 독특한 수단으로 이루어질 수 있다. 이것은 아마도 우리의 생활방식과도 근본적으로 큰 관계가 있는 것 같다.

우리 족속 사이에서는 청춘이라는 것을 모른다. 유년 시절이라는 것도 거의 모른다. 거기에서 언제나 틀림없이 여러 가지 요구가 생긴다. 아이들에게는 특별한 자유와 특별히 관대함을 보장해 주고 싶다. 조금은 시름 없이 지낼 수 있고, 조금은 분별없이 방종하게 지낼 수 있으며, 약간의 장난도 용서받는 권리, 그러한 권리를 용인해 주고 또 그 실현에 협조해 주고 싶다. 이와 같은 요구가 생기면 거의 모두가 이것에 찬성한다. 이것처럼 찬성할 만한 것도 없을 뿐더러 이처럼 우리의 실생활에 인정될 수 없는 것도 없다. 이러한 요구에는 찬성을 해서 각자가 제각기 시도는 해보지만 오래지 않아 다시금 구태(舊態)에 머무르게 된다. 우리들의 생활에서는 아이가 조금 뛰어다니게나 되고, 세상 물정이라도 분별하게끔 되면 어른처럼 자신을 돌보아야 하는 그러한 형편이다. 우리들이 경제적인 면을 고려해서 각자가 따로따로 살아가야만 하는 그러한 범위는 너무도 광범위하여 우리들의 적이 너무나도 많아서 예기할 수 없는 위험을 도처에 마련하고 있으니, 우리는 아이들을 생존경쟁으로부터 격리시킬 수 없고 또 그렇게 하기만 하면 아이들에게는 종국(終局)이 너무 빨리 오게 된다. 이와 같은 서글픈 근원을 위하여 필경 일어나는 것이 있으니 곧 이것이 혈통의 정화이다. 한 세대가, 어느 세대나 무수하지만 다른 세대를 독촉한다. 아이들은 이미 아이로 머물러 있을 틈이 없다. 다른 족속에 있어서는 아이들은 알뜰히 보호 육성되고, 그들을 위해서 학교가 건립되며, 이 학교로부터 매일 이 족속의 미래인 아이들이 흘러나오고 할는지도 모른다. 그렇지만 거기에서 나오는 아이들이란 날마다 오래도록 매일반인 아이들이다. 우리는 학교를 가지지 않는다. 그러나 우리 족속으로부터는 항상 끊임없이 무수한 아이들의 무리가 흘러나오고 있다. 아직 지저귀지 못할 때는 즐겁게 쉬쉬하거나 색색거리고, 달리게 될 때까지는 스스로 구르거나 조금만 떠밀어도 뒹굴며, 눈이 보이지 않는 동안은 서투르나마 온통 달려들어 할퀴곤 한다. 아아, 우리의 아이들이여! 그리고 그 학교의 아이들과는 달라서 동일한 아이들이 아니다. 언제나 다시 새로운 아이가 끊임없이 출생하며 그들은 출생하자마자 이미 어린아이가 아니다. 그리고 그 뒤를 이어서 새로운 아이들의 얼굴이 행복에 가득 차서 즐비하게 몰려들어, 뭐가 뭔지 구별하기도 어렵게 많이 그리고 재빨리 몰려든다. 물론 이것이 아무리 아름답다고 하더라도 또 이것 때문에 다른 사람들이 의당 우리들을 아무리 탐낸다 할지라도 우리는 우리의 아이들에게 참다운 유년 시절을 줄 수 없다. 더구나 그 나쁜 영향은 나중에까지 미친다. 어떤 불사불멸의 어리광이 우리 족속에 침투하고 있다. 우리들의 최상의 것과 틀림없는 우리의 실제적인 두뇌와는 정반대로 우리는 종종 우매무쌍한 짓을 저지른다. 더구나 그것이 아이들의 우매한 짓과 마찬가지로 무심코 낭비하며 뱃심좋게 또한 경박하게, 그러면서도 이 모든 것이 한갓 사소한 장난에서 일어나는 것이다. 물론 이렇게 함으로써 느끼는 우리들의 기쁨이란 아이들의 힘찬 기쁨에는 미치지 못할지언정 그래도 그 무엇인가는 틀림없이 그 속에 살아 있다. 우리 족속의 이러한 어리광 덕분으로 이 전부터 덕을 보고 있는 것이 또한 요제피네이다.

그렇지만 우리 족속이란 어리기만 하지 않고 말하자

면 조숙하게 늙기도 한다. 어리다는 것과 늙었다는 것이 우리에게서는 다른 족속들과는 다르다. 우리는 청춘이라는 것을 가지지 않는다. 우리는 곧장 어른이다. 그러고는 어른의 시기가 너무 길다. 거기에서 어떤 종류의 권태와 절망이 꼬리를 물고, 전체로서는 강인하고 고집 센 우리 족속의 본질 속을 발자국도 널리 뚫고 지나간다. 우리들이 비음악적이라는 것도 이것과 필경 관계가 있을 게다. 우리는 음악에 대해서는 너무나도 늙었다. 음악의 자극이나 음악의 비약이 우리의 무게에는 적합하지 않다. 피로한 나머지 우리는 음악을 멈추게 한다. 우리는 다시금 우리의 지저귐으로 되돌아간다. 이따금 이 지저귀는 것이 우리에게는 격에 맞는 일이다. 우리들에게 음악의 재능이 있든없든 알 바 아니다. 설혹 그 재능이 있었다고 하더라도 우리 족속의 친구들의 성격으로 그 재능이 발휘도 되기 전에 억눌리지 않고는 배기지 못했을 것이다. 이에 반해서 요제피네가 지저귀거나 노래하거나 또는 부르기 좋은 대로의 무엇을 하든, 우리에게는 하등의 방해가 되지 않는다. 오히려 십상 잘 된 셈으로 우리는 이것을 충분히 견딜 수 있다. 그 속에 음악에 대한 그 무엇이 내포되어 있다면 그것은 최대한으로 쓸모없이 되어 버린 것에 틀림없다. 어느 정도의 음악의 습성은 인용이 될지언정 그것이 우리를 조금도 괴롭히지 않는다는 법은 없다.

그러나 요제피네는 이러한 기분의 대중들에게 더 많은 것을 초래한다. 그 여자의 음악회에서 특히 심각한

때에, 아직 젊은 녀석들은 가희(歌姬) 자체에 대해서만
흥미를 갖는다. 그 여자가 입술을 주름지워서 그 아름다
운 앞니 사이로 숨을 불어내어 자기 자신이 내는 노랫소
리를 찬탄하며, 이제라도 숨이 꺼질 듯하면서 자기로서
도 더욱 불가사의해지는 새로운 얼굴에 자신을 고무(鼓
舞)하는 광경을 보고, 그들만은 경탄에 잠기는 것이다.
그러나 본래 대중이란—이것은 명확하게 인식할 수 있
지만—재빨리 자기 자신으로 돌아간다. 이 짤막한 싸움
의 휴식중에 대중은 꿈을 꾼다. 각자가 사지를 펴고 휴
식을 취하지 못한 피로한 몸을 대중의 따스한 잠자리에
마음껏 기대고 뻗어도 되는 것처럼 제각기 사지가 풀어
지는 것 같다. 이 꿈속에 이따금 요제피네의 지저귐이
울린다. 이것을 그 여자는 구슬을 굴리는 것 같다고 말
하며, 우리는 이것을 오장을 찌르는 것 같다고 일컫는
다. 좌우간에 여기는, 대중에겐 어디를 가나 음악이라는
것을 기다리는 경우란 결코 없으니 꼭 알맞는 장소이기
도 하다. 여기에는 가엾은 어린 시절의 짧은 꿈의 그 무
엇인가가 있고 이제는 잃어버린, 다시는 찾아볼 수 없는
그 어떠한 행복이 깃들어 있으며, 그러면서도 나날의 현
생활의 무엇인가도 숨어 있는 것이다. 일상 생활의 사소
하고 걷잡을 수 없는 그러고도 항상 끊임없는 생생한 기
쁨도 있다. 더구나 이들 모든 것은 정말 큼직한 소리로
외치는 것이 아니고 조용히 속삭이듯 아무도 모르게, 때
로는 목쉰 소리로 말하는 것이다. 물론 그것은 한갓 지
저귐이다. 어째서 그것이 안 된단 말이냐? 지저귐이란

우리 족속의 언어이다. 숱한 사람들이 일평생 지저귀면서도 그것을 모르고 있으나, 여기에서의 지저귐은 일상생활의 속박으로부터 자유롭고, 우리들을 또한 잠깐이나마 해방시켜 주는 것이다. 확실히 우리는 이러한 노래의 상연 없이 지낼 것 같지는 않다.

그러나 요제피네가 그러한 기회에 우리들에게 새로운 여러 가지 힘을 부여해 준다는 그 여자의 주장과 위의 것과는 상당한 거리가 있다. 물론 이것은 일반 사람들에 관한 것이고 요제피네에게 아부하거나 추종하는 자의 이야기는 아니다. "달리 별도리가 있겠나."라고 사람들은 톡 털어 말한다. "특히 절박한 위험에 처해서 이전에도 여러 차례나 위험에 대한 적절한 방위 처치를 강구하는 것을 방해했던 대중의 쇄도에 대한 석명(釋明)을 어찌 다른 방법으로 할 수 있겠는가?" 그러나 유감스럽게도 이 후자는 사실이다. 아무튼 이것은 요제피네의 명예에는 속하지 않을 것이다. 특히 그러한 집회가 불의의 적의 습격으로, 그것으로 우리들 중의 많은 사람이 목숨을 잃지 않으면 안 되었을 적에 요제피네는 그 여자의 지저귐으로 해서 적을 유인한 것이므로 모든 책임을 져야 할 터인데도 언제나 가장 안전한 자리를 잡고 그의 한패에 보호를 받으면서 살짝 가장 빨리 자취를 감추어 버린다는 것을 덧붙여 생각하면 더욱 그렇다. 그러나 이것을 실은 잘 알고 있으면서도 일단 요제피네가 그후 제 마음대로 어느 날, 어느 곳에서 다시금 노래를 부른다고 하는 날엔 역시 또 모두들 모여드는 것이다. 그러므로 결국 요제피네는 전체에게 위험을 가져오는 경우일지라도 제가 좋아하는 대로 할 수 있고 그 여자에게는 모든 것이 허용되어 있는 치외 법권적인 존재라는 결과가 된다. 정말 그렇다면 요제피네의 요구도 완전히 이해할 수 있다. 뿐만 아니라 대중이 그 여자에게 부여하는 이 자유, 일반적으로 아무에게도 부여되지 않는 본래는 법에 어긋난 이렇듯 특별한 선물이야말로 요제피네가 말하듯 대중이 그 여자를 이해하지 못하며 다만 그 여자의 예술에 넋을 잃고 쳐다볼 뿐, 그 여자의 감정은 통하지 않고, 요제피네가 말하는 한탄을 어떠한 절망적인 행위로써 보충해 보겠다고 노력하며, 그 여자의 예술이 대중의 이해력의 범위 밖에 있는 것과 같이 그 여자 자신이나 그의 여러 가지 요구도 대중의 세력 외의 것이라는 사실을 말해 줌을 알게 될 것이다. 물론, 이것은 결코 도리에 맞지 않는다. 아마도 대중이 개인으로서는 요제피네 앞에 쉽사리 항복하겠지만, 누구에게도 무조건 항복은 하지 않는 대중이므로 그 여자에게도 무조건 항복은 하지 않을 것이다.

이미 오래 전부터, 아마도 그 여자의 가희 생활의 시초부터 요제피네는 자기의 노래에만 전심해서 노동은 일체 하지 않도록 싸워 왔다. 나날의 빵 걱정이나 또는 우리들의 생존 경쟁과 관련되는 온갖 일을 그 여자에게서 제거하고, 그것을 아마도 동쌔로 대중에게 전가하려는 것이다. 곧잘 감격하는 자—그러한 자가 역시 있는 것이니—는 이 요구의 특이함과 또 이러한 요구를 꾸며

낼 수 있는 그 여자의 기질만으로 그 여자가 내면적인
권한이라도 가진다고 결론을 내려 버릴지도 모른다. 그
러나 우리 대중은 다른 결론을 끄집어 내어 조용히 그
요구를 거절한다. 청원 이유를 반박하는데도 큰 힘이
들지는 않는다. 요제피네는 이를테면 노동을 해서 애를
쓰면 목소리에 해가 되고 또 노동을 하는 수고는 노래
를 부르는 수고에 비하면 사소한 것이며, 그럼에도 노
래를 부르고 난 후에 흡족하게 휴양을 하고, 다음 노래
에 대비하고 싶다고 말하며, 그렇지 못하다면 기력이
탕진해서 그러한 조건으로는 아무리 해도 결코 최대의
역량을 발휘하지 못한다고 지적하고 있다. 대중은 그
여자 말에 귀를 기울이지만 이것을 일소에 부친다. 이
감동하기 쉬운 대중이 때때로 전혀 감동하지 않는다.
그 거절은 때로는 몹시 가혹하여 요제피네조차도 어안
이 벙벙해진다. 그래서 그 여자는 순응하는 것처럼, 되
는대로 일하며 될 수 있는 한 노래를 잘 부른다. 그러
나 이 모든 것도 잠시 동안이며, 곧 새로운 힘을 가지
고—이런 점으로는 아마도 무한한 힘을 가지는 것 같
다.—다시금 싸움에 응하는 것이다.

　그런데 요제피네는 입밖에 내어 요구하는 것을 본래
원하고 있지 않음이 분명하다. 그 여자는 현명하기 때
문에 노동조차도 꺼리질 않는다. 노동을 꺼리는 것은
우리들의 세계에서는 통용되지 않는다. 요구가 관철된
이후에도 그 여자는 필경 이전의 생활 태도를 바꾸지는
않을 것이다. 노동이 그 여자의 노래에 방해가 되지는

않을 것이다. 그리고 물론 그 노래도 그보다 더 아름다
워지지는 않으리라. 그 여자가 희구하고 있는 바는 자
기의 예술이 공공연하게 아주 일의적(一義的)으로서 종
래의 명사들보다도 훨씬 찬양을 받으며, 시대를 초월해
서 영원히 인정받는 일이다. 그러나 다른 일이야 모두
이룰 수 있어 보이지만 이것만은 아무리 해도 그렇게
되지 않는다. 아마도 그 여자는 애당초에 공격 방향을
바꾸었어야 했다. 지금에는 필경 자기에게도 결함이 있
긴 하겠지만 이젠 후퇴는 되지 않는다. 후퇴하는 것은
자기 자신을 배반하는 셈이 되니까 말이다. 이미 이 요
구를 내걸고 사수를 하거나, 그렇지 않으면 포기를 해
야만 할 형편에 놓여 있다.

그 여자의 말처럼 정말 그 여자에게 적이 있다면 그
들은 손가락 하나 대지 않고 그 싸움을 즐기며 구경할
수 있을 것이다. 그러나 그 여자는 적을 갖지 않았다.
많은 사람이 그 여자에게 반대한다 하더라도 이 싸움은
아무도 즐겁게 하지 않는다. 이것은 여기 대중이 보통
우리에게서는 몹시 드물게 볼 수 있는 재판관과 같은
냉정한 태도를 보이기 때문은 아니다. 그리고 누군가
이 경우에 있어서, 설혹 이러한 태도를 시인하는 사람
이 있더라도 언젠가는 대중이 자기에게도 그와 비슷한
태도를 가지리라고 생각하기만 하면 즐거움이란 어느덧
사라져 버리고 만다. 거설할 배나 요구힐 때나 매일반
으로 문제는 그 일 자체에 있는 것이 아니고 대중이 한
사람의 동포를 그와 같이 꿰뚫어보지 못하도록 감금하

리라는 것에 있는 것이다. 종전에야 대중이 이 동포를 위해서 아버지처럼 또는 그 이상으로 겸허하게 시중을 들었으니 그만큼 더욱더 꿰뚫어 보지 못할 두려움이 있는 것이다.

여기 만약에 대중이 아니고, 한 개인이라면 그는 언제나 요제피네에게 순종하여 끊임없는 갈망에 불타서 마침내는 이 순종에 종지부를 찍고 말 것이다. 이자는 초인간적으로 많은 것을 양보하고 있으나, 이 관대에도 어느 한도가 있다는 것을 굳게 믿고 있다. 더구나 그는 필요 이상으로 순종하고 있지만 그것도 오직 문제를 촉진하려는 것이어서 요제피네를 지루하게 만들고 항상 새로운 갈망으로 이끌고 가서는 마침내 그 여자의 최후의 요구를 제기하도록 하기 위함이다. 여기에 있어서 그는 이미 오래 전부터 준비되어 있으니 갑작스레 결정적인 거절을 할 것이다. 그런데 대중은 그러한 행위는 결코 하지 않는다. 대중은 그렇듯 교활한 지혜를 쓰지 않으며 더구나 그들의 요제피네에 대한 공경은 정직하고 확실하다. 그리고 요제피네의 요구는 물론 맹렬한 것이므로 천진한 아이들은 요구의 결과를 미리 예언할 수 있을는지 모른다. 그럼에도 불구하고 요제피네가 이 문제에 관해서 가지고 있는 견해에는 그러한 억측도 작용하고 있고, 거부당한 자의 고통을 더욱 처참한 것으로 만들 것이다.

그러나 그러한 억측을 그 여자가 가지고 있다고 해서 이 싸움에 겁을 먹고 그만두지는 않는다. 오히려 최근에는 그 싸움이 더욱 치열해졌다. 지금까지야 오직 말로써의 싸움이었지만 이후로는 다른 방법을 사용하기 시작했으니, 그것은 요제피네의 말에 의하면 더욱 효과적인 것이라 하겠으나, 우리의 생각으로는 그 여자 자신을 위해서 한층 더 위험한 것이다.

요제피네가 이젠 자기도 늙었다고 생각하고 목소리도 약해졌으며 바야흐로 인기를 얻기 위해서 최후의 일전을 행할 가장 좋은 시기인 것처럼 보이므로, 그것 때문에 조급해하고 있다고들 믿고 있다. 그러나 나는 그걸 믿지 않는다. 그것이 사실이라면 요제피네는 이미 요제피네가 아니다. 그 여자에게는 늙는다거나 목소리가 약해진다는 법은 없다. 만약에 그 여자가 무엇을 요구하고 있다면 그것은 외면적인 것이 아니고 내면적인, 일관된 논리에 의한 것이다. 최후의 영관(榮冠)을 잡으려고 하는 것은 그것이 이 순간에 바로 나지막한 곳에 걸려 있기 때문이 아니고 오히려 최후의 것이기 때문이다. 가능하다면 그것을 더욱 높은 곳에 걸려고까지 할 것이다.

그 여자가 이와 같은 외면적인 곤란을 경시하고 있으므로 가장 졸렬한 수단에까지 호소하는 것을 사양치 않고 있다. 그 여자의 정정당당한 권리는 자기에게도 의심의 여지가 없다. 그러므로 그 여자가 그것을 어떻게 해서 이룩하느냐 하는데 달려 있다. 득히 여기 이 세상에서는 그 여자가 말하듯이 정당한 수단 같은 것은 부정하게 들어야 하기 때문이다. 그러므로 그 여자는 그의 권리를 위한 투쟁으로부터 노래의 범위를 벗어나서 그 여자에게는 사소한 가치밖에 없는 다른 것으로 방향을 돌린 것 같다. 그 여자를 따르는 무리들이 그 여자에 대한 소문을 퍼뜨리고 있을 때, 그 여자는 여러 계급의 대중이 마음속으로 반대하고 있고 무리까지도 매력을 느낄 만한 노래를 부를 수 있다고 자부하고 있다는 것이다. 그 매력이란 대중이 지금까지 요제피네의 노래를 듣고 느꼈다고 말하는 그러한 의미의 매력이 아니고, 요제피네가 갈망하고 위로의 의미를 지닌 매력을 말한다. 그러나 여기에 덧붙여 말하기를 이상한 것을 속악하게 만들거나 저속한 것에 아부하거나 할 줄은 모르니 그것은 언제까지나 있는 그대로 남아 있어야 된다고 한다. 그렇지만 노동으로부터의 해방을 위한 투쟁에 있어서는 다르다. 이것이 역시 노래를 위한 투쟁이기는 하지만, 여기에서는 노래라는 귀중한 무기를 직접 쓰지는 않는 것으로 그 여자가 어떠한 수단에 호소한다 하더라도 이것은 충분히 잘하는 일이다.

그래서 이를테면 사람들이 그에게 순종하지 않는다면 요제피네는 기교적 창법(唱法)을 생략할 의도를 갖고 있다는 소문이 퍼졌다. 나는 기교적 창법에 관해서 아는 바가 없으나, 이제껏 그 여자의 노래에 기교적 창법이 엿보인 적은 없다. 그러나 요제피네는 기교적 창법을 미리 제거하겠다는 것은 아니고 다만 생략하겠다는 것이다. 그 여자는 명목상 이 위협대로 실행을 했으나 그래도 나에게는 종래의 그 여자의 창법과 하등 차이가 없었다. 대중 전체는 기교적 창법에 대해서는 하등 언급하지도 않고 그저 언제나와 다름없이 듣고 있었고, 요제피네의 요구에 대한 태도도 변한 것이 없었다. 어쨌든 요제피네는 그의 용모도 그러려니와 사고에 있어서도 뭔지 우아한 점이 있다는 것을 부정할 수 없다. 그래서 그는 예컨대 상연이 끝나고 마치 기교적 창법에 대한 자기의 결정이 대중에게는 너무 가혹하고 당돌한 것이었다는 듯이, 이 다음에는 역시 기교적 창법으로 완전히 노래하겠다고 언명했다. 그러나 다음 음악회가 끝나자, 이제는 큰 기교적 창법에는 완전히 종지부를 찍겠다고, 또 너무 요제피네 자신의 형편에만 맞는 결정을 해서는 모두들 다시는 모여들지 않을 것이라고 생각을 달리했다. 그런데 대중은 이 온갖 언명·결심·번의에 대해서 귀로 듣고 흘려 버린다. 마치 어른들이 아이의 대화를 마음속으로 소홀히 듣는 것과 같다. 근본적으로 호의에 의한 것이지만 이룰 수 없는 일이다.

그러나 요제피네는 양보하고 있질 않다. 그 여자는 예를 들어 일을 하다가 다리를 다쳐 노래를 부르는 동안 서 있을 수가 없으나, 그래도 서서 노래를 부를 수밖에 없으니 이제는 노래를 여러 가지 생략해야 되겠다고 새로이 주장한다. 그 여자가 절룩거리며 그의 추종자들의 부축을 받고 나타나지만 정말로 부상을 입었다고는 아무도 믿지 않는다. 그 여자의 가냘픈 몸이 유달리 상하기 쉽다는 것은 인정한다 하더라도 우리는 노동하는 족속이며 그도 또한 그 일원임에는 틀림없기 때문이다. 그렇다고 우리들이 거죽을 긁혔다고 젓기를 원한다면 모든 대중은 젓는 것을 멈출 도리가 없다. 그러나 그 여자가 절름발이처럼 끌려나오거나 이 측은한 상태를 하고라도 전과 같이 종종 나타나면, 대중은 여전히 그 노래를 고마운 듯이 황홀해서 듣고, 생략을 했다고 해서 유달리 소란을 떨지는 않는다.

그 여자도 항상 젓고만 있을 수도 없는 형편이니 무엇이든 다른 것을 꾸며내어 피로하다느니 기분이 좋지 않다느니, 또는 쇠약해졌다는 등 여러 가지 구실을 들고 나온다. 이제는 음악회 이외에 굿 같은 게 생겨서 다른 패가 요제피네 뒤에 나타나선 제발 노래를 불러 달라고 애걸복걸한다. 그 여자는 몹시 부르고는 싶지만 할 수가 없다. 모두들 그 여자를 위로하고 달래고 한 끝에 미리 노래를 부르도록 마련해 놓은 장소로 그 여자를 데리고 간다. 마침내 무의미한 눈물을 흘리며 청을 들어 준다. 이윽고 그 여자는 확실히 최후의 의지를 기울여서 노래를 시작하려고 한다. 몹시 핼쑥하고 팔은 그 전처럼 뻗치지도 않고 신체 양쪽에 힘없이 늘어져 있는 것이 마치 팔이 좀 짧은 것 같은 인상을 준다. 이와 같이 노래하려 하지만 역시 되지 않는다. 머리를 성난 듯이 쳐들고 있는 것을 보면 알 수 있다. 이윽고 그 여자는 우리 눈앞에 쓰러져 버리고 만다. 그러다가 다시금 온힘을 다해서 일어나 노래부른다. 종전과 별로 다른 것이 없다고 나는 생각한다. 아마 섬세한 뉘앙스를 식별할 수 있는 귀를 가진 사람이라면 다소 유별난

감흥(感興)을 느끼겠지만 그것도 이 문제에 대해서 유익해진다는 것뿐이다. 마침내는 이 전보다 오히려 덜 피로한 것처럼 모두들 쏜살같이 잰걸음이라고 일컫고 있는 확고한 보조로 한패의 사람들이 도와 주겠다는 것도 뿌리치고, 경의와 두려움에 찬 눈으로 자기를 피하는 관중들에게 살피는 듯한 냉정한 시선을 던지고선 퇴장해 버린다.

이것이 바로 근래의 일이었다. 그 여자의 노래를 고대하고 있는 찰나에 그 여자는 실종되었다는 것이 최근의 이야기이다. 그 여자를 싸고 돌던 패뿐만 아니라 많은 사람들이 그 여자를 찾아 나섰지만 헛된 일이었다. 요제피네는 사라져 버린 것이다. 노래하기 싫고, 그러한 청원조차도 듣기가 싫어져서 이제는 영영 우리들에게서 떠나가 버렸다.

그 여자가, 그 영리한 여자가 계산을 잘못했다는 게 아무리 해도 이상한 노릇이다. 그 여자는 전혀 계산도 하지 않고 자기의 운명, 이 세상에서 한갓 비극적으로만 안 그 여자의 운명에만 쫓기어 왔다고 믿을 수 있을 만큼 어리석었다. 그 여자는 자기 자신의 손으로 노래와 인연을 끊고 세상 사람의 마음을 사로잡았던 그 힘을 스스로가 망쳐 버린 것이다. 이 세상 사람들의 마음을 그렇게도 모르면서 어떻게 해서 그러한 힘을 얻었을까? 그 여자는 몸을 감춘 채 노래를 무르지 않는다. 한편 대중은 조용히, 보기에는 별로 낙담한 것 같지도 않고 거만하게 무관심한 태도로 형식적인—외면상으로는 반대하는 어조로 말은 하지만—선물을 보내기는 한다. 결코, 요제피네로부터 선물은 받을 수 없는 대중은 오직 자기의 길을 걸어나갈 따름이다.

그러나 요제피네로 말하면 점점 기울어지는 길을 거닐 수밖엔 없다. 머지않아 그 여자의 최후의 지저귐이 울리고, 그러곤 잠잠할 때가 올 것이다. 그 여자는 우리 족속의 영원한 역사 중의 한 짤막한 에피소드에 지나지 않아 대중은 그 손실에 대해서 견뎌 나가게 될 것이다. 우리들의 앞날도 결코 안이하지는 않을 것이니, 아주 잠자코 있으면 무슨 집회가 가능하겠는가? 하기야 집회는 요제피네에 있어서도 잠자코 있지 않았던가? 그 여자의 실제의 지저귐도 그것을 추억하기보다도 들추어 말할 정도로 드높고 생생한 것이었을까? 도대체 그것은 그 여자가 생존했을 때에도 단순한 추억 이상의 것이었던가? 그렇다기보다는 오히려 대중이 그 지혜로써 요제피네의 노래를 이렇게 하면 불멸의 것이 되겠다는 심산으로 그렇듯 높은 자리에 올려놓은 것이 아닐까?

그러니까 우리는 필경 그 여자가 없다고 해서 그렇게 곤란할 건 없을 것이다. 요제피네는 속세의 고난에서 구제되어—그 여자의 생각으로는 오직 뽑힌 사람들만이 그러한 고난을 겪을 수 있다지만—기꺼이 우리 족속의 숱한 영웅의 무리 속에 몸을 숨겨 버릴 것이다. 그리고 우리가 역사를 움직일 수는 없으므로 머지않아 그 여자도 자기의 형제와 마찬가지로 높은 구제 속에서 잊혀지고 말 것이다.

어느 개의 회상

　나의 생활도 제법 변했지만 그러나 중요한 부분은 조금도 변하지 않았다. 지금 과거를 돌이켜서 내가 아직 개라는 족속의 일원으로서 생활하고, 개라는 족속의 관심사를 그대로 나의 관심사로 삼고 많은 개들 속의 세밀한 개였던 시절을 회상해 본다. 그리고 조금 정중한 관찰력을 동원해 보면 이 세상에는 그 전부터 뭔지 이상한 것, 일종의 조그마한 균열과 같은 것이 있었다는 것을 깨닫는다. 나는 우리를 위한 더없이 귀중한 모임에 자리를 차지하고 있을 때 한 가닥 불만이 사로잡혔던 것이다. 뿐만 아니라 친근한 동료들 틈에 끼여 있을 때에도 그런 수가 이따금 있었다. 아니 이따금이라기보다는 종종이라는 말이 지당하겠다. 사랑하는 동료가 한 마리 나타남으로 해서, 단지 그것만으로 나는 무언가 새로운 것에 부딪친 것처럼 당황하고 어쩔 줄을 몰라했으며 절망적이기조차 했던 것이다. 나는 어떻게 해서든지 다시 일어서려고 갖은 애를 썼다. 친구에게 통사정을 했더니 힘이 되어 주기도 했다. 그러자 얼마쯤은 평안함이 나를 찾았다. 물론 불의의 습격으로 인힌 그 놀라움이 전혀 사라진 것은 아니지만 나는 비교적 무관심한 태도로 그것을 나의 생활에 도입했다. 그것은 필경 나로 하여금 슬픔에 차게 만들었고 나를 피로하게 만들었을지도 모른다. 그러나 어쨌든 나는 약간 냉정하고 겸손하며 일복을 타고나고 조심성이 많지만, 결론적으로 말해서 당당한 개의 족속의 일원으로 존재하는 것을 허락받고 있었다. 만약 이러한 휴식의 한때가 부여되지 않았던들 나는 현재 내가 향락하고 있는 이 노경에 이를 까닭도 없었을 것이다. 뿐만 아니라 현재의 내가 젊었을 때의 놀라움을 고요히 정관하고, 노령의 놀라움에 견뎌 나가는 이러한 안이에 이를 수도 없었을 것이다. 그리고 내가 감히 말하자면 불행한, 좀더 신중히 표현한다면 지극히 불행하다고는 말할 수 없는 처지로부터 결론을 꺼내어, 오직 그 결론이 가르치는 대로의 생활을 영위한다는 형편에 이를 수도 없었을 것이다. 들어앉아 교제를 피하고 발전의 가망성은 전혀 없지만 그 무엇보다도 나에게는 귀중한 작은 연구에 종사하면서 나는 살아가고 있다. 한편 또한 나의 족속에게 나의 사고의 날개를 펼친다는 태도를 버리지 않고 있다. 온갖 보도가 이따금 나한테도 밀려온다. 나 자신도 나에 대한 평판을 여기저기서 듣는다. 모두들 나에게 경의를 표하고 있다. 모두에게 나의 생활 태도가 이해되는 것 같지는 않으나 결코 나에게 악의를 품고 있지는 않다. 먼데를 달음질쳐 지나가는 모습을 이따금 보게 되는 젊은 개들, 어린 시절에 관해서는 나도 희미하게밖에는 알지 못하는 이 젊은 세대까지도 공경에 가득 찬 인사를 아낌없이 나에게 던져 주는 것이다.

　나에게는 여러 가지 이상한 점이 있고 또 그것은 모두들 잘 알고 있는 터이지만, 그러나 항상 우리 족속의 일원이라는 점에는 틀림이 없으니 이것만은 잊지 말아야겠다. 확실히 잘 생각해 보면—나에게는 생각한다는 여유가 있고, 생각할 기분이 들며 또 그렇게 할 능력이 있다.—개의 족속이란 희한한 족속이긴 하다. 우리들 개 외에도 주위에는 여러 종류의 생물이 존재한다. 보잘것없이 비천하며 또 말도 못하여 극히 한정된 종류의 소리밖엔 못 내는 생물, 우리들 개 중에는 이러한 생물을 연구하는 자가 많다. 생물에게 이름을 붙이고 조련하며 교육하고, 그들의 품위를 높이고자 노력한다. 나로서는 이러한 생물이 적극적으로 나를 해치고자 하지 않는 한 전혀 문제시하지 않는다. 나는 그들을 곧잘 혼동한다. 상대를 분별하려고조차 않는다. 그러나 그러한 나로서도 묵과할 수 없는, 마음에 걸리는 일이 한 가지 있다. 그것은 우리 개에 비해서 그들은 서로 일치 협력한다는 정신이 결여되어 있다는 것, 서로 만나더라도 언짢은 태도로 입을 다물고 일종의 적의조차 품고서 지나쳐 버린다는 것, 매우 저속한 이해관계조차도 그들 사이에 이따금 증오와 경쟁을 자아내고 있다는 것 등이다. 우리들 개에 있어서는 전혀 판이하다. 우리들은 오랜 세월에 이룩된 헤아릴 수 없는 미묘한 차이 때문에 서로가 구별은 돼 있지만, 그래도 전부가 문자그대로 한덩어리가 되어 생활하고 있다고 해도 과언이 아니다. 정말 전부가 한 덩어리가 되어 우리는 서로 부닥친다.

우리는 이러한 상호마찰의 상태를 충분히 제멋대로 되풀이한다. 그 어떤 것도 이러한 우리들을 가로막아 저지할 수는 없다. 우리들의 법규와 제도는 내가 아직도 기억하고 있는 몇 가지의 것이나 또 내가 모조리 잊어버린 수많은 것들도 전부가 우리들이 향유할 수 있는 가장 위대한 행복, 그 아늑한 공동생활에 대한 동경에서부터 일어나는 것이다. 그러나 이것과는 전혀 반대의 현상도 있다. 나의 의견으로는 그 어떠한 생물도 우리들 개처럼 따로따로의 생을 영위하고 있는 것은 없다. 어떠한 생물이라도 그 계급과 종류와 직무에 있어서 이처럼 현저한 차이, 이와 같이 손도 대지 못할 만큼 큰 차이는 없는 것이다. 모두가 한덩어리가 되겠다고 희망하고 있는 우리들—그러한 갈망이 넘치는 순간에는 지금까지도 종종 잘 됐지만—그러한 우리들이 실은 따로따로 떨어져서 때로는 바로 이웃의 개에게도 모를 내용의 일을 하는, 개의 족속에게는 속하지 않는, 아니 오히려 개의 족속에게 강요된 규정을 지키고 있는 것이다. 이것은 대단히 어려운 문제이다. 손을 대지 않는 것이 좋겠다. 나 자신은 이러한 입장도 잘 알고 있다. 아니 자신의 처지보다도 더욱 잘 알고 있는 터이다. 그러면서도 나는 이 문제의 소용돌이에 들어가서 몸짓조차 움찔거리지도 못할 형편이다. 무엇 때문에 나는 다른 자들과 같은 태도를 취하지 않는 것일까. 나는 나의 족속과 더불어 조화를 유지하며 생활한다. 조화를 깨뜨리는 것을 그저 잠자코 견디어, 큰 계산을 하는 때에 일어나는 사소한 잘못인 양 간과한다. 나는 우리들을 서로 맺어서 행복하게 해주는 것에 항상 찬성하고 우리 족속의 단란함에서 우리를 끌어내리려는 것에 대해서는, 물론 그것은 그때마다 언제나 거역할 수 없는 힘을 부리는 것이지만 나는 등을 진다.

나는 소년 시절의 어느 사건을 회상한다. 그 시절의 나는 아마노 그러한 나이의 누구나 경험하는 행복에 충만한, 설명하기 어려운 마음의 고조(高潮)로 지배되고 있었다. 개의 청춘, 바로 그것이었다. 모든 것이 좋게만 생각되었고 온갖 일이 나와 관계를 맺고 있었다. 위대한 사건이 나의 주위에서 이루어지고, 그 선두에 서는 것은 바로 나이며 또 나는 이 일에 대해서 지지(支持)하는 손길을 뻗쳐야만 한다고 믿었다. 가련한 모습으로 땅바닥에 누워 있을 수밖에 다른 도리가 없는 자를 위해서도 나는 뛰어다닌다고까지는 할 수 없을망정 나의 몸뚱이를 뒤흔드는 정도의 성의는 보여 주었다. 이것은 소년들이 품는 공상, 해가 지남에 따라 차츰 사라지는 종류의 것이다. 그렇지만 그 시절에는 그 공상이 큰 힘을 가지고 있어서 나는 그 손아귀에 들어 있었던 셈이다. 그리고 또한 사실로 그러한 무작정한 기대에 들어맞는 듯한 사건도 일어났다. 사건 자체가 결코 이상하다고는 말할 수 없었으며, 그후에도 이러한 종류의 더욱 기묘한 사건에 이따금 맞부딪쳤지만 그 당시의 나는 생후 처음으로 맛보는 씻을 수 없는 강한 인상을—그 뒤에 따라 일어났던 여러 가지 사건을 판단하는 데 기준이 됐던 인상을—받았던 것이다.

이 사건이란 다시 말하자면 개의 조그마한 집단을 만났다는 것이다. 아니 이쪽에서 만났다기보다는 저쪽에서부터 나를 향해 왔던 것이다. 그 시절에 나는 어떤 큰 사건에 대한 예감을 품고—물론 나는 항상 예감을 품고 있었으므로 환멸을 느끼게 되는 것도 간단한 일이었지만—어둠 속을 오래도록 줄곧 달리고 있었다. 앞뒤를 가리지 않고 그저 맹목적으로 막연한 요구에 따라서 달려가다가 무심코 여기가 바로 그곳이거니 하는 생각에 문득 서서 위를 쳐다봤더니, 맑게 갠 날인데 약간 습기를 지니고 있었으며, 모든 것이 뒤범벅이 되어 몰려드는 마음을 앗아가는 듯한 냄새로 충만해 있었다. 목멘 소리로 내가 이 아침에 인사를 드렸더니—마치 주문(呪文)으로 꾀어내진 것처럼—어딘지 어둠 속에서부터 내가 이제껏 들어 보지 못한 것 같은 굉장한 소음을 내면서 일곱 마리의 개가 밝은 곳에 모습을 나타냈다. 그것이 개였다는 것, 또 어떠한 방법으로 소음을 내고 있는 것인지 나에게는 짐작되질 않았지만 어쨌든 그것은 그들 자신의 소행이라는 것, 이것이 확실하게 인식되지 않았던들 나는 곧장 도망해 버렸을 것이다. 그러나 나는 발을 멈추었다. 그 당시 개라는 족속에게만 부여되어 있었던 창조적인 음악적 재능에 대해서 나는 아직 아는 바가 없었다. 나의 관찰력이란 몹시도 저조했기 때문에 그러한 재능에 눈이 트이지 않았었다는 것은 오히려 당연한 일이다. 그렇지만 음악은 어렸을 때부터 일부러 들출 필요조차 없을 만큼 뻔한, 필요불가결한 나의 생활의 한 요소로서 나를 둘러싸고 있었으며, 또 음악을 음악 이외의 나의 생활로부터 무리하게 떼어 버릴 수도 없었다. 모두들 어린 머리에도 이해가 잘 되도록 음악에 대해서 지극히 개괄적으로 암시해 주었을 뿐이었다. 그렇기 때문에 일곱 마리의 위대한 음악가들은 나를 경탄케 했고, 진정 나를 때려눕혀 버렸던 것이다. 그들은 이야기하는 것노 아니고 노래를 부르는 것도 아니다. 모두 일제히 일종의 위대한 젊은 표정을 하고서 거의 입을 열지 않고 아무것도 없는 공간에서부터 마법의 힘으로 음악을 솟아나오게 하는 것이었다. 모든 것이 음악이었다. 발을 올리고 내리는 것, 고개를 가웃거리는 것, 질주·정지, 상호간의 상관적인 위치, 한 마리가 앞발을 다른 개의 등에 얹고, 차례로 그런 모양을 하고 맨앞의 개가 똑바로 서서 다른 전부의 무게를 지탱하면서 자리를 잡거나, 또는 지면에 가깝게 몸을 끌고 가는 모습을 하고, 복잡한 모양을 그리면서 한 번도 틀리는 일이 없고, 서로가 그러한 방법으로 이룩하는 바퀴와 같은 배열이랄지. 맨끝의 한 마리는 아직 좀 불안정하여 재빨리 다른 개와 연결을 하지 못하는 수도 있고 선율에 맞추려고 이따금 비틀거리기도 하지만, 불안정하다는 것은 어디까지나 다른 개의 극도의 안정감에 비해서의 이야기로, 설혹 불안정한 감이 이 경우보다도 훨씬 크고 오히려 손도 대지 못할 정도였다고 하더라도 위대한 거장인 다른 개가 꼼짝도 하지 않고 조화를 깨뜨리지 않았기 때문에 전체가 파괴되는 일이란 있을 수 없었다. 그런데도 우리들은 그들의 모습을 거의 보지 못했다. 거의 한 마리의 예외도 없이 그들의 모습을 보지는 못했다. 그들이 모습을 나타냈을 때 우리들은 마음속으로 개로서의 그들에 대한 인사를 했다. 그들과 더불어 튀어나온 소음에 몹시도 놀라긴 했지만 그들이 개라는 점에는 틀림이 없었다. 나나 당신과도 하등 다른 점이라곤 없는 개였다. 길가에서 만나는 개로서 습관적으로 우리는 그들을 쳐다본다. 우리들은 곁에 가까이 가서 인사라도 드리고 싶다고 생각한다. 사실 또 그들은 바로 옆에 있었다. 나보다는 훨씬 나이 먹고 나처럼 기다랗고 풍성한 털의 종류는 아니었으나 그 크기나 용모가 아주 틀린 것은 아니다. 오히려 몹시도 친근감을 느낄 수 있는 종류인 것이다. 이러한 종류의 개를 나는 많이 알고 있다. 그런데 이러한 생각에 잠기고 있노라면 음악은 차츰 강렬해져서 우리를 힘있게 붙들어 현실의 작은 개로부터 우리들을 떼어 버린다. 의지를 잃고, 전력을 기울여서 저항을 꾀하며 고통을 받을 때와 같은 소리를 내면서도, 우리에게 음악 이외의 것에 마음을 두는 것은 허용되어 있지 않았다. 높은 곳에서부터 낮은 곳에서부터, 모든 방향에서 들려와서 듣는 자로 하여금 한가운데 끌어넣어 충분히 뒤집어씌우고 몸을 졸라매어 이렇게 가까운 곳에서 숨이 끊긴 청중을 넘어 이미 먼곳으로 사라져 버리고, 어렴풋이 나팔 소리가 울릴 따름이다. 이내 우리는 해방이 된다. 피로한 나머지 숨까지 헐떡거리며 기력을 잃고, 이 이상 더 들을 능력이 없어졌기 때문이다. 해방된 우리들은 일곱 마리의 작은 개들이 행진을 시작하고 손질을 하는 모습을 본다. 그들은 결코 상대를 이끄는 것 같아 보이지 않지만, 이쪽에서 말을 걸어 가르침을 구하고 여기에서 무얼 하고 있는지 묻고 싶다고 우리는 생각한다. 나는 어린 개였기에 내가 하고 싶은 대로 누구에게나 질문하는 것은 좋은 일이라고 생각하고 있었다. 그런데 내가 그것을 시작할까말까 하는 사이에 일곱 마리의 개에 대해서 친근한 그리고 개로서 의당 연관을 느낄까말까 하는 사이에 다시금 그들의 음악이 나타나서 나의 의식을 빼앗고 나의 둘레를 빙글빙글 돈다. 마치 내가 이 음악가의 동료인 양 보이나, 사실 나는 음악의 희생자에 불과하다. 그러자 음악은 애원을 거듭하고 있는 나를 본체만체 하고, 오른쪽으로 왼쪽으로 나를 내던지고 마침내는 뒤범벅으로 쌓아올린 재목 속에 나를 밀어넣어 자기 자신의 손으로 자기 자신이 떨치는 폭력으로부터 나를 구출해 냈던 것이다. 지금까지는 내가 알아차리지 못하고 있었던 텐데, 그 근처에는 도처에 재목을 쌓아 놓았다. 이와 같이 쌓아올린 재목은 나를 힘있게 잡아서 안고 나의 머리를 숙이게 하며 밖에서는 줄곧 음악이 울리고 있는데도 불구하고 잠깐 숨을 돌릴 여유를 나에게 마련해 주었다. 일곱 마리 개의 예술—이것은 나에게는 불가사의한 것이며, 더구나 나의 능력 외의 것이기 때문에 나와는 도저히 맺을 수 없다. —이 예술 이상으로 나를 경탄시켰던 것은 정직하게 말하자면, 자기가 만들어 낸 것에 모든 것을 바쳐서 후회하지 않는 그들의 용기였으며 또 자기가 만들어 낸 것에 등뼈를 부러뜨리지도 않고 안이하게 견뎌 나가고 있는 그들의 역량이었다. 물론 지금 내가 숨어서 이 구멍을 통해서 좀더 상세히 관찰한 바에 의하면, 그들의 재주의 배후에 있는 것은 안이함이 아니고 오히려 극도의 긴장이었다. 몹시 안정감을 주며 움직이고 있는 듯한 발은 한 발 한 발 디딜 때마다 불안에 가득 찬 끊임없는 경련으로 비틀거리고, 절망에 빠진 때와 같은 굳은 시선으로 서로 응시한다. 그리고 몇 번씩이나 긴장했던 혀는 그때마다 축 늘어지곤 하는 것이다. 그들이 이토록 초조해하고 있는 것은 성공 여부에 대한 불안일 리가 없다. 그러한 일을 꾀하는 용기를 가지고 그와 같은 일을 실현해 보인 자가 그 어떤 불안을 가질 리는 없다. 그렇다면 도대체 무엇에 대한 불안일까? 그들로 하여금 이러한 재주를 부리도록 하는 것은 도대체 무엇일까? 더구나 그들은 내 눈에는 전혀 이해하기 어려울 만큼 열심히 조력을 구하고 있는 것처럼 보였으므로 나는 이제 그대로 있을 수가 없어 큰 소리로 소음의 한가운데에 나의 질문을 던졌던 것이다. 그러나 그들은—불가사의한 일이다. 불가사의한 일이랄 수밖엔 없다.—전혀 대답도 없이, 나쯤은 안중에도 없다는 듯한 태도를 취하는 것이었다. 개의 부름에 대해서 전혀 대답이 없는 개, 이것이야말로 미풍에 거슬리는 행위이다. 사정의 여하를 막론하고 가장 위대한 개에 대해서나 가장 비천한 개에 대해서나 이따위 행위를 용납할 수 없다. 그렇다면 그들은 개가 아니었단 말인가? 그러나 어찌하여 그들이 개가 아닐 리가 있겠나. 귀를 기울이고 들어 보니 그들이 서로 격려하고 서로 어려운 점을 가르쳐 주며, 실패를 미연에 방지하려고 작은 소리로 충고하고 있는 소리가 들린다. 더구나 그 중에서도 가장 말을 많이 듣는 맨끝의 작은 개는 이따금 나를 힐끔 쳐다보고는 몹시도 대답하고 싶은 기색이었지만, 그것은 허용될 수 없는 일이기에 잠자코 참고 있는 것이었다. 무엇 때문에 대답이 허용되어 있지 않을까. 우리들의 법률이 언제나 무조건 요구하고 있는 일들이 지금의 경우 왜 허용되지 않는 것일까? 나는 화가 치밀어 음악에 관한 것쯤 염두에도 없었다. 이 개들은 법률을 거역하고 있다. 비록 위대한 마법사라 할지라도 역시 법률의 적용은 받는 것이다. 이러한 일은 소년인 나도 잘 알고 있었다. 그리고 나는 한층 더 관찰을 하는 것이다. 만약 그들이 그들 자신의 죄를 인식하고 입을 다물고 있는 것이라면 물론 확실히 입을 다물고 있을 이유가 된다. 그들이 연출하고 있는 모습을 관찰함이 좋겠다. 음악에 현혹되어 지금껏 나는 알지 못하고 있었지만 그들은 수치 관념이라는 것을 버리고 있다. 비참한 자들이 가장 우스꽝스런, 그러나 가장 천한 행위에 몰두하고 있다. 다시 말하면 그들은 뒷발로 우뚝 선 채 걸어가고 있는 것이다. 못겨딜 노릇이다! 그들은 벌거숭이가 되어 그 나체를 자랑삼아 뽐내는 것이다. 그것이 자랑거리이다. 올바른 본능에 의해서 혹시 앞발을 내려놓는 경우엔 마치 잘못이나 범한 듯이 완전히 당황하여 재빨리 앞발을 다시 올린다. 자신이 깊은 죄악 속에 발을 들여놔야 했던 것을 사과라도 하는 듯한 눈치이다. 아! 세상이 거꾸로 뒤집힌단 말이냐? 나는 어디 있던 개냐! 도대체 무엇이 어떻게 됐다는 거냐? 이렇게 되면 나 자신의 존재가 문제가 되는 것이니 한시라도 참을 수가 없다. 나를 부둥켜안고 있는 재목에서 몸을 떼고는 단숨에 뛰어가서 개들에게로 가려고 한다. 나라는 빈약한 제자가 교사의 임무를 맡아야 한다. 그들의 할 바를 그들에게 이해시키고 이 이상 죄를 범하지 않도록 저지해야만 한다. "그와 같은 늙은 개가, 그토록 늙은 개가." 하고 나는 되풀이하는 것이다. 그러나 자유의 몸이 되어 개들로부터 두세 발 떨어진 지점에 다다랐을 때 다시금 소음이 일어나고, 그것은 나에 대해 힘을 미치기 시작했다. 맑고 세차고 계속 균형을 견지하며 먼 저쪽에서부터 조금도 변조됨이 없이 가까워지는 소리, 이것이야말로 소음 속에 떠도는 진정한 선율일 것이지만, 이 소리가 그 충실한 힘을,—가공할 일이지만 내가 견디지 못할 정도는 아닌 그 충실한 힘을—모조리 발휘하여 울리고 나를 주춤하게 만들지 않았더라면 흥분했기 때문에 이미 익숙한 이 소음에 대항했을 것이다. 이 개들의 남을 혼란시키는 무슨 놈의 음악인 것인가. 나는 이 이상 발이 움직이지 않았다. 그들이 다시 다리를 버티고 죄를 거듭하고 이 모양을 방관한다는 죄에다 다른 것을 더한대도, 나는 벌써 그들에게 가르친다는 마음을 잃고 있었다. 나는 아직 겨우 강아지에 불과했다. 그런 어려운 일을 나에게 요구할 수 있는 것일까? 나는 작은 몸을 더욱 웅크리고 끙끙 울었다. 만일 이 개들이 나의 의견을 물었다면 틀림없이 나는 그들이 한 짓을 긍정했을 것이다. 그러나 금세 그들은, 소음과 광명의 모든 것은, 그들이 모습을 나타낸 저 어둠 속으로 사라져 버렸다.

이미 말한 것처럼 이 일은 처음부터 끝까지 새삼 들고 나실 이상한 짐은 조금도 없다. 긴 것이 한평생이니 만일 그것만 꼬집어서 어린애의 눈으로 쳐다볼 때 이 일보다도 훨씬 더 기기묘묘한 인상을 주는 일은 수없이 만날 수도 있는 것이다. 거기에다 이 경우에 한하지 않고, 극히 적절한 표현에 따른다면, 우리들은 '말의 착오'를 일으키는 일도 물론 있을 수 있다. 그렇다면 이 사건은 일곱 마리의 음악가가 조용한 아침을 이용해서 음악을 연주하려고 모였으나, 거기에 자못 귀찮은 청중인 강아지가 한 마리 길을 잃고 잘못 들어왔다. 음악가들은 특별히 놀라운 음악, 아니 숭고한 음악으로 강아지를 내쫓으려 했으나 안 되었다. 강아지는 그들에게 질문을 퍼붓는다. 정체불명한 자가 있다는 것만으로 실컷 고통을 받고 있는 음악가들은 귀찮은 질문 공격을 상대하여 이 고통을 다시 배가할 의무가 있는 것일까! 누구에게나 대답할 것을 법률이 명하고 있다손치더라도 보잘것없는 개가 과연 그 이름에 상응(相應)한 '누구든지'라는 속에 들 수 있을까? 아마 음악가들은 상대를 전혀 이해하지 않았으리라. 도대체 강아지는 질문을 멍멍 짖으며 하곤 있지만 전혀 뜻은 알 수 없었기 때문이다.

그렇지 않으면 아마 음악가들은 나의 말을 충분히 이해하고 참으면서 대답하였지만, 음악에 익숙하지 못한 이 강아지는 음악에서 대답을 분리할 수가 없었을는지도 모른다. 그리고 뒷다리에 관한 일인데, 그들은 정말 예외적으로 뒷다리를 사용한 데 불과하리라. 확실히! 이것은 죄(罪)다. 그렇지만 그들은 친구들 앞에 임한 일곱 마리의 친구로서 털어놓고 자리를 같이한 것에 불과하다. 말하자면 자기 자신의 네 개의 벽 안에, 말하자면 다른 이와는 전혀 교섭이 없었던 것이다. 왜냐하면 친구들은 공중은 아니며, 공중이 존재하지 않을 경우 호기심이 많은 거리에 강아지가 나왔다 해도 공중이 나타난 것으론 되지 않기 때문이다. 그렇지만 문제되고 있는 이 경우, 결국 이것은 아무 일도 일어나지 않은 것과 같다고 할 순 없는 것일까? 전혀 아무 일도 일어나지 않았다라곤 말할 수 없지만 거의 그에 가깝다. 좌우간 부모된 자는 어린애를 너무 뛰어다니게 하지 말 것, 그리고 어린애들에게 말을 적게 할 것과 노인을 존경할 것을 가르치는 것이 긴요한 일이다.

이것으로 얘기는 일단락 지은 것이 된다. 그러나 물론 어른들 사이에서 얘기가 일단락 지어진 것뿐이지 어린애가 납득했다곤 할 수 없다. 나는 근처를 뛰어다니면서 이 얘기를 들려 주고 물으며 호소하고 정체를 규명하려 하였다. 누구든지 상관하지 않고 붙들어서 사건이 일어난 장소에 데리고 가서, 나는 여기에 있었고 저 일곱 마리의 개도 여기 있었으며, 그들은 여기서 이렇게 춤을 추고 음악을 연주했다고 설명해 주고 싶었다. 만일 누가 나와 같이 가주어서 귀찮게 여기지도 않고 비웃지도 않고 상대해 주었다면 아마 틀림없이 나는 모든 일을 확실히 설명하기 위해 감히 뒷다리로 서는 것조차 꺼리지 않았으리라. 그건 그렇고, 어린애가 하는 짓은 일단 의심받지만 나중엔 모든 짓이 인정되는 것이다. 그러나 나는 이런 어린 시절의 성질을 버리지 못하고 늙은 개가 되어 버린 것이다. 그 시절에, 물론 지금에 와선 그렇게까진 평가하고 있지 않는 그 사건을 나는 언성을 높여 지껄이고 사건이 가진 요소를 분석하고 내가 속해 있는 사회는 염두에도 두지 않고 가까이 있는 것을 기준으로 사건의 크기를 재는, 그런 노력을 계속하고 있었다. 나는 번거롭다고 생각하기는 다른 무리와 전혀 다를 것도 없는 일들, 그러나—이것이 다른 무리와는 다른 점인 것이다. 조용하고 평범하고 행복한 일상의 생활이라는 것이 한 번이라도 좋으니 최후엔 꼭 만나고야 말리라 하는, 다만 그런 마음으로 끊임없이 탐구를 계속하고 해결을 구한 일들에 대해서 온통 정신을 쏟고 있었다. 그러던 그 시절과 마찬가지로 다만 방법은 그 당시처럼 유치한 것은 아니지만—이것은 그렇지만 특별히 들어 말할 정도로 다른 것은 아니다. 그 이후에도 나는 연구를 계속해 왔고, 지금도 역시 연구 중이다.

그러나 도대체 시작은 그 연주 때부터다. 그것을 나는 개탄하려 들지는 않는다. 나를 움직이고 있는 것은

타고난 내 성질이다. 이 성질은 저 음악회가 없었더라
도 또다른 기회에 반드시 싹텄으리라. 다만 이 성질이
그렇게 젊었을 때 싹튼 것만이 가끔 내 마음에 쓴맛을
주었을 뿐이다. 소년 시절의 대부분은 이 성질 때문에
망쳐 버렸다. 몇 해를 두고 쭉 맛볼 수 있는 그 행복에
가득 찬 청춘은 나에게는 몇 달의 일에 지나지 않았다.
그건 그것으로 좋다. 소년 시절보다도 훨씬 귀중한 것
이 세상에는 얼마든지 있다. 그리고 모진 생활에 단련
되어 노경에 이른 나에게는 진짜 어린애로서는 도저히
그것에 견딜 만한 힘도 없을 어린애 이상으로 어린애다
운 행복이 눈짓해 줄 것이다. 그러나 그런 때 나 같으
면 그 행복에 견뎌 낼 힘이 있다고 생각된다.

  그 시절에 나는 제일 간단한 문제부터 내 연구를 시
작했다. 재료에 부족은 없었다. 곤란하게도 쓸데없이
많아서 더듬어 가며 일하는 나를 어떻게 해야 좋을지
난처하게 만들었다. 내가 시작한 연구는 '견족(犬族)은
무엇을 식량으로 하느냐.'라는 문제였다. 이것은 물론
간단한 문제는 아니다. 태고적부터 우리를 괴롭힌 문제
다. 그것은 우리들의 고찰의 대부분을 점하는 대상이
다. 이 방면의 관찰·시론·견해는 굉장히 많다. 그것
은 이제 하나의 학문으로까지 발전하고 있다. 이 학문
의 터무니없는 영역은 개개의 학자의 파악력뿐만 아니
라, 모든 학자의 파악력을 총동원하여도 걷잡을 수 없
다. 이 학문의 무게에는, 모든 견족 이외의 아무것도 지
탱할 수는 없지만 견족까지도 한숨을 쉬면서 겨우 그

얼마만을 지탱하는 데 불과하다. 그리고 이 학문은 우리들 소유로 돌아온 예로부터의 재산이므로 몇 번이나 깨어지고, 그때마다 애써 수복하지 않으면 안 되는 것이다. 다만 지금은 내 연구의 어려운 점과 내 연구의 실현 불가능한 전제 조건에 대해서는 감히 언급하고 싶지 않다. 이런 나에게 제발 항의는 하지 말았으면 좋겠다. 나같이 평균 수준의 개 정도는 사리를 알고 있나.

　나로서는 학문에 본격적으로 몰두한다는 것은 생각조차 할 수 없는 일이다. 학문에 대한 경의는 갖고 있다. 다만 학문의 내용을 충실하게 할 지식도 열정도 여가도 그리고 마지막이 되었지만 특히 이 몇 년 내로는 식량도 나에게는 없다. 나는 식량을 먹고는 있다. 그러나 이 식량을 이제 당장 계통이 선 농업적 관찰에 사용하고 싶은 마음이 나에겐 전혀 없다. 이 점에선 모든 학문의 정수라고 할 작은 규칙, 즉 어미개가 젖떨어진 어린 강아지를 세상에 내보낼 때의 말, ‘무엇이든지 될 수 있는 대로 적셔야 한다.’ 이것 하나로 나는 충분한 것이다. 이 말 속엔 거의 모든 것이 포함되어 있지 않을까? 우리들 조상이 개시한 연구에 대해서, 결정적으로 중요한 일도 덧붙이지 않으면 안 될 것이 있을까? 아니, 덧붙인대도 작은 일, 대단히 작은 일뿐이다. 더구나 그 모든 것은 전적으로 확실성이 결여되어 있다. 이와 반대로 이 규칙은 우리들이 개인 이상 소멸히는 일은 없을 것이다. 그것은 우리의 제일 긴요한 영양분에 미친 규칙이다. 확실히 우리는 다른 보급원(補給源)도 갖고는 있

다. 그러나 비상시라든가 그리 흉년이 들지 않은 해에
는 이 주요 영양분을 거두어 생활할 수 있다. 이것은
토지 위에 있다. 토지는 우리의 오줌을 필요로 하고, 오
줌에서 영양을 취한다. 토지는 우리가 이런 대가를 지
불함으로써 비로소 우리에게 식량을 준다. 다만 이것도
잊어서는 안 될 일인데, 일정한 주문이나 노래 등을 이
용한다면 우리의 이 식량의 출현을 촉진시킬 수도 있
다. 그렇지만 내 생각으로는 이것으로써 전부가 되는
것이다. 이런 방면에서 이런 일에 대해서 얘기한다면
근본적인 것은 이 이상 아무것도 없다. 이 점에서 나는
또 견족의 대다수와 똑같은 의견이며 모든 극단적인 이
론(異論)은 단호히 배격하고 싶다. 정직하게 말해서 기
교, 독단은 내가 취하는 바는 아니며 나는 동포와 의견
이 일치한다면 그것으로 충분히 행복하다.

지금과 같은 경우가 그 일례다. 그러나 나의 시도는
방향이 다르다. 관찰이 내게 가르치는 바에 의하면, 학
문의 규칙에 따라 토지에 수분을 주어 경작할 것 같으
면 토지는 영양분을 산출한다. 한결같이 학문에 의해
전부, 혹은 부분적으로 확립되어 있는 법칙이 명하는
대로 일정한 성질과 일정한 분량, 일정한 종류의 것이
일정한 장소·시간에 산출된다. 이것은 나도 인정한다.
그러나 내 질문은 이렇다. "토지는 이 영양분을 어디서
얻는가?" 모두 "그 질문이 무엇을 뜻하는지 모르겠군."
등으로 잘도 빠져 달아난다. 대답해 주었다고 해도 그
저 이런 정도다. "먹을 것이 모자라면 우리 것을 나누어

주지." 이 대답에 주목해 주기 바란다. 자기가 손에 넣은 식량을 남에게 나누어 주는 것은 견족의 장점으로는 여겨지지 않는다. 이것은 나도 잘 알고 있다. 삶은 어렵고 토지는 거칠어 학문은 풍성한 인식에 차 있지만 실제적 효용은 별로 없다. 식량을 가진 자는 쥐고 놓지 않는다. 이것은 사욕이 아니다. 그와는 정반대로 그것은 개의 법률이다. 견족의 만장일치 결의이다. 그것을 가진 자는 항상 소수이니 우리는 자기 본위의 생각은 억누르지 않으면 안 된다는 데서 생긴 결의이다. 그러니까 "먹을 것이 모자라면 우리 것을 나누어 주마." 하는 대답은 일종의 틀에 박힌 말, 농담이 아니면 조롱하는 짓이다.

나는 이때의 기분을 지금껏 잊을 수 없다. 그러나 내가 의문을 품고 세상을 돌아다니던 그 무렵, 모두 나를 바로 보고는 결코 비웃지 않은 사실은 지금 얘기한 것이 있었던 만큼 나로서는 한층 더 큰 의미가 있었다. 물론 모두 여전히 먹을 것을 주지는 않았다. 먹을 것을 쉽게 얻을 수 있는 곳이란 있을 수가 없지 않은가? 또, 정말 우연히 먹을 것이 생겼을 때엔 누구나 시장기로 미친 듯해서 다른 일에는 머리를 쓸 수 없는 것도 무리는 아니다. 그러나 먹을 것에 대해선 모두 진지하게 생각만은 해주고 있기 때문에 적은 것이면 그것을 빼앗는 날쌘 솜씨를 발휘해서 성공한 경우도 더러는 있었다.

모두 나에게만은 이렇게 특별한 태도를 취하고 내 행위를 곧잘 눈감아 주며, 나를 우대해 주는 것은 무슨 까닭일까? 내가 마르고 허약한 개로 영양이 좋지 않아 먹는 것 따위는 별로 마음에 두지 않는 까닭일까? 그렇지만 영양이 모자란 개는 근처에 얼마든지 있다. 그리고 모두 그들이 입에 문 매우 좋은 식량조차 빼앗고 만다. 이것은 탐욕에서가 아니고 대개는 원칙이 명하는 바에 의한 행위이다. 그러니까 일이 다르다. 모두 나를 우대해 주고 있다. 하나하나 사실을 들어 그걸 증명할 수 있다는 건 아니다. 일종의 느낌에서 말하고 있는 것이다.

그럼 모두 내 질문을 좋아하고 현명한 질문이라 생각한 것일까? 그렇진 않다. 좋아하기는커녕 어리석기 짝이 없는 질문이라 생각하고 있다. 그러나 동시에 내가 모든 자의 주의를 끈 것은 질문 외의 아무것도 아니라는 것도 사실이다. 모두가 내 질문을 참고 듣느니, 차라리 당치도 않은 일을 하고 싶다는, 그리고 이것은 실천에 옮기지는 않았지만 모두 충분히 그런 마음을 품고 있던 일인데, 내 입 속에 먹을 것을 가뜩 집어 넣고 싶다는 그런 눈치였다. 그러나 참을 수 없었다면 나를 내쫓고 면전에서 문을 닫을 수도 있었을 것이다. 그러나 그런 것은 아니다. 모두 그럴 마음은 없었던 것이다. 내 질문은 듣기는 싫었지만 내 질문을 받고 도리어 나를 내쫓을 마음에는 이르지 못했다. 나는 웃음거리가 되기도 했다. 어리석은 작은 짐승으로 취급되었다. 이리저리 밀려다니기도 했다. 그러나 그것은 정직하게 말하면 내 명성이 최고조에 달한 시기였다. 그런 시기는 두 번 다시 돌아오지 않았다. 나는 어디든지 자유 출입이었다. 거절당한 적이 없었다. 모두 거칠게 취급하는 척하면서 실은 내 기분을 맞춰 주었다. 그러나 이런 모든 짓은 다름아닌 내 질문, 내 성급함, 내 학구욕 때문이었다. 모두 그렇게 해서 따뜻하게 나를 재울 작정이었던가? 폭력을 행사하지 않고 마치 애정을 기울이는 것처럼 해서 그른 길에서 글렀다고는 하지만 폭력을 행사해도 무방하리만큼 글렀다고는 말할 수 없는 하나의 길에서 나를 떼어낼 작정이었던가? 일종의 존경과 공포감이 생겨서 폭력 행위를 삼간 것도 사실이다. 벌써 그때 이런 것을 나는 막연히 알고는 있었지만, 지금은 확실히 알게 되었다. 당사자들보다도 훨씬 더 분명히 알고 있다.

모두가 나를 유인해서 내 길에서 멀리하려고 한 것은 사실이다. 그건 성공하지 않았다. 그와는 반대 결과를 초래하고 말았다. 즉, 내 주의력은 더 한층 예민하게 될 것이다. 뿐만 아니라 다른 놈을 유인하려 한 것도 나였으며, 이 유인은 사실 성공했다는 것을 나는 분명히 알게 되었다. 나는 우선 견족의 힘을 빌려 자신의 의문을 이해하기 시작했다. 예를 들면 내가 토지는 이 영양분을 어디서 얻는 것이냐고 물을 때는 토지가 내 관심사처럼 보이지만, 과연 그런가? 토지에 대한 배려가 내 관심인가? 전혀 다르다. 얼마 후에야 안 일이지만, 그런 것은 나와는 아무 상관 없다.

개만이 내 관심사이다. 그 이외의 아무것도 아니다. 왜냐하면 개 말고는 도대체 무엇이 존재한단 말인가?

이 광막한 세상에서 개 이외의 무엇에 우리가 호소할 수 있단 말인가? 모든 지식, 모든 질문과 모든 대답은 전부 개 속에 포괄되어 있다. 다만 우리가 이 지식을 활용하고 밝은 곳에 내놓을 수만 있다면, 그리고 또 개들이 고백하고 있는 것보다 개들이 자기 자신의 입으로 고백하고 있는 것보다도 실제로는 엄청나게 많은 지식을 가지고 있다는 사실만 없었다면 하고 나는 생각한다. 제일 좋은 식량이 있는 장소에 대해서는 입을 다물고 아무 말도 안하는 것이 습성이다. 우리 중에 제일 떠벌이 개라도 이 장소에 대해선 누구보다도 입이 무겁다. 모두 동료들 주위를 살살 걸음으로 걷는다. 먹고 싶어 질질 군침을 흘린다. 제 꼬리로 제 몸을 친다, 묻는다, 간청한다, 짖는다, 물어뜯는다. 그래서 손에 넣는다. 이렇게까지 하지 않아도 얻을 수 있는 것을 얻는다.

즉, 다정하게 물어 보는 것, 친근하게 만저 보고 정중하게 냄새 맡아 보는 것, 꼭 안아 보는 것이 그것이다. 나와 당신의 짖는 소리는 하나가 되어 어울리며, 목표의 전부는 황홀이요 망각이요 발견이다. 그렇지만 단 하나, 우리가 무엇보다도 갖고 싶어하는 것 즉 지식의 교환, 이것이 거절당하고 있는 것이다. 이 소원, 즉 입을 다문 채 혹은 소리를 높여 들고 나오는 이 소원에 대한 대답은 비록 최대한으로 유인의 손을 뻗쳐 보았댔자 겨우 말 한 마디 없는 몸짓, 흘기는 눈, 눈두덩이 늘어진 멍한 눈뿐이다. 이것은 어린애인 내가 음악견(音樂犬)에게 묻고 난 후 침묵으로 보답된 그때와 흡사한 대답 방식이다.

　모두 이렇게 말할 수도 있으리라. "너는 자기 동료들을 트집잡고 있다. 결정적인 사항에 그들이 침묵을 지킨다고 트집을 잡고 있다. 너는 주장한다. 그들이 겉으로 고백하고 있는 이상의 지식을 갖고 있으며, 생활에서 통용시킬 삭정인 이상의 지식을 갖고 있다 그들이 그 근거와 그것이 갖는 비밀에 대해서도 역시 물론 침묵을 지키고 있는 이런 침묵은 생활을 해치는 것이다. 내 생활을 견디기 어려운 것으로 만든다. 나는 생활 양식을 바꾸든가, 생활을 포기한다든가 하지 않으면 안 된다." 라고. 옳은 말씀이다. 그러나 너 자신도 한 마리의 개요, 너 역시 개의 지식을 갖고 있다. 너는 그것을 발표하는 것이다. 질문의 형태만으로가 아니라 대답으로써도 발표하는 것이다. 네가 그것을 발표할 때, 너에 대해서 감히 이론을 제기할 놈이 있겠나? 기다렸다는 듯이 돌연 견족의 대합창이 시작되리라. 그리하여 너는 마음대로 진리를, 명쾌함을 심정의 토로를 네것으로 삼으리라. 네가 매도하고 있는 이 낮은 생활의 천장이 뚫어져 우리는 모두 개와 개가 손을 맞잡고 높은 자유에로 승천하리라. 혹은 만일 이 일이 잘 되지 않아 이전보다도 더욱 상태가 나빠지고, 전체의 진리가 절반의 진리만도 못하게 되고, 침묵을 지키는 것이 옳은 생활 태도란 것이 증명되어, 우리들이 아직 품고 있는 한 가닥 희망마저 없어져 버린다 해도, 내 말은 네가 네게 허용된 생활 방식으로 사는 것을 원하지 않는 이상 역시 시험해 볼 만한 가치는 있다. 여기서 묻는다, 너는 왜 다른 이의 침묵을 비난하면서 스스로는 침묵을 지키고 있느냐? 가벼운 마음으로 내가 대답한다.

"그것은 제가 개니까 그렇습니다."라고. 내가 내 자신의 속에 꼭 파묻혀 있는 모양은 본질적으로 다른 개와 조금도 다름없고 스스로가 던지는 질문에 저항하고, 불안에 몸을 굳히고 있다. 정확하게 말해서, 적어도 어른이 된 내가 내게서 대답을 얻고자 견족에게 질문을 던지는 그런 짓을 하겠는가? 그토록 바보 같은 기대를 갖고 있겠는가? 우리 생활의 토대를 쳐다보고, 토대의 깊이를 어렴풋이 짐작하고, 토대의 건설이라는 어두운 일에 종사하는 자들을 쳐다보는 내가, 내 질문에 의해서 이런 모든 것이 종막을 고하고 파괴되고 내던져진다는 기대를 여전히 갖고 있겠는가? 천만의 말씀이다. 지금에 와선 벌써 그런 기대는 티끌만큼도 갖고 있지 않다. 나는 그들을 이해한다. 그들과는 피가 통한다. 그들의 불쌍한, 언제까지나 젊고 구(求)해 멎지 않는 피와 통한다. 그러나 우리에게 공통된 것은 피만이 아니다. 지식도 그렇다. 지식만도 아니다. 지식으로 인도하는 열쇠도 그렇다.

다른 자의 존재를 무시하는 지식은 내게 들어오지 않는다. 그들의 도움 없이 지식을 가질 수는 없다. 지극히 귀중한 골수를 갖고 있는 무쇠 같은 뼈, 이 수(髓)를 갖기 위해서는 모든 개의 모든 이의 공동 저작(咀嚼)에 의하는 수밖엔 없다. 물론 이것은 하나의 비유이며 과장이 있다. 만일 모든 이빨에 준비가 갖추어진다면 이미 물어뜯을 필요는 없다. 뼈는 저절로 벌어지고, 골수는 가장 힘이 약한 개라도 이를 잡을 수 있을 것이다. 내가 이런 비유에 머무르고 있다면 내 의도, 내 질문, 내 탐구는 어떤 당치도 않은 것을 목표로 삼고 있는 것이 된다. 나는 모든 개의 이런 집단에 강요해서 그들이 갖춘 준비의 압력하에 뼈가 스스로 자신을 벌리게끔 하고 싶다. 그래서 뼈를 해방시켜, 그들이 사랑하는 생활로 돌아가게 한 후 넌지시 혼자서 어디를 향하든, 오직 혼자서 이 골수를 빨고 싶다. 터무니없는 말투다. 마치 내가 골수에서가 아니라 견족의 수에서 영양분을 구하고 있는 것 같은 인상을 준다. 그러나 이것은 비유에 지나지 않는다. 지금 화제에 오른 수라는 것은 식량이 아니다. 그 반대, 즉 독물(毒物)이다.

나는 내 의문에 의해 내 자신을 몰아대고 있는 것에 지나지 않는다. 나는 내 주위를 혼자 차지하고 여전히 나에게 대답을 계속하고 있는 저 침묵의 힘을 빌려 떨치고 일어나고 싶다고 생각한다. 너는 너의 탐구로 인하여 끊임없이 의식하도록 되어 있는 것인데, 견족이 지금 침묵을 지키고 이후에도 계속해서 침묵을 지키리라는 사실에 너는 언제까지 견뎌 낼 것이냐? 이것이야말로 흩어진 개개의 질문을 초월한 정말 생명을 건 내 질문이다. 나를 향해서만 던져진 질문, 다른 누구도 괴롭히는 것은 아니다.

그런데 약간 넋빠진 얘기지만, 나로서는 개개의 질문

보다도 이 질문이 훨씬 대답하기 쉽다. 나는 이렇게 대답한다. "나에게 자연사(自然死)가 올 때까지 꼭 견뎌 내겠습니다. 불안에 찬 질문에는 노년의 평안함이 더욱더 힘을 내어 싸웁니다. 나는 스스로 침묵을 지키고 또 침묵에 싸이면서, 하여튼 평화로운 죽음에 이를 것입니다. 확고한 태도로 나는 그때를 기다립니다. 놀랍도록 강한 심장, 쇠약할 때가 오지 않고는 절대로 쇠약하는 일이 없는 폐, 그런 것은 우리 개에게 마치 어떤 자의 악의에 의해 부여된 것입니다. 그런 생각조차 들 지경입니다. 우리는 모든 질문에, 우리 자신의 질문에조차 저항합니다. 침묵의 보루 곧 우리를 가리키는 것입니다."

　근래의 나는 내 생활을 돌이켜 보는 일이 차차 많아져 가고 있다. 나는 어쩐지 내가 저지른 것 같은 치명적 실패, 모든 책임을 뒤집어쓰지 않으면 안 될 것 같은 실패를 찾아보는 것이지만 발견할 수가 없다. 그렇지만 나는 저질렀음에 틀림없다. 만일 무엇 하나 실패한 사실이 없고, 그런데도 긴 생애를 건 진정한 노력에도 불구하고 내 희망이 이루어지지 않은 것이라면, 내 희망은 처음부터 이루어질 수 없는 것이었고, 철저한 절망 상태가 거기에서 생겨났으리라는 것이 증명되기 때문이다. 네 생애의 일을 좀 훑어봄이 어떨까? 우선 토지는 우리를 위한 영양분을 어디서 얻는 것이냐라는 질문에 따른 탐구를 두고 보자. 젊디젊은 개이던 나는 물론 마음속으로는 탐욕한 생의 욕망에 불타고 있었지만, 여하한 향락을 단념하고, 모든 즐거움을 멀리하여 피하고, 유혹에 대해서는 양다리 사이에 머리를 파묻어 버리고 일에만 매진했다. 그것은 내 학식을 고려해서 생각하여도 또 방법이나 의도를 보더라도, 결코 학자의 일은 아니었다. 그것은 실패였겠지만, 치명적인 실패였다고는 생각지 않는다. 나는 일찍부터 어머니의 손을 떠나 얼마 후엔 혼자 사는 것에 익숙해져 자유스러운 생활을 하고 있었으니까 공부는 거의 안했다. 확실히 너무 어릴 때부터 부모를 떠나 혼자 사는 것은 계통적 공부에는 좋지 않은 영향을 미친다. 그러나 나는 많이 보고, 많이 듣고, 여러 가지 일을 가진 각종 각양의 개와 서로 이야기했고, 내가 생각하기에는 모든 것을 이해하는 힘도, 개개의 관찰을 정리하는 힘도 그리 떨어지는 편은 아니었다. 이것이 다소 학식의 대용이 되었다. 그 외에도, 그 독립 생활이란 무얼 배우는데 마이너스일지 몰라도 자기가 연구를 계속하기 위해선 플러스이다. 독립 생활은 내 경우, 선인의 업적을 이용하고 동시대의 연구자와 유대를 갖는, 학문 본래의 방법은 따를 수 없었던 만큼 더 한층 필요했었다.

내가 전적으로 의지할 것은 나뿐이었다. 난 진정한 의미에서 제일보부터 시작하고, 내가 마침내 찍을 구두점이 결정적인 것에 틀림없다는 청년으로서의 기쁨에 넘치는 의식, 그러니 늙으면 극히 무거운 것으로 변하는 그런 의식을 갖고 시작한 것이다. 나는 과연 현재도, 그 당시부터 오늘에 이르기까지도 그렇게 고독한 연구를 계속한 것일까? 그렇기도 하고 그렇지 않기도 하다.

근처에서 볼 수 있는 개들은 여태까지 나 같은 입장에 선 적도 없고, 지금도 또 그러리라는 것은 있을 수 없는 일이다. 그렇게까지 내가 궁지에 빠질 까닭은 없다. 개라는 존재에서 나는 털끝 하나 벗어나지 못하고 있는 것이다. 어떤 개라도 나처럼 질문하고 싶다는 충동을 느낀다. 나는 나대로 모든 개와 마찬가지로 침묵을 지키고 싶다는 충동을 느낀다. 그렇다. 어떤 개라도 질문하고 싶다는 충동을 갖는다. 만일 다른 개가 질문하고 싶다는 충동을 안 갖는다면 나는 내 질문에 의해서 상대방에게 작은 충격이나마 줄 수 없을 것이다. 그런데도 나는 자주 황홀감에 차서—그것은 내가 과장해서 만들어 낸 황홀이지만—충격을 준 모양을 쳐다볼 수 있었던 것이다. 더욱이 만일 나에게 질문의 충동이 없었다면, 그런 점에서 별로 큰 성과를 거둘 수도 없었을 것이다. 다음에 내가 침묵을 지키고 싶다는 충동을 느끼는 점인데, 이것은 유감스럽게도 각별한 증명을 필요로 하지 않는다. 그러니까 나는 본질적으로 말해서 다른 어떤 개와도 큰 차이는 없다. 따라서 의견이 달라서 반발을 느끼고 있다 해도 모두 나를 인정해 줄 것이고, 나도 다른 개에게는 역시 그런 태도를 취할 것이다.

우리들을 구성하는 요소의 혼합 상태는 다르다. 한 마리씩 본다면 크지만, 종족 전체에서 보면 보잘것없는 차이이다. 그러면 과거에서 현재에 걸쳐 항상 존재하는 이 요소의 혼합 상태가 내 혼합 상태와 닮은 것으로 나타난 일은 여태까지 단 한 번도 없었던가? 내 혼합 상태를 불행이라 부르고 싶은 것이라면, 그것은 좋지만 지금 말한 것이 한층 심한 불행이 아닐까? 이런 사정은 보통 경험으로는 추측할 수 없을 것이다. 우리들 개는 정말 기상천외한 일에 종사하고 있다. 절대로 신용할 수 있는 보고가 있지 않을 바엔 그런 일이 있다고는 믿을 수 없을 것이다. 여기서 내가 가장 즐겨 생각하는 것은 공중견(空中犬)이라는 실례다. 처음 그 이야기를 들었을 때 나는 소리높여 웃었고, 이야기를 전혀 받아들이려고 하지 않았다. 도대체 어떤 일인가? 그것은 굉장히 작은 종류의 개라고 한다. 내 머리만한 크기로 자라서도 신장은 크지 못한다. 이 개는 날 때부터 신체가 약해 세공물 같아서 발육이 모자라고, 기분 나쁠 정도로 손질이 되어 있다. 그런 꼴로는 정식으로 도약할 능력도 없다. 모두들 말하기를 이 개는 대개의 경우 공중의 높은 곳을 걷고 있는데, 특별히 일을 하는 것도 아니고 왔다갔다만 하는 것이라고 한다. 엉터리 수작이다. 이런 이야기를 곧이듣게 하려는 것은 젊은 개의 분방한 마음을 이용해 보려는 계책이라고 생각했다. 그러나 그후 바로 나는 다른 방면에서 다른 공중견 이야기를 들었다. 모두 나를 놀리려고 일치 단결한 것인가?

그러고 나서 나는 저 음악견을 만나고, 그때 이후 나는 세상에 불가능한 일이란 없다고 생각하게 되었다. 그 이후로는 선입견에 의해 내 파악력이 좁아지는 일은 없었다. 지극히 난센스라 생각되는 소문에도 쫓아가서 나의 힘닿는 데까지 정체를 규명하려 하였다. 이 난센스인 생활에서, 가장 난센스라고 하는 일이 오히려 의미심장한 것보다도 진실한 것같이, 내 연구에는 특별히 유익한 것같이 생각된 것이다. 공중견의 경우도 그와 같았다. 나는 그들에 대해서 여러 가지 지식을 얻었다. 지금에 이르기까지 그 모습과 접할 수는 없었지만 그 존재는 일찍부터 내 확고한 확신이었고 그들은 내가 그리는 세계에서 중요한 위치를 차지하고 있는 것이다. 대개의 경우가 그렇듯이 이 경우도 우선 나를 생각에 잠기게 하는 것은 물론 그들의 기교가 아니다. 이들 개가 공중에 떠서 표류하는 힘이 있는 것은 경탄해 마지 않는 일이고, 그것을 부정하는 자도 있을 까닭이 없다. 이러한 경탄하는 마음으로는 나도 견족과 일치하고 있다. 그렇지만 내 감정상 훨씬 경탄해 마지않는 것은 이 존재가 갖는 난센스, 침묵을 지키는 난센스인 것이다. 그들의 존재는 일반적으로 말해서 전혀 근거가 없다. 그들은 공중에 떠서 그 상태를 계속한다. 생활은 걸음을 멈추지 않고 흘러가며, 우리들은 여기저기서 기교와 그 기교를 가진 자를 화제로 한다. 그뿐이다. 그러나 마음이 곧은 견족의 일원인 개들이 공중에 떠다닌다는 것은 웬일인가? 그들의 임무는? 그들 입에서 한 마디도 설명을 들을 수 없는 것은 왜일까?

그들은 상공을 떠다니며 다리를 쓰지 않고 놀게 해서 견족의 자존심을 상하게 하고 영양분을 주는 토지와는 거리가 멀어지고, 스스로 씨를 뿌리는 일은 없으면서도 거두는 것은 잊지 않고, 마치 견족의 희생으로 특별한 영양분을 얻고 있는 것같이도 보인다. 이것은 무슨 까닭인가? 나는 내 질문에 의해서 이러한 문제에 얼마간의 동요를 초래했고 그것에 대해 자부해도 좋은 것이다. 모두 자기 주장이 옳다는 것을 입증하기 위해 연구를 시작한다. 일종의 증명을 공동 연구로써 발견하려고 고심하기 시작한다. 제일보는 내디뎌졌다. 그러나 앞으로도 이 제일보를 넘는 일은 없을 것이다. 그러나 그것은 좌우간 그 무엇이긴 하다. 물론 진리가 명백히 될 까닭은 없다.—거기까지는 미치지 않겠지만—허위가 가져오는 큰 혼란에 대해서는 무엇인가 명백히 되는 것이다. 즉, 우리들 생활에서 난센스라 할 수 있는 현상의 전부,특히 가장 난센스라 할 수 있는 것에는 정당한 존재 이유가 있는 것이 증명된다. 물론 철저하게라고는 말하지 않는다. 철저하게란 너무나도 엄청난 말이 아닌가. 그러나 저 견딜 수 없는 질문에서 내 몸을 방비하려면 이것으로 충분하다. 다시 공중견을 예로 들자. 그들은 모두들 처음엔 그렇게 생각할지 모르지만 절대로 거만한 성질은 아니다. 오히려 특별히 동료를 구하고 있다. 그들 입장이 되어 보고자 노력하면 그것은 잘 알 수 있다. 즉, 그들은 떳떳하게 터놓고 할 수는 없다 하더라도—이것은 침묵을 지킨다는 의무를 게을리하는 것으로도 되겠지만—무엇인가 그와는 다른 방법으로, 자기들의 생활 태도에 대해서 양해를 구하고자 노력하든지, 적어도 그런 생활 태도에서 다른 자들이 외면하도록 하여 모두가 잊어버리도록 하지 않으면 안 된다. 모두들 얘기하기를, 그들은 참을 수 없는 요설(饒舌)이란 수단을 쓴다는 것이다. 그들은 신체를 쓴다는 일은 깨끗이 단념하였으나, 그 대신 항상 종사할 수 있는 철학적 사색의 결과에 대해서, 또 그들이 높은 곳에서 행하는 관찰의 결과에 대해서 항상 얘기해 들려 주지 않으면 안 된다. 이와 같이 멋대로의 생활에는 당연한 알이지만 그들은 정신의 뛰어난 작용을 보여 주는 것도 아니요, 그들의 철학은 그 관찰과 마찬가지로 서 푼어치 가치도 없으며, 그러한 성과는 거의 학문에 취할 가치도 없다. 어쨌든 일반적으로 말해서 학문은 이렇게 빈약한 보조 수단을 거점으로 할 수는 없다. 그런데도 공중견은 무엇을 구하고 있는 것이냐 하고 물으면 그 대답은 정해 놓고, 그들은 학문에 상당한 공헌을 하고 있다라고 대답할 것이다. "전적으로 그렇다."라고. 이 대답에 대하여 모두는 말한다. "그러나 그 공헌이야말로 보잘것없고 거추장스러운 것이다." 그러면 상대방은 어깨를 으쓱한다, 화제를 돌린다, 화를 낸다, 큰 소리로 웃는다. 잠시 후에 다시 한 번 물으면 또 그들은 학문에 공헌하고 있다는 대답이다. 최후로 되풀이해 묻는 바람에 어떻게 해야 좋을지 모르면, 나오는 것은 역시 같은 대답이다. 이쪽도 너무 이설(異說)을 세우는 것을 중지하고 상대방에 따라 이미 이 세상에 생을 향유하고 있는 이 공중견의 사는 권리를 인정하기에 이르지는 않더라도 그 존재에 견디는 것이 우리로서는 적당한 태도일 것이다. 그러나 이 이상 요구할 수는 없다. 그것은 지나친 일이다. 그런데도 모두 그것을 요구한다. 모두들 자꾸 나타나는 공중견에 견딜 것을 요구한다. 어디서 그들이 나타나는가, 그것은 확실히 모른다. 번식에 의해 늘어나는 것인가? 도대체 그들에게도 번식력이 있는가? 한 장의 아름다운 모피와 큰 차이 없는 그들이다. 도대체 무엇이 이 경우 번식하는 것인가? 만일 또 일어날 것 같지도 않은 이 일이 일어난다 하더라도, 그 시기는 어느 땐가? 그러나 그들은 언제든지 자기네들끼리 높은 하늘에서 만족스러운 표정을 짓고 있다. 감히 자기 몸을 끌어내려 뛰는 일이 있다 하더라도 그것은 극히 짧은 동안이다. 시치미를 떼고 서너 발자국 간다. 그리고 여하한 때라도 다른 것과는 절대로 관계를 끊고, 그들이 여하한 노력을 해보아도 떨어질 수 없는 사색 같은 것에 항상 골똘해 있다. 적어도 그들은 그렇게 주장하고 있다. 그러나 만일 그들이 번식하지 않는 것이라면, 스스로 이 평탄한 토지의 생활을 단념하고, 스스로 택해서 공중견이 되어 쾌적한 것을 버리고 어느 정도 몸에 붙인 숙련도 버리면서 공중의 요 위에 눕는다는 이 쌀쌀맞은 생활을 택하는 개도 있으리라고 생각되는데, 어떨까? 그것은 생각할 수 없다. 번식한다고도 생각되지 않지만 또 스스로 택해서 동료가 되었다고도 생각되지 않는다. 그러나 자꾸 새로운 공중견이 늘고 있는 것은 사실이 증명하는 바와 같다. 그러니까 결론은 이렇다. 여러 가지 어려운 사정이 있어서 우리들 머리로는 잘 해결될 것 같지도 않지만, 하여튼 한번 발생한 개의 종류는 그것이 어떠한 변종(變種)이라도 결코 전멸하는 일은 없다. 적어도 간단히 전멸하지는 않는다. 어떠한 종류이건 간에 교묘하게 자기 방위를 하는 무엇이 있지 않다고는 말할 수 없으므로 쉽사리 전멸하는 법은 없는 것이다.

공중견 같은 종류에게, 즉 다른 자와는 관련이 없고 난센스이며, 놀랍도록 기묘한 외관을 갖추고 생활 능력이 없는 종류에게 적용되는 일이 내가 속하는 종류에게도 적용된다면 안 되는 것일까? 하기야 나의 외모는 전혀 이상한 데가 없다. 적어도 이 근처에서 얼마든지 볼 수 있는 보통의 중급개다. 특별히 뛰어난 곳도 없고 특별히 멸시받을 곳도 없다. 그뿐인가? 젊은 시절 자기 몸에 잘 맞는 운동을 게을리하지 않은 까닭에 장년이 되어서도 부분적으로 보면 나는 매우 훌륭한 개였다. 특히 앞에서 볼 때는 칭찬을 받았던 것이다. 날씬한 다리, 아름다운 머리 모양 그리고 또 회색과 흰색과 황색의 끄트러미만 둘둘 말린 내 털을 모두들 굉장히 좋아하고 있었다. 이것은 모두 신기한 일이 아니다. 신기한 것은 내 존재 그것뿐이다. 그러나 내 존재도 또한 이것은 나로서는 절대로 잊어서는 안 될 일이지만, 일반적 개의 존재 그 속에 충분한 근거를 가지고 있다. 각설하고, 공중견이라 할지라도 모든 자와 관계하지 않고 지내는 것도 아니요, 넓은 개의 세계의 이곳 저곳에 연달아 자태를 나타내며, 무(無)에서까지 연달아 새 후계자를 낳는 것이니, 나도 역시 결코 못 쓰게 된 것은 아니라는 자신감을 가지고 살 수 있다. 물론 어떤 특별한 운명을 내 동류는 짊어지고 있음에 틀림없다. 나는 내 동류를 거의 식별할 수는 없을 것이고 이런 사정을 한 번 생각해 보기만 해도 그들의 존재가 뚜렷이 나에게 조력의 손을 뻗치는 일 따위는 결코 없을 것이다. 우리들 동류는 침묵에 익눌린 개다. 문자그대로 공기에 굶주려 이 침묵을 깨뜨려 버리려는 개다. 다른 놈은 침묵에 안주하고 있는 것같이 보이지만, 이것은 평안하게 음악을 연주하고 있는 것 같으면서 실은 극히 마음이 동요하는 상태에 있던 저 음악견의 경우와 마찬가지로 다만 허세에 지나지 않는다. 그러나 이 허세는 강하다. 다른 자는 모두 구출을 꾀한다. 허세는 이런 모든 간섭에 냉소를 퍼붓는다. 그럼 내 동류는 어떤 방법을 사용하는 것일까? 어떻게 해서라도 살려고 하는 그들의 시도는 어떤 것일까? 그것은 여러 가지 있을 줄 안다. 나는 젊었을 동안은 내게 던지는 질문에 의해 살려고 했다. 그러면 질문을 많이 해주는 놈에게 나는 몸을 기댈 수도 있겠고, 그 결과 내 동류를 획득할 수 있을 것이었다. 얼마 동안 나는 나를 억누르고 이 시도를 계속했다. 나를 억누르고라고 대답하게 하고 싶은 상대가 무엇보다도 내 문제이기 때문이다. 대개는 대답할 수 없는 질문으로 자주 나를 괴롭히는 상대는 나로서는 싫은 존재다. 젊었을 때엔 누구나 질문하는 것을 좋아한다. 그러나 많은 질문 가운데서 어떻게 해서 내가 옳은 질문을 찾아내야 좋은가? 어느 질문이고 비슷비슷하다.

질문의 의도가 문제지만 그것은 숨어 있다. 질문하는 자기에게조차 숨어 있는 때가 많다. 대체로 말해서 질문은 견족의 특성의 하나다. 전부가 왁자지껄 서로 질문한다. 그렇게 해서 옳은 질문의 흔적을 씻어 버릴 작정인 것같이 보인다. 역시 글렀다. 젊은 세대에서 질문하는 자 중에 내 동류는 없다. 지금 내가 그 일원인 늙은이, 이 침묵하는 것들 중에도 역시 없다. 그러나 도대체 질문이 구하고 있는 것은 무엇인가? 나는 질문에 막혀 버렸다. 내 동류는 확실히 나보다 현명하다. 그들은 이 생활을 견뎌 내기 위해 나와는 전혀 다른 방법을 쓴다. 그것은 내 자신의 입장에서 덧붙여 말한다면 아마도 그들의 위급을 구제하고 침착케 하고, 잠재워서 그들의 종류를 바꿔 버리는 작용을 하는 방법인데 결국은 내 방법과 마찬가지로 무력하다. 그 방법은 내가 널리 바라본 바로는 무엇 하나 성과를 올리지 않았기 때문이다. 성과가 아니라, 성과를 빼낸 다음 모든 것으로써 나는 내 동류를 인정하는 것은 아닌가 하는 그런 의구심을 갖는다. 그러나 그렇다면 내 동류는 어디 있나? 확실히 슬픈 호소다. 호소 이외의 아무것도 아니다. 어디 있는 것이냐? 어디든지 있다. 그러면서 어디에도 없다. 아마도 그것은 나와 세 발자국 떨어진 곳에 있는 이웃 개일 것이다. 우리들은 자주 부른다. 상대편은 나한테 오기도 한다. 나는 안 간다. 이것이 내 동류인가? 나는 모른다. 하등 그에게서 그런 표시를 보지 못하지만 있을 수 있는 일인지도 모른다. 있을 수 있는지도 모르지만, 동시에 이보다 더 참말 같지 않은 얘기도 없다. 그가 먼 데 있으면 나는 장난삼아 온갖 상상력을 기울여, 조금은 의심스럽지만 내 고향을 생각케 하는 것을 여러 가지 그에게서 발견할 수도 있지만, 상대가 눈앞에 나타나면 내 발견은 모두 웃음거리가 되고 만다. 중간 정도의 크기도 안 될지 모를 나보다도 조금 더 작은 노견(老犬)이다. 갈색의 짧은 털, 더욱이 머리를 드리우고 끈 것 같은 걸음걸이, 왼쪽 뒷다리는 병에 걸려서인지 조금 전다. 이렇게 곁에까지 가서 사귄 친구는 오래 전부터 나에겐 없었다. 나는 이 친구라면 그럭저럭 참을 수 있는 것이 기뻤다. 그가 떠나면 나는 다시 없이 친근한 말로 뒤를 쫓다시피 하며 외친다. 물론 애정에서가 아니다. 쫓아가 보면 다리를 절며 엉덩이 쪽을 쓸데없이 낮추고 기어가는 것처럼 해서 가는 그 모습이 이번에는 정말 흉측한 것으로 보여져서, 그런 내 자신에 대해서 화가 치밀기 때문이다. 머릿속에서 그를 나의 친구라 부를 때, 마치 내 자신에 대해서 냉소를 퍼붓는 것 같은 기분이 들 때가 많다. 그는 얘기하고 있어도 무엇 하나 동류다운 점을 보이지 않는다. 머리도 좋고 또 우리들 경우를 생각하면 제법 교양도 있어 여러 가지 배울 점도 많지만 도대체 나는 머리 좋은 것과 교양을 요구하고 있는 것일까? 우리들은 주로 토지 문제에 대해서 의견을 교환한다. 이 문제에 대해서는 고독한 생활 때문에 사리를 곧잘 내다볼 수 있게 된 나이긴 했지만 극히 보통인 개가 일반 수준으로 미루어 볼 때 그리 나쁘다고는 할 수 없는 환경에 있으면서도, 자기 생활을 유지하고 큰 재난에서 몸을 지키려 마음먹으면 얼마나 머리를 쓰는가를 알고 나는 놀란다. 학문은 규칙을 준다. 그러나 이 규칙을 멀리서 단지 윤곽만을 이해하는 일조차 결코 쉽지는 않다. 더구나 규칙을 이해한 후에야 비로소 그것을 토지 문제에 응용한다는 정말 어려운 일이 튀어나온다. 이때 도와줄 수 있는 자는 거의 없다.

거의 한 시간마다 새로운 문제가 생긴다. 새 토지는 한 조각마다 각기 특수한 문제를 갖고 있다. 자기는 얼마 동안 어딘가에서 조용히 도사리고 살 수 있고, 그리고 자기 생활을 말하자면 흐르는 물과 같이 흘러간다는 둥, 잘라 말할 수 있는 자는 아무도 없다. 여러 가지 욕망이 문자그대로 매일같이 눈에 띄게 줄어가는 나의 경우라도 그렇다. 이런 끝이 없는 고투는 도대체 무슨 목적이 있는 것인가? 더욱더 내 몸을 침묵 속에 깊이 파묻어, 이후 절대로 여하한 자라도 침묵 속에서 끄집어 내지 못하게 하기 위해서이다. 얘기는 그뿐인 것이다.

견족의 점진적인 진보, 그것은 곧 학문의 진보를 의미하는 것인데 이것은 자주 칭찬의 대상이 되어 왔다. 확실히 학문은 전진한다. 전진의 속도는 갈수록 빨라지기만 한다. 그러나 여기에는 무슨 칭찬받을 만한 것이 있는가? 누군가를 붙잡고, 해가 갈수록 너는 늙어가고 당연한 결과로 더욱더 빨리 죽음이 가까워진다. 그러니까 너는 훌륭하다라고 칭찬하려는 것과 같다. 이것은 자연스러운 그리고 또 별로 좋지 않은 과정으로서 칭찬할 것도 없다. 나는 거기에 퇴폐를 볼 뿐이다. 그렇다고 옛 세대가 본질적으로 나았다는 뜻은 아니다. 현재보다도 젊었다고 말할 뿐이다. 이것은 굉장한 강점이다. 그들의 기억에는 오늘날 우리의 기억처럼 여러 가지 무거운 것은 없었다. 그들의 입을 열게 하는 것은 훨씬 쉬웠다. 그것이 잘 되지 않는 경우라도 입을 열게 하는 가능성은 훨씬 컸다. 옛날에 실은 극히 단순한 얘기를 들었을 때 우리 가슴을 뛰게 하는 것은 이 큰 가능성 때문이었다. 우리는 때때로 그것을 암시하는 것 같은 말을 듣는다. 만일 우리들이 몇 세대의 무게를 내 몸에 느끼지 않는 것이라면 뛰어 보고도 싶은 심정인 것이다. 아니 그렇지 는 않다. 나는 우리 시대에 대해서 여러 가지 잔소리를 하고는 있지만, 옛세대가 새세대보다 나았던 것은 아니다. 뿐만 아니라 어떤 의미로는 훨씬 나쁘고 훨씬 약했다. 물론 그 시대라 해도 기적이 활개를 치고 거리를 돌아다녀 마음대로 잡힌 것은 아니다. 그러나 개들은 다른 적당한 표현 방법은 없지만 아직 현재만큼 개답지는 않았고, 견족의 유대는 아직도 여유가 있다. 그때라면 진정한 말의 유대에 파고 들어가 그 구성을 결정하고 가락을 고치고, 희망에 응해 모양을 바꾸고, 반대의 것으로 해버리는 것도 되었으리라. 그 말은 사실 거기에 있었던 것이다. 적어도 바로 곁에 있었다. 혀 끝에 아롱거리고 있었다. 누구든지 볼 수 있었던 것이다. 지금도 그것은 와 있지만 이제 와선 창자 속까지 손을 집어넣어 보아도 찾아볼 수는 없다. 우리들 세대는 아마도 이젠 절망적 상태이겠지만, 그러나 그것은 그때보다는 깨끗하다. 나는 우리들 세대의 주저를 이해할 수 있다. 그것은 이미 주저라곤 말할 수 없다. 그것은 수천 밤 이전부터 매일 저녁 꿈을 꾸고 지금까지 수천번이나 잊어 온 어떤 꿈을 잊어버렸다는 상태이다. 다른 이유라면 모르지만 이 수천번째의 망각 때문에 우리들에게 화낼 마음을 갖는 자가 있을까? 그러나 나는 우리들 조상의 주저도 이해할 수 있다고 생각한다. 우리들은 틀림없이 그렇게밖에는 행동할 수 없었을 것이다. 차라리 나는 이렇게 말하고 싶을 지경이다. 죄를 짓지 않으면 안 되었던 것은 우리가 아니었다. 우리는 다른 자의 손으로 말미암아 이미 어두운 그늘이 깃들여 있는 세계에 있어서 거의 무구에 가까운 침묵을 지키면서 죽음을 향해 서두르는 것이 허용되어 있다. 우리에게 축복있으라. 우리의 조상이 길을 잘못 들었을 때, 언제까지나 길을 잃고 헤맬 줄은 아마 생각이 미치지 않았으리라. 그들은 문자대로의 십자로를 눈앞에 보았음에 지나지 않는다. 잠자려 하면 그것은 쉬운 일이었다. 되돌아설 것을 주저한 것은 좀더 개의 생활을 즐기고 싶은 미련에서 나온 것에 지나지 않는다. 그것은 아직 진짜 개의 생활과는 비슷하지도 않은 것이었지만 그것으로 벌써 그들의 마음을 빼앗는 아름다운 생활인 것처럼 느낀 것이다. 나중에서야, 적어도 상당히 나중에서야 생활이 진짜 아름다움을 발휘해 갔음에 틀림없다. 그렇게 해서 그들은 계속 헤맸다. 역사의 흐름을 관찰하면 어렴풋이 알게 되는 일이지만 영혼은 생활보다 빨리 변전하는 것이다. 그러니까 그들은 자기들 영혼의 개의 생활을 즐기기 시작한 때, 이미 순수한 고대견(古代犬)의 넋을 갖고 있었음에 틀림없다. 그들은 모두 개의 기쁨에 넘칠 듯 충족한 눈이 그들로 하여금 믿게 하려 한 정도로, 혹은 그들 자신이 생각하고 있던 정도로 이미 출발점 가까이에 있지는 않았던 것이다. 이것을 그들은 몰랐다. 이제와서 젊은 시절을 이야기해 보았자 허무한 일이다. 그들은 정말 젊은 개였다. 그러나 그들의 오직 하나의 자존심은 유감스럽게도 노견(老犬)이 된다는 목표에 집중되어 있었다. 이 목표라면 실패할 까닭이 없다. 그것은 그들을 따른 모든 세대가 증명하고 최후의 세대인 우리들이 가장 잘 증명하는 바와 같다.

　물론 나는 이러한 일에 대해서 이웃에 사는 개와 얘기하고 있는 것은 아니다. 그러나 이 전형적 노견과 마주 앉든지 또는 낡은 털가죽이 갖는 그런 냄새를 풍기기 시작한 그의 털 속에 코를 박고 있으면 나는 이러한 일에 생각을 돌리지 않고는 못 배긴다. 서로 이야기한다는 것은 무의미한 짓이기도 하겠지. 그것은 다른 개하고도 마찬가지이다. 나는 대화의 귀추를 처음부터 알고 있다. 그는 몇 번 그저 그런 반대를 하겠지만, 결국은 동의하고 말 것이다. 동의처럼 훌륭한 무기는 없다. 그리고 문제는 묻혀 버리겠지. 그러나 왜 일부러 그것을 무덤에서 파내는 짓을 하는가? 그렇다고는 하지만 내 이웃 개와의 사이에는 단순한 말 이상의 깊은, 일종의 조화가 있는 것 같다.

　물론 확실한 증거가 있는 것도 아니요, 그 위에 그는 퍽 오랫동안 내가 교제하고 있는 단 한 마리의 개로서, 나로서도 그에게 기대지 않을 수는 없기 때문에, 단순한 착각을 일으킨 것에 지나지 않는 애기인지도 모르지만, 그래도 나는 내가 보는 방식을 바꿀 수는 없다. '너는 너대로 내 동류가 아닌가? 이것저것 다 실패하고 만 까닭에 부끄러워하고 있나? 상관할 건 없다. 나도 마찬가지 일을 당하고 있다. 나는 혼자면 자꾸 짖어 기분을 푼다. 오라, 두 마리가 같이 있는 편이 즐겁다.' 나는 곧잘 이런 생각을 하면서 상대편 얼굴을 쳐다본다. 그는 시선을 피하지 않는다. 그러나 나는 거기서 무엇 하나 꺼낼 수 없다. 그는 멍하니 나를 쳐다본다. 그리고 왜 내가 침묵을 지켜 대화를 중단해 버렸는지 이상하게 여기고 있다. 그러나 아마도 이 눈치가 그의 물음이겠지. 그리고 그가 나를 실망시키듯 나도 그를 실망시킨다. 이것이 만일 내 젊은 때이어서 다른 수없이 많은 질문이 중요하게 여겨지지도 않고, 또 내 스스로 넘쳐흐를 만큼 만족하는 일도 없다면 나도 틀림없이 소리 높여 그에게 질문을 했으리라. 그래서 초라한 동의를 그가 침묵을 지키고 있는 현재보다는 더 적게 얻었으리라. 그러나 누구나 다 그와 마찬가지로 침묵을 지키고 있는 것은 아닌가? 모두가 내 동류라는 것을 무엇이 나로 하여금 믿게 하지 않는가. 보잘것없는 성과를 품고 가라앉아 가며 잊혀져서 시대의 어둠 혹은 현대의 혼잡

으로 가로막혀 이 이상은 어떠한 방법을 써도 내가 옆
에 갈 수 없는 연구 벗〔硏究友〕을 나는 여기저기서 발
견할 뿐만이 아니라, 오히려 모든 것에서 나는 동류를
갖는다. 희망 없는 연구가 항상 그렇듯, 각기 자기대로
조금도 성과가 오르지 않고 각기 자기대로 침묵을 지키
고 혹은 잘 쏘다니면서 필요없는 말을 지껄여, 그렇게
제각기 자기대로의 노력을 계속하는 동류를 나는 갖는
다. 이런 일을 무엇이 나로 하여금 믿게 하지 않는가.
믿을 수가 있다면 나는 고립할 필요도 없었을 것이다.
다른 것 속에서 안주의 땅을 찾을 수 있었으리라. 나처
럼 바깥에 나가고 싶어하는 어른들, 밖에 나가는 것들
은 없어 혼잡이란 헛소리에 지나지 않아라고 그들이 이
성이라는 것에 들려 주고 있는 양상이 나에겐 아무래도
납득이 안 가지만, 이런 어른들의 대열을 헤치고 버릇
없는 어린아이처럼 나는 억지로 바깥에 나갈 필요도 없
었던 것이다.

　이런 생각은 분명히 내 이웃 개의 영향에서 생긴 것
이다. 그는 나를 머뭇거리게 한다. 나를 우울한 기분으
로 이끈다. 그는 자기 자신 충분히 즐거운 것 같다. 적
어도 자기 영분(領分)에 있을 때엔, 큰 소리를 지르고
노래를 부르고 하는 것을 나는 듣는다. 이것이 또 나에
겐 고통거리다. 이 최후의 교우를 단념하고 제아무리
무장을 튼튼히 해도 개의 교우에는 꼭 따라다니는, 그
막연한 몽상에 젖는 일도 집어치우고, 남아 있는 적은
시간이나마 고스란히 내 연구에 바치는 것만이 아마 바

라고 싶은 것일게다. 그가 이다음에 올 때엔 엎드려서 자는 체하고 있으리라. 그리고 그가 오지 않을 때까지 그것을 되풀이하는 것이다.

 내 연구에는 또 무질서가 깃들이게 되었다. 나는 지고 만다. 피로해진다. 정기(精氣)에 차서 뛰어다니던 것이 우울하게 비틀비틀 걸을 뿐이다. 나는 '토지는 어디에서 우리들의 영양분을 얻는 것인가?'라는 문제를 연구하기 시작한 그 무렵을 돌이켜 본다. 그 무렵의 나는 말할 것도 없이, 민족의 한복판에서 살고 있었다. 군중이 가장 많이 모인 곳에 파고들었다. 모든 것을 내 일의 증인으로 삼고 싶었다. 이 증인은 일 자체보다도 귀중할 지경이었다. 나는 아직 역시 무엇인가 감탄하는 소리를 기대하고 있었으므로 증인에 의해 물론 퍽 많은 자극을 받았다. 그걸 바란다 해도 고독한 지금의 나에겐 쓸데없는 것이다. 그러나 그 무렵엔 나도 강했으므로 나는 어떠한 일을 성취했다. 얼토당토않은 일이라서 우리들은 갖은 원칙에 배반되는 당시의 증인이면 이구동성으로, 생각할 때마다 무엇인지 불쾌감을 느낀다고 말할 것에 틀림없는 어떠한 일이다. 나는 항상 끝없는 특수화를 추구하는 학문 속에서 어떻게 관측하면, 일종의 기묘한 단순화 작용이 있는 것을 발견한 것이다. 학문은 토지가 우리들의 주요 영양분을 낳는 것을 가르쳐 준다. 더욱 이 전체 밑에서 각종 식물 중에 품질도 제일 좋고 또 내용도 극히 충실한 것을 얻는 방법을 제시한다. 토지가 영양분을 낳는다는 것은 물론 옳다. 의심할 여지도 없다. 그럼에도 불구하고 이것은 더욱 깊이 추구하는 일없는 이 사실을 설명하고 있는 보통 견해가 보여 주는 것처럼 간단한 일은 아니다. 시험삼아 매일 되풀이되는 가장 원시적인 일들을 주워 보자. 나도 지금은 거의 거기에 가깝지만, 만일 우리들이 아주 게을러서 그저 잔소리를 듣지 않을 정도로 경작을 한 후에 웅크리고 자면서 나타나는 것을 갖고 있다고 할 때, 만일 무슨 일이 일어나는 것이라고 가정한다면 우리들은 토지 위에 영양분을 발견할 수도 있다. 그러나 이것은 반드시 일어나는 일은 아니다. 학문이란 것을 다소라도 얽매이지 않는 마음으로 보는 자라면—그러나 학문이 그리는 원은 커가는 경향이어서 학문에 얽매이지 않는 자는 물론 말할 수 없이 수가 적지만—특별한 관찰에 전혀 의지하지 않아도 지상의 영양분의 주된 부분이 위에서 온다는 것쯤은 곧 알 것이다. 우리들은 우리의 숙련의 정도와 갈망의 정도에 따라서 보통 영양분을, 그것이 땅에 닿기도 전에 새치기해 버리는 때조차 있다. 나의 이러한 발언은 하등 학문에 배치되지 않는다. 말할 필요도 없이 토지가 이 영양분을 산출할 수도 있다. 하여튼 토지는 어떤 때는 영양분을 자신 속에서 꺼내기도 하고 어떤 때는 높은 곳에서 불러내리기도 하지만, 이것은 본질적인 상위가 되지는 못할 것이다. 어느 경우라도 경작은 필요하다는 원칙을 확립하고 있는 학문은 위에서라든지 가운데서라든지의 차이에는 거의 상관하지 않을 것이다. '입에 가득히 집어넣으면 우선 모든 문제는 해결되어 버린다.'라는 말을 인용해 두자. 그런데 학문은 영양분을 산출하는 두 가지의 주된 방법으로서 진짜 경작과 주문(呪文)·무용·가요의 형태를 가진 보충적 내지 미화적 작업을 인정하고 있으니까 지금 말한 것과 같은 일을 적어도 부분적으로는—노골적인 형태가 아니라—연구의 대상으로 삼고 있는 것같이 생각된다. 이 두 가지 방법 중에서 나는 완전한 것은 아니지만 충분히 명백한, 내가 생각하고 있는 상위에도 부합되는 분류를 찾아낸다. 경작은 내 생각에 의하면 두 종류의 영양분을 얻기 위해 필요하고 또 필요불가결의 것이지만, 주문·무용·음악은 좁은 의미의 경작에는 그다지 관계없고 차라리 주로 영양분을 위에서 불러내리는 데 필요하다. 풍속·습관이 나의 이 해석에 힘을 빌려 준 것이다. 풍속·습관에 의해서 우리 종족은 자신을 의심하는 일도 없고 또 학문으로로부터 저항을 받는 일도 없이 학문에게 올바른 위치를 부여하고 있는 것같이 생각된다. 학문의 의도하는 바에 따르면, 영양분을 위로부터 취하는 힘을 토지에게 부여하기 위한 저 갖가지 의식은 한 가지로 토지에게 바쳐지지 않으면 안 되는 것이지만, 이 생각을 진행시켜 볼 때 의식은 철두철미 지상에서 행해지고, 모든 것이 토지를 향해 속삭이고 토지를 앞에 두고 뛰고 춤추지 않으면 안 되게 될 것이다. 내 지식이 미치는 한에서는 학문도 정히 이것을 요구하는 것으로 생각된다.

그런데 여기에 미묘한 일이 있다. 우리 종족은 그 모

든 의식을 가지고 높은 곳으로 향하는 것이다. 그렇다고 이것은 학문을 손상하는 행위는 아니다. 학문은 그것을 금하고 있지는 않다. 농부에게 그런 자유를 인정한다. 학문은 그 가르침 가운데서 한결같이 토지를 염두에 둔다.. 농부가 학문의 토지에 관계하는 가르침을 실천에 옮길 때 학문은 그것으로 만족한다. 그러나 학문은 정말은 그 이상의 것을 요구하는 것으로 나는 생각한다. 나는 다른 자에 비해서 결코 학문에 조예는 깊지 않지만, 우리들 종족이 정열 바로 그것이라는 모습으로 상공을 우러러 소리높이 주문을 외고, 우리들의 옛 민요를 슬픈 목소리로 대기에 싣고, 그리고 또 토지를 잊어버리고 높은 곳에 몸을 약동시킬 것을 한결같이 바라고 있는 것처럼 도약의 무용을 되풀이하는 광경을 볼 때, 학자들은 어떻게 해서 이 광경을 참을 수 있는지 정말 상상도 못할 일이다. 나는 출발점으로서 이 모순을 강경히 지적할 것을 택했다. 학문의 가르침에 따라 수확의 시기가 다가오면 나는 철저하게 내 몸을 땅에 얽어 매었다. 나는 춤추고 토지를 긁었다. 될 수 있는 대로 토지에 가깝게 하고자 머리를 구겨박아 삘 지경이었다. 나중에는 코끝이 들어갈 만큼 구멍을 파고 토지만이 들을 수 있도록 내 옆에 있는 것, 위에 있는 것에는 들리지 않도록 코 끝을 틀어박은 채 노래하고 외었던 것이다.

　연구의 성과는 보잘것없었다. 때로는 식물이 손에 들어오지 않을 때도 있어 나는 이 내 발견에 기쁨의 환성

을 올리는 것인데, 순간 또다시 식물이 나타나는 것이
다. 내 색다른 연기(演技)에 처음엔 얼마간 놀라고 있
다가 이제 이 연기가 초래하는 이익에 눈뜨게 되어 내
외침이나 도약을 기꺼이 관대하게 보자, 그런 식이다.
뿐만 아니라 식물은 이 전보다도 풍성하게 나타나는 일
이 잦았다. 그러나 또다시 식물은 아주 꼬리를 감추고
만다. 나는 젊은 개에게서는 아직껏 일찍이 예를 보지
못할 정도로 열심히 내 각종 각양의 실험을 공손히 진
열해 보였다. 나를 더욱더 인도할 가망성이 있는 끈을
확실히 잡았다고 믿는 일도 재삼 있었지만 다시 그 길
은 막연한 것에 딸려 들어가는 것이다. 이때 나의 학문
적 준비가 불충분했던 것도 내 전진을 막은 유력한 원
인이다. 예를 들면, 식물이 그림자를 감추는 현상도 내
실험의 결과 일어난 것이 아니라 비학문적인 경작 때문
이라는 보증이 있다. 더구나 그것이 사실임을 알고 내
추론은 모조리 전혀 근거 없는 것으로 되고 마는 것이
다. 만일 일정한 조건이 부여된다면, 즉 경작이라는 것
을 아주 제외하고 우선 최초에는 높은 데를 우러러 행
하는 의식을 가지고 식물의 강하(降下)를 촉진하는 데
성공하고, 다음에 지상의 의식에만 의지하여 식물의 그
림자도 나타나지 않도록 하는데 성공한다면 나로서도
완벽에 가까운 실험이 된다. 나도 이런 종류의 것을 시
험해 본 것인데, 확고한 신념도 없고 또 완전한 조건을
설정한 것도 아니었다. 즉, 내 움직일 수 없는 의견에
의하면 적어도 일정량의 경작은 항상 필요하다. 설사

이 일을 믿지 않는 이단자측이 옳다 하더라도, 토지를 적시는 행위는 충동적으로 일어나 어느 한계를 넘으면 어떻게 해도 피할 수 없는 것인 이상, 이단자의 경작 불필요설은 증명되지 못한다.

이것과는 또 다른, 다소 본 궤도에서 어긋난 실험이 나로서는 잘 되었고 얼마간의 주목을 끌었다. 공중에서 영양분을 탈취한다는 보통 행하여지는 방법에 관련해서 나는 영양분을 강하시키면서 더구나 그것을 탈취하지 않도록 해보자고 결심했다. 이 목적 때문에 나는 영양분이 나타나면 반드시 가벼운 도약을 해보는 것인데, 이 도약은 거기까지 미치지 못하도록 미리 손대 놓았다. 그러면 보통의 경우 영양분은 아무 말 없이 무관심한 표정으로 지면에 떨어진다. 나는 분노에 차서 영양분에 뛰어 덤빈다. 그것은 굶주림의 분노이기도 하고 또 실망의 분노이기도 한 것이다. 그렇지만 때로는 다른 일이 생긴다. 실로 놀라운 일이 생긴다. 식물은 떨어지지 않고, 공중에서 나를 따라오는 것이다. 영양분이 굶주린 자를 따라오는 것이다. 단 먼 거리는 아니다. 아주 약간, 그리고 최후에는 낙하하든지 꺼져 버리든지, 또는 이것이 제일 많은 일인데, 나의 갈망이 실험을 빨리 그만두게 하고 나는 그것에 달려들어 입에 넣는다. 어떻든 당시의 나는 행복하였었다. 나의 주위를 일종의 속삭임이 뚫고 지나가는 것이다. 다른 자는 모두 불안에 사로잡히고 이상하게 주의가 깊어졌다. 내가 아는 이들이 이전보다 내 질문에 가까워진 것이 느껴졌다.

그들의 눈동자 속에 그것이 설사 네 자신의 시선의 반영에 지나지 않는 것일망정, 무엇인가 구제를 바라는 번쩍임을 나는 본다. 나는 이 이상 아무것도 바랄 것이 없었다. 지극히 만족하고 있었다. 그러나 나중에, 처음부터 뻔한 얘기지만 나는—그리고 다른 자도 나와 같이—이 실험이 학문의 세계에서는 벌써 옛날에 끝난 것으로 그것도 나의 경우와는 비교도 안 될 만큼 대대적으로 행하여졌다는데, 이 실험에 필요한 자기제어가 어렵기 때문에 이전부터 행할 수가 없게 되고 또 학문적으로 보아 분명히 무의미하기 때문에 두 번 다시 되풀이할 것을 금지당한 것을 알게 되었다. 다시 말하면 모두들 이미 알고 있는 사실, 즉 토지는 영양분을 위에서 수직으로 강하시킬 뿐만 아니라, 때로는 비스듬히 또는 나선형으로까지 강하시킨다는 것을 이 실험은 증명하고 있는 것에 지나지 않는다. 거기서 나는 멈춘다. 그러나 의기(意氣)를 상실한 것은 아니다. 나는 아직 젊어 의기 상실과는 인연이 멀었다. 그것뿐이 아니다. 이 실패로 인하여 아마 나는 나의 생애에서 가장 큰일을 향하여 용기를 내게 되었다. 나는 나의 실험이 학문적으로 무가치하다고는 믿지 않았다. 그러나 신념으로 처리될 문제는 아니다. 필요한 것은 증명이 있을 뿐이다. 이 증명에 착수하고 근본적으로 생각해서 약간 본 궤도에서 어긋난 이 실험을 전면적인 밝음 가운데에 연구의 중심점에 놓고 싶다고 생각했다. 내가 영양분을 피하여 물러설 경우 토지가 영양분을 옆으로 비스듬히 끌어당기

는 것이 아니라, 내가 영양분을 불러 나의 등뒤에 따라
오게 한다는 것을 증명하고 싶었다. 그렇지만 이 실험
을 이 형태대로 진행하는 것은 불가능하였다. 식물을
눈앞에 보면서 시간적으로 그것을 실험의 대상으로 삼
기란, 우리들은 장시간 견뎌 낼 수 있는 것이 아니다.
　나는 다른 방법을 써보려고 하였다. 참을 수 있는 한
완전히 절식하고, 동시에 영양분이 눈에 뜨일 기회를,
모든 유혹을 피하려고 하였다. 나는 이렇게 하여 들어
앉아 밤이나 낮이나 눈을 감은 채 움직이지도 않고, 영
양분을 아래에서 취하려고도 하지 않고 또 공중에서 탈
취하려고 마음먹지도 않으며 이런 상태로 달리 무엇 하
나 방도를 취하는 것도 아니고, 겨우 땅을 적신다는 비
합리적이요 불가피한 일과 주문과 노래를 조용히 읊조
리는 일—춤은 몸이 약해지는 까닭에 안할 작정이었다.
—에 의해 영양분이 위에서 내려와 토지 같은 것은 더
욱더 염두에 없고, 속에 넣고 싶으면 내 이빨 있는 데
를 똑똑 두들기는 이런 일이 확실히 일어난다고 주장할
용기는 나에게 없다. 마음 깊이 희망하고 있는 터이지
만, 만일 이것이 실현되었을 경우, 학문이라는 것은 예
외라든지 개개의 특별한 경우를 받아들이는 탄력성을
갖고 있으므로 학문이 말하는 데에 대한 반증이 옳은
것으로는 되지 않지만 다행히도 그만한 탄력성을 마침
내 갖고 있지 않은 우리들의 종족은 이것에 대하여 어
떠한 표정을 할 것인가? 이것은 역사에 남아 있는 예외
적인 일, 예를 들면 몸이 약하다든지 기분이 우울하기

때문에, 식물을 준비하고 찾아서 거둬들이는 것을 누군가가 거절한다. 그러면 견족(犬族)은 일치단결해서 제사의 주문을 외고, 식물이 정한 길에서 비틀비틀 밖으로 나와 곧장 병자의 입 속으로 뛰어들게끔 해버리는, 이런 예외와는 전혀 종류가 다르다. 나는 힘에 넘쳐 매우 건강했다. 나의 식욕은 굉장한 것이어서 식욕 이외의 것에 머리를 쓸 수가 없을 지경이었다. 믿어 줄지 안 믿어 줄지는 모든 다른 자의 판단에 맡기지만 나는 스스로 사서 단식을 한 것이다. 내 자신 영양분의 강화를 촉진시키는 능력도 있고 또 마음도 가지고 있었지만, 이것에 대해서 견족의 응원은 필요로 하지 않을 뿐더러 절대로 응원 따위는 받아들이지 않겠다고 굳게 결심하고 있었던 것이다.

나는 먹을 것에 대한 애기도, 혀가 동하는 소리도, 뼈를 깨무는 소리도 들리지 않는 어떤 먼 수풀에서 좋은 장소를 찾아내고 최후에 다시 한 번 배불리 먹고서 옆으로 누웠다. 될 수만 있다면 끝까지 꼭 눈을 감은 채로 지내려고 하였다. '식물이 나타나지 않는 한, 이 상태가 몇 날 몇 주일간 계속되건, 나에게 그것은 밤의 연속이 되는 것이다.'라고 나는 생각한다. 그런데 나는 영양분을 강하시키기 위해 주문을 외지 않으면 아니 되었고, 그 위에 영양분이 나타났을 때 잠들지 않도록 긴장하지 않으면 안 되었기 때문에 나로서는 대단히 무거운 짐이었지만 극히 조금밖에, 이상적으로 말하면 전혀 잘 수는 없었다. 동시에, 잠자고 있으면 눈을 뜨고 있는 것보다 월등히 오래 단식이 지속되리라 생각하면 잠이라는 것이 꽤 괜찮은 일이었던 것도 사실이다. 이런 이유에서 나는 주의 깊은 시간표를 짜서 장시간, 단 극히 단속적으로 자려고 결심하였다. 나는 잘 때에는 반드시 연약한 나뭇가지에 머리를 기대고 바로 가지가 꺾여 눈을 뜰 수 있게 하여서 이 결심을 실현했다. 그런 모양으로 나는 누워 잠자다가 눈을 뜨다가 꿈을 꾸다가 조용히 노래를 중얼거리기도 하였다. 처음엔 아무 일도 일어나지 않았다. 내가 이 숲에서 사물의 자연스러운 진행에 반항해서 일어섰다는 사실이 어떠한 까닭으로 인해 영양분을 보내줄 근처에는 아직 전하여지지 않았던가보다. 그러니까 모든 것이 고요할 대로 고요했다.

이렇게 싸우고 있는 나를 얼마간 소란케 한 것은 개들이 내가 없어진 것을 알아채고 얼마 후엔 나를 찾아내어 무슨 일을 꾸미지나 않을까 하는 근심이었다. 두 번째 근심은 땅을 적시는 작용을 조금 했을 뿐으로 학문적으로 보면 불모지가 소위 우연한 영양분을 낳고, 그 냄새에 유혹당하지나 않을까 하는 근심이었다. 그러나 잠시 동안은 그런 일도 없이 단식을 계속할 수 있었다. 이러한 근심을 제쳐놓고는 나는 이제까지 맛보지 못하던 마음의 평안을 우선 지속하고 있었다. 정말은 학문을 폐기하는 것이 내 목표였지만, 그런 목표에도 불구하고 내 마음을 채우고 있었던 것은 만족감이었고, 또 학문에 종사하는 자의 격언(格言)에도 있는 저 평안에 가까운 기분이었다. 꾸벅꾸벅하면서 나는 학문에 용서를 빌었고 용서를 받아 줄 여지도 학문 안에 있었던 것이다. 나의 귀에 위로에 찬 말이 들려온다. 설사 너의 연구가 빛나는 성과를 올렸다 해도 도리어 그때 너의 개로서의 생활이 그 본령(本領)을 발휘하는 것이다. 학문은 너에 대해서 호의적인 태도를 보인다. 학문은 제가 나서서 너의 성과의 해석에 귀를 기울일 것이다. 이 약속 자체가 일의 성취를 의미하고 있다. 지금까지 추방된 자의 의식을 마음속 깊이 간직한 채, 종족이 둘러싼 벽 위를 야수처럼 뛰어다니던 너는 큰 영예 가운데에 환영받으리라. 모여든 개의 육체가 풍기는 저 그리움의 따스함이 분류되어 너를 둘러싸고 너는 어찌할 수 없이 환영의 뜻으로 몸이 공중에 들려, 너는 종족의 어깨 위에서 흔들려 움직이리라. 난생 처음 맛보는 굶주림의 기묘한 작용! 나의 업적은 굉장한 것같이 생각되어서 감동하고 내 자신에 대한 사랑스러움과 측은함에 가슴이 가득 차, 조용한 숲속에서 나는 훌쩍훌쩍 울기 시작했다. 이것은 간단하게는 이해되지 않는 행위다. 노력에 상당한 포상을 기대하는 몸이 되어 무엇 때문에 훌쩍거려 우는 것인가? 그 원인은 십중팔구 만족감 이외에는 없을 것이다. 만족감을 맛본다는 것은 여간해서 드문 일인데, 그럴 때마다 나는 울었다. 물론 이 기분은 오래지 않아 어디론지 사라져 버렸다. 굶주림이 격렬해짐에 따라 아름다운 가지각색의 영상은 점점 사라지고, 다음에 모든 환상과 모든 감정이 재빨리 몸을 감추는 것과 함께 나는 내장 속에서 들끓는 굶주림과 함께 멍

청하게 남게 되었다. '이것이 굶주림이라는 것이다.' 수없이 몇 번이고 나는 되뇌었다. 굶주림과 나와는 언제든지 별도라서 귀찮게 구애하는 자를 뿌리치는 것처럼 굶주림을 뿌리칠 수 있다. 그런 마음에서 말한 것이지만 사실 우리들은 욱신욱신 고통을 느낄 만큼 하나다. "이것이 굶주림이라는 것이다."라고 스스로 말할 때 정말 지껄이고 있는 것은 굶주림인 것이며, 굶주림은 그런 말로 나를 조소하고 있다. 나쁜, 지극히 나쁜 시기였다! 그 무렵을 생각하면 몸이 떨린다. 물론 그 무렵 실컷 맛본 고통 때문만은 아니다. 그 무렵은 나도 준비가 되어 있지 않았기 때문이며, 또 굶주림만은 내 최후의 가장 강한 연구 방법이라고 지금도 생각하고 있는 것이니까, 이후 만일 무엇인가 성취하려면 다시 한 번 저 고통을 되살려 맛보지 않으면 안 된다고 생각하고 있기 때문이다. 이것이 주된 이유인 것이다. 깊은 굶주림을 뚫고 있다. 최고의 것에는 만일 도달이 가능하다면 최고의 행위에서만 도달할 수 있다. 그리고 최고의 행위란 우리들의 경우 자유 의지에 의해 굶주리는 것을 말한다. 그러니까 그 시대의 일을 여러 가지 생각해 보면 —그 시대 일이라면 일생 걸려도 나는 좋아서 들추고 있을 것이다.—나는 반드시 이 앞으로 엄습해 올 시대의 일을 여러 가지 생각한다. 이런 시도를 졸업할 때까지는 거의 한평생을 허비하지 않으면 안 될 것 같은 생각이 든다. 저 단식 이래, 장년 시절이 그냥 경과하고 있는 것이지만, 나는 아직 졸업하지는 않는다. 이 다음에 만일 단식을 시작한다면 경험도 풍부해지고, 이런 시도의 피치 못할 이유도 훨씬 잘 알고 있으니까 나도 아마 이 전보다는 결단력을 보이겠지만 그때 이후 나의 힘은 눈에 띄게 줄어들어 적어도 낯익은 저 공포를 다만 기다리고 있는 것만으로 지쳐빠질 것이다. 쇠퇴해 가는 의욕도 내 편은 되지 않을 것이다. 의욕이 없는 까닭에 단식의 시도는 어느 정도 가치가 없어지고, 나는 할 수 없이 그 당시 필요했던 정도 이상으로 오래 단식을 계속하지 않으면 안 될 것이다. 이러한 전제 또는 그밖의 전제를 확실히 잡을 수 있었다고 나는 믿고 있다. 그 이후 오랫동안 예비 연습도 물론 게을리하지는 않았다. 굶주림 그 자체에 물고 덤비는 때도 자주 있었지만, 나는 아직 철저하게 그 힘을 발휘할 만큼 강하지는 못했다. 청년의 분방한 공격욕은 이미 그 당시 단식의 한창 때 소실되고 만 것이다. 가지가지의 숙려(熟慮)가 나를 괴롭힌다. 협박하는 듯한 모양으로 우리들 조상이 모습을 나타낸다. 이것은 다른 자 앞에서 말할 용기는 없지만, 그들은 모든 것에 책임이 있다고 나는 생각한다. 그들은 개의 생활에 대해서 죄를 범한 것이다. 그러니까 나는 그들의 협박에 대해서 편한 마음으로 협박으로써 갚을 수가 있다. 그렇지만 그들의 지식 앞에서 나는 몸을 굽힌다. 그 지식은 우리들이 이미 알 수 없는 연원(淵源)에서 오는 것이다. 그러니까 나는 그들에게 싸움을 걸고 싶은 충동을 느끼더라도 절대로 그들의 법칙을 마음대로 짓밟는 일은 없을 것이다.

법칙의 간격을 일종의 특별한 능력으로 냄새 맡아, 그리고 나는 뛰어나가는 것이다. 단식에 관해서 나는 유명한 대화를 여기에 인용하고자 한다. 그 대화에서 우리들의 현자의 1인이 단식을 금지하고 싶다는 의도를 표명한다. 이것에 대해서 두번째 현자는 '이후 과연 단식하는 자가 있을까?' 하는 반문을 가지고 상대방의 뜻을 번복시키려 한다. 처음의 현자는 납득하고 금지령을 철회한다. 그런데 여기, '그러나 단식이란 것은 처음부터 금지되어 있던 것이 아니었던가?'라는 질문이 생긴다. 주석자의 대다수는 이 물음을 부정한다. 그들은 단식을 자유스러운 행동이라 해석해서 두번째의 현자에 동의하고 그릇된 주석에서 좋지 않은 결과가 생기더라도 아랑곳없다. 나는 단식을 시작하기에 앞서 이런 사정을 충분히 알고 있었다. 그런데 굶주린 내가 몸을 움츠리고 머리도 이젠 얼마간 이상해져서 자꾸 뒷다리에 구제를 청하고 필요 이상으로 뒷다리를 핥았다, 물었다 빨다 하다가 나중에 엉덩이까지 왔을 때, 나는 저 대화의 일반에 유포되고 있는 해석이 새빨간 거짓 해석인 것같이 생각된 것이다. 나는 해석학을 저주했다. 해석학 때문에 길을 잘못 든 나 스스로를 저주했다. 대화는 어린애라도 알 일이지만 말할 것도 없는 단식에 대한 하나 이상의 금지령을 내포하고 있다. 제일의 현자가 단식을 금하고 싶다고 생각한다. 현자의 의도하는 바는 실현되어 있다. 단식은 금지되어 있었던 것이다. 제이의 현자는 그에 동의할 뿐더러 단식을 처음부터 불가능한 것이라고까지 생각하여 제일의 금지령 위에 제이의 것, 즉 개의 본성 그 자체에 대한 금지령을 굴려와 없는다. 제일의 현자는 이것을 인정하고, 저 명쾌한 금지령을 철회한다. 즉, 그는 개들에게 모든 사정을 설명한 후 통찰력을 잘 사용해서 각자가 자기 자신에 대해서 단식을 금하도록 명했다. 따라서 일반에 행하여지고 있는 하나의 금지령 대신 세 개의 금지령이 하나가 되고 있는 것이며, 나는 이 금지령을 범한 것이다.

이렇게 되고 보면 뒤늦게나마 하여튼 금지령에 복종해서 단식을 중지할 수도 있었지만 고통에 괴로움을 당하면서 더 단식을 계속하고 싶은 유혹을 느끼고, 알지 못하는 개의 뒤를 밟을 때처럼 욕망에 불타면서 유혹에 따라갔다. 나는 중지할 수가 없었던 것이다. 아마 신체가 아주 약해져, 모두가 있는 장소에까지 가서 구제를 청할 기력조차 없었나보다. 나는 수풀의 마른 잎 위에 떼굴떼굴 뒹굴었다. 이젠 잘 수도 없었다. 사방에서 시끄러운 소리가 들린다. 여태까지 잠자고 있던 세계가 내 단식에 의해 눈을 뜬 것같이 생각된다. 나는 이제 더이상 아무것도 먹을 수 없다. 그런 생각도 떠오른다. 만일 내가 무엇을 먹는다든지 하면, 마침 해방되어 소음에 가득 차 있는 세계를 다시 침묵시켜 버림에 틀림없기 때문이다. 그것은 나로서는 할 수 없는 일이다. 그러나 가장 큰 소음은 내 뱃속에서 들려왔다. 나는 자주 귀를 배에 댄다. 나는 경악의 눈초리를 하고 있었음에 틀림없다. 그런 소리가 들리리라고는 거의 믿을 수 없었기 때문이다. 얼마 뒤에 그 소리가 형편없는 것이 되면, 아찔한 상태는 다시 내 본성 자체에도 습격해 온 것 같다. 내 본성은 정말 무의미한 방법으로 구출을 기도한다. 나는 식물의 냄새를 느끼기 시작한 것이다. 벌써, 참으로 오래 입에 댄 일이 없이 가리고 가린 음식물, 어렸을 때의 기쁨, 말할 필요도 없다. 나는 어머니 품의 향기를 맡은 것이다. 나는 냄새에 저항해 보고자 하는 결의를 잊어버리고 말았다. 정확하게 말하면 잊어버린 것이 아니었다. 저항을 시도하려는 결의로 여기고 있는 것 같은 느낌이 드는 결의를 품고, 사방팔방으로 나는 몸을 끌고 갔다. 그러나 필경 겨우 몇 발자국에 지나지 못한다. 그리고 냄새를 맡는다. 식물에서 내 몸을 지키기 위해 식물을 구하고 있는 것에 지나지 않는다. 나는 그런 식으로 냄새를 맡는다. 무엇 하나 찾지 못했지만 나는 실망하지 않는다. 식물은 있다. 다만 언제나 몇 발자국 앞에 있을 뿐이다. 내 다리는 벌써 부들부들 떨렸다. 그러나 동시에 나는 거기에는 아무것도 없는 것을 알고 있었다. 아마도 이제는 떠날 수 없는 이 장소에서 최후의 일격을 얻어맞는 것을 두려워한 나머지 보잘것없는 운동을 해보려는 것에 지나지 않는다는 것을 나는 알고 있었다. 여러 가지 최후의 희망은 꺼져 버렸다. 그것은 최후의 유혹이기도 한 것이다. 비참한 모습을 지닌 채 나는 여기서 멸망해 간다. 나의 연구, 어린애다운 행복에 찬 시대의 이 어린애다운 시도에 대체 무슨 의미가 있는 것인가? 지금 그리고 이 장소에서 정면으로 달려들지 않으면 안 된다. 이 장소에서 곧 연구는 그 진가(眞價)를 발휘할 수 있을 것이다. 그러나 그 연구란 어디로 갔나? 여기에 있는 것은 절망적인 몸짓으로 멍청하게 입을 열어 허공을 물어뜯으려는 한 마리의 개에 지나지 않는다. 아주 조금 몸을 떨며 부지런히 잇달아 땅을 적시고, 자기로선 알지 못한다. 더군다나 기억 속에 산더미처럼 쌓아 올린 주문(呪文)을 들척거려 보았자 무엇 하나 발견할 수가 없다. 갓난애가 어머니의 가슴에 안겨서 몸을 웅크리고 있을 때의 외마딧소리마저 찾아낼 수가 없다. 여기에 있는 나는 형제들과 엎어지면 코 닿을 거리만 떨어져 있는 것이 아니다. 모든 것과 무한히 멀리 떨어져 있다. 내가 단식의 원인으로 죽는다는 것은 천만의 말씀이다. 모든 것에 버림받아 죽는 것이다. 그런 생각이 들었다. 아무것도 나에게 관심을 갖지 않는다. 지하의 것, 지상의 것, 높은 곳에 있는 것, 모든 것이 나한테는 관심을 갖지 않는다. 이것은 명백한 사실이다. 그들의 무관심 때문에 나는 멸망해 간다. 그들의 무관심은 말한다. 저 놈은 죽는다라고. 그리고 그대로 되는 것이겠지. 그래도 이것에 동의한 내가 아니었던가? 나도 마찬가지 소리를 한 것이 아니었던가? 버림받은 상태를 희망했던 것이 아니었던가? 제군, 그것에 틀림없다. 그러나 그것은 여기서 이대로 생애를 마치기 위해서가 아니다. 이 허위의 세계를 떠나서 진실의 세계로 가기 위해서다. 이 세계에는 진정한 허위의 주민인 나도 포함해서 진실

을 배우는데 만족할 만한 스승은 전혀 없다. 아마 진리
는 그렇게까지 멀리 떨어져 있지는 않았을 것이다. 나
도 또한 스스로 생각하고 있던 것처럼 버림받지는 않았
다. 확실히 다른 자들에게는 버림받지 않았다. 다름아
닌 나에게 버림받고 있었음에 지나지 않는다. 그리고
그 나는 자기설(自己說)을 고집하고 숨이 끊긴 것이다.
  그렇지만 신경질적인 한 마리 개가 생각하고 있는 것
처럼 간단하게 죽은 것은 아니다. 나는 다만 기절했을
뿐이었다. 깨어나서 얼굴을 드니 낯선 개가 서 있었다.
나는 이미 시장기를 느끼지 않았다. 힘이 충만해 있었
다. 일어서서 시험해 보려고 한 것은 아니었지만, 사지
에는 확실히 탄력이 넘쳐흐르고 있었다. 여느 때와 달
리 특별히 변한 것은 전혀 없다. 아름답지만 뛰어나게
아름다운 것도 아닌 개가 눈앞에 있을 뿐 달리 이상은
없다. 그렇지만 나는 그 개에게는 보통 이상의 것이 있
다고 생각했다. 내 배 밑은 피였다. 처음 이 피를 보았
을 때 나는 식물이 있구나 하고 생각했다. 그러나 내가
토한 피라는 것을 알게 되었다. 몸을 젖히는 것처럼 해
서 낯선 개 쪽으로 향했다. 마르고 날씬한 다리, 털은
갈색, 하얀 반점이 있다. 아름답고 힘차고, 탐구적인 눈
동자의 소유자였다. "무엇을 하고 있습니까?" 하고 그가
말했다. "물러나 주지 않으면 곤란합니다." "지금은 물러
날 수가 없어." 나는 그 이상 설명을 덧붙이지 않았다.
그에게 모든 것을 설명할 의무는 없다. 게다가 상대방
은 급한 모양이다. "제발 물러나 주세요." 상대방은 마

음이 가라앉지 않은 모양이어서 다리를 교대로 드는 것이다. "내버려둘 수 없소?" 하고 내가 말했다. "저쪽으로 가시오. 나를 상관 말아요. 다른 이도 나를 가만두지 않소?" "당신을 위해서, 원하고 있는 것입니다." "좋은 대로 이유를 붙여 원하시오. 이쪽은 가고 싶어도 걸을 힘이 없소." "염려할 건 없습니다." 그는 미소를 띠며, "걸을 수 있습니다. 쇠약하신 것처럼 보이니까, 지금 천천히 물러나 달라고 원하는 것입니다." "우물쭈물하고 계시면, 나중에 뛰지 않으면 안 됩니다." "그런 걱정은 마십시오." "당신의 근심사는 내 근심사입니다." 그는 내가 너무 완고하여 마음이 상한 모양이다. 그는 우선 나를 이대로 놔두고, 기회를 보아서 애정을 표시하면서 옆으로 올 작정인 모양이다. 다른 때 같으면 상대가 아름다운 개이기도 하니, 나도 스스로 참았으련만, 그때는 이해할 수 없는 기분이어서 상대편에 대해서 털까지 곤두서는 것을 느꼈다. "가까이 오지 마!" 내가 외치는 소리는, 외치지 않고는 어떻게 몸을 지켜야 할지 몰랐기 때문에, 꽤 컸다. "그럼 마음대로 하십시오." 그는 조금씩 뒤로 물러서면서, "이상한 분이군. 내가 말하는 것이 조금도 마음에 들지 않습니까?" "저쪽에 가준다면, 나를 조용히 있게 해준다면 마음에 들겠지."라고 말은 했지만 상대에게 믿게 하고 싶을 만큼, 실은 이미 내 스스로 자신을 가질 수 없게 되었다. 단식에 의해 날카로워진 내 오관(五官)이 무엇인가 그에게서 보고 또는 듣는다. 그 무엇인가는 갓 생겨났을 뿐이다. 차차 커진다. 곁에 다가온다. 나는 알게 되었다. 지금은 아직 생각할 수도 없지만 이 개는 확실히 나를 쫓을 힘을 가지고 있다. 얼마 후엔 내 자신 일어설 수 있게 되는 것을, 지금의 나로선 모르는 것과 같다. 나의 난폭한 대답에 대해서도 부드럽게 머리를 흔들 뿐이었던 이 상대를 나는 더욱더 호기심 어린 시선으로 쳐다본다. "당신은 누구?" "나는 사냥꾼입니다." "당신은 왜 나를 이대로 두지 않은 거요?" "방해가 되기 때문입니다. 당신이 여기에 있으면, 사냥이 안 됩니다." "해보면 어떻습니까? 아마 될 것입니다." "미안하지만, 꼭 물러나 주었으면!" "오늘은 사냥을 그만두지 않겠소?" 내가 부탁하자 "안 됩니다."라고 상대방이 말했다. "사냥을 하지 않으면 안 됩니다." 나는 퇴거하지 않으면 안 된다. 당신은 사냥을 하지 않으면 안 된다. 안 되는 것뿐이군. "왜 우리들은 하지 않으면 안 되는 것인지 아십니까?" "모르겠는데요."하고 그가 말했다. "그러나 일부러 알지 않으면 안 될 것은 지금 이 경우 아무것도 없는데요." "뻔히 아는 자연스런 사항뿐입니다." "그렇지는 않아." 하고 내가 말했다. "나를 몰아내지 않으면 안 되는 것은 미안한 일입니다라고 말하면서 당신은 역시 그것을 실행하는 것이오." "그건 그렇습니다." "그건 그렇습니다?" 화를 내며 나는 상대의 말을 되풀이하고 "이래선 대답이 되지 못하오. 사냥을 포기하든지, 나를 내쫓는 것을 포기하든지. 어느 쪽을 당신이 포기하기 쉽소?" "사냥을 포기하는 일입니다." 주저없이 그가 말했다. "그럼 얘기가 모순되는데." "어떤 모순입니까? 예쁘고 자그마한 당신, 내가 어떤 일을 하지 않으면 안 된다는 것은 어떤 의미인지, 정말로 모르고 있습니까? 뻔한 일을 알지 못하는 것입니까?" 나는 이제 대답을 그만두었다. 나는 알아차렸기 때문이다. 그리고 새 생명이 저 털도 일어설 만큼 몸서리나는 기분이 낳는 생명이, 내 등골을 달린다. 나는 다른 아무도 알아채지 못했으리라 생각되는, 일일이 설명할 수 없는 징후에 의해 이 개가 가슴속 깊이에서 하나의 노래를 부르고 있다는 것을 알아챘기 때문이다. "노래를 부르는군요." 하고 내가 말했다. "그렇습니다." 라고 그는 진실한 태도로, "이제 곧 부르겠지만, 지금은 아직 부르지 않습니다." "벌써 당신은 시작하고 있소." "틀립니다. 아직입니다. 제발 들을 준비를 해주십시오." "당신은 부정하지만, 나에겐 벌써 들립니다." 떨면서 나는 그렇게 말했다. 그는 잠자코 있었다. 나는 그때 여태껏 어떠한 개도 경험하지 못한 것을 확실히 잡을 수가 있었다라는 확신을 가졌다. 적어도 전하는 말로는 그 어떤 것을 조금이라도 암시하고 있는 흔적조차 볼 수 없다. 나는 한없는 불안과 수치심에 사로잡혀 눈앞의 피바다 속에 급히 엎드렸다. 그것은 이 개가 자기는 전혀 알지 못하면서 노래를 부르고 있었다는 것, 그것만이 아니다. 노래의 선율이 이 개에게서 떠나 독자의 법칙을 쫓아 공중을 흘러가고 그와는 관계없는 것처럼 그를 넘어 한결같이 나에게, 나를 향해 닥쳐오는 것을 확실히 잡았다는 확신이었다. 지금은 물론 나도 이런 모든 인식을 부정하고, 그 무렵의 내 신경과민한 상태에 귀결시킨다. 그러나 설사 그것이 착각이라 할지라도 이 착각은 일종의 위대성을 갖는다. 그것은 내가 저 단식 시대로부터 구출해서 이 세계에 가져나와 겉치레로 넘기는 것이라 할지라도, 어쨌든 오직 하나의 실재다. 그리고 이 실재는 적어도 완전한 망아의 상태에 있는 우리들이 도달할 수 있는 경지를 보여 준다. 확실히 나는 완전한 망아의 상태에 있었다. 보통때라면 나는 중태에 빠져 몸도 움직일 수 없었지만 그 선율, 그 개가 자기의 것으로 이미 손에 넣었다고 생각되는 그 선율에는 도저히 거역할 힘이 없었던 것이다. 선율은 차츰 강해진다. 이 생장은 추측건대 한도를 모르는 것이다. 이제 내 귀도 무너질 지경이었다. 그런데 제일 좋지 않은 것은 이 소리가 다름아닌 나만을 위해 존재하는 것 같다라는 것이었다. 그 숭고함 앞에서는 숲 전체도 침묵에 잠기는 이 소리가 나만 위해 존재한다. 이 나라는 여전히 여기서 버티고, 스스로의 오물과 피에 젖으면서 소리를 향해 어깨를 우쭐대는 이 나라는 존재는 대체 무엇인가? 비틀거리면서 나는 일어선다. 자기 몸을 둘러본다. 이런 몸이 될 수는 없겠지. 아직 그런 것을 생각하고 있는 사이, 선율에 쫓긴 나는 벌써 언젠지도 모르게 놀라울 만큼 굉장한 도약을 하면서 나는 것처럼 뛰고 있었다. 친구들에게는 아무것도 얘기하지 않았다. 돌아온 직후라면 반드시 이것저것 다 얘기했으리라. 그러나 그때는 피곤하였으므로 나중에 보니, 벌써 나는 애기할 단서조차 없을 것 같았던 것이다. 어쩐지 애기가 나올 것 같기도 해서 그 마음은 억지로 누를 수도 없었지만, 마침 친구와 애기해 보면, 단서 같은 흔적도 없이 사라져 버리는 것이었다. 여하간에 육체적으로는 몇 시간으로 회복했지만 정신적으로는 아직까지 그 영향이 남아 있다.

그러나 나는 스스로의 연구를 개의 연구에까지 넓혔다. 학문은 이 방면에서도 역시 업적을 남기고 있다. 음악에 관한 학문은 만일 내 지식이 확실한 것이라면 영양에 관한 학문보다 한결 광범위한 것 같다. 또 하여간 훨씬 기초가 튼튼한 것이다. 그것은 음악의 영역이 영양의 영역보다도 객관적 태도를 가지고 일을 할 수 있다는 사실, 전자는 단순한 관찰과 체계화가 보다 큰 목적인 데 비해서, 후자는 우선 실제로 유용한 결론이 목적인 데서 설명된다. 음악 이론에 대한 경외의 염(念)은 영양학에 대한 경우보다 크지만, 전자는 후자만큼 민중 속에 침투할 수는 없는 사정도 이와 관련이 있다. 나도 숲속에서 그 울림을 들을 때까지는 음악 이론이 다른 어떤 학문보다도 접근하기가 어려웠다. 음악견의 체험이 이 학문을 나에게 암시해 주기는 했지만, 그 무렵 나는 아직 젊었다. 거기에다 이 학문은 곁에 가는 것만도 용이한 일이 아니라 특별히 어려운 것이라고 일반에게도 생각되는, 사실 또 초연해서 군중과의 접촉을 피하고 있었다. 물론 그 개들의 경우, 음악은 우선 우리들의 주의를 끄는 요소이긴 하였지만, 그들의 침묵에 싸인 개로서의 본질이 나에게 음악보다 중요한 의미가 있는 것같이 생각되었다. 그들의 이상한 음악은 다른 데선 아마 유례없는 것이었겠고, 나도 이것을 문제삼지 않아도 무방하지만, 그들의 본질 같으면 이것은 그때 이후 도처에서 모든 개 속에 볼 수 있는 것이다. 그런데 개의 본실을 추구하기 위해서는 영양분의 연구가 제일의 핵심이어서 곧장 목적에 인도해 주는 것이라고 생각했는데, 이것은 어쩐지 틀렸던가보다. 벌써 그 무렵만 하더라도 이 두 개의 학문이 이웃하고 있는 어떤 부분이 나에게 의혹을 품게 하고 있었던 것이다. 그것은 영양분을 불러내리는 노래에 대한 학설이다. 그러나 이 경우에도 내게 있어 꽤 장애가 되는 것은 내가 여태까지 음악 이론에 대해서도 진실하게 파고드는 연구를 게을리한 사실이어서, 이 점에선 학문이 항상 심한 경모(輕侮)의 뜻을 표시하는 저 낡은 학자의 동료로서도 도저히 가입할 자격이 없다는 사실이다. 이 일을 나는 항상 염두에 두어야만 한다. 만일 학자 앞에 나가는 일이 있다면, 억울하게도 그 증거는 얼마든지 있는 것이지만 극히 쉬운 학문상의 시험에도 나는 합격하지 못할 것이다. 이것은, 이미 말한 생활 환경은 차치한다 하더라도 우선 내 학문적인 무능력, 부족한 사색력, 한심한 기억력 그리고 특히 학문적인 목적을 항상 염두에 두는 힘이 없는 것에 물론 그 원인이 있다. 나는 이런 것들을 전부 차라리 기쁜 마음으로 분명히 고백하리라. 왜냐하면 내 학문적 무능력의 한층 깊은 원인은 하나의 본능,

더군다나 아무리 보아도 하등한 것이 아닌 본능에 뿌리 박고 있는 것처럼 생각되기 때문이다. 장담이 허용된다면 이렇게도 말할 수 있으리라. 보통의 일상적인 생활 환경, 단순하기 짝이 없다고는 반드시 말할 수 없는 이 생활 환경에 있어서는 어느 정도 재주를 보이는 나, 그리고 특히 이것은 내가 얻은 결과에 의해서 증명되는 일이지만 상대가 학문이라면 또 모르되 상대가 학자라면 이를 굉장히 잘 이해하는 내가 겨우 학문의 제일 단계까지, 앞다리를 올리는 것조차 선천적으로 거절되어 있는 것은 적어도 대단히 기묘한 현상일 것이니까, 곧 이 본능이 내 학문적 능력을 파괴한 장본인인 것이다라고. 다름아닌 이 학문 때문에, 단 현재 행하여지고 있는 것과는 좀 다른 학문 때문에, 즉 맨 끝에 있는 궁극의 학문 때문에 자유를 무엇보다도 높이 평가할 것을 나에게 가르쳐 준 것은 본능이었다. 자유! 물론 현재 허용되어 있는 자유는 가냘프고 연약한 식물과도 같은 자유이긴 하다. 그렇지만 어떤 자유이든 간에 하여튼 그것은 일종의 소유물이라는 것에는 변함이 없다.

해 설

구 기 성

카프카의 생애

카프카는 1883년 7월 3일 프라하에서 헤르만과 율리에 카프카의 맏아들로 태어났다. 그의 남동생 두 명은 어려서 죽고, 그는 세 명의 누이동생들과 함께 이 유태인의 소시민 가정에서 자라났다. 그러나 그는 누이들과는 거의 별관계가 없었으며, 유년 시절에는 몹시 고독했던 것처럼 보여진다. 그는 프라하의 독일인이 운영하는 김나지움에 들어갔다. 그의 학창 시절에 관해선 별로 주목할 만한 사건도 알려져 있지 않으나, 특별히 우수한 학생은 아니었으며 학교의 고도한 요구에 의하여 성장했음은 확실하다. 그럼에도 시험 때마다 그는 몹시 두려워했다. 김나지움을 졸업한 후에 카프카는 프라하 대학에서 처음에는 화학과 독일어를 공부했다. 그러나 그는 곧 법률학 공부에 헌신하기로 결심했다. 예술적인 창작에 경도되었지만 스스로 생활비를 해결하려는 욕망이 그로 하여금 이 학문의 선택을 결심케 한 것이었다. 이 당시에 그는 막스 브로트와 친교를 맺었다.

그리고 이 두 사람의 우정이 얼마나 돈독하였나는, 카프카가 죽은 후 막스 브로트에 의하여 그의 유물이 보호되고 또 작품과 일기 등이 출판되었다는 사실을 보더라도 입증될 수 있을 것이다. 그 이외에도 다른 친구가 몇몇 있긴 하였지만, 우리는 그들과의 우정 관계에 관해선 거의 아는 바가 없다.

1906년에 그는 법률학 공부를 학위 수여와 더불어 끝맺었다. 그후 1년간 그는 무보수 사법관 시보(試補)로서 지냈다. 그의 가정의 경제적 사정은 비록 그로 하여금 문학에만 전념할 수 있도록 허용되어 있음에도 그의 아버지는 그에게 관직을 찾도록 강요했다. 그러나 그의 자주성에의 욕구가 그로 인하여 가족의 경제적 원조를 계속 요구하는 것을 방해했을 것임이 분명하다. 얼마 동안 그는 부친의 상회에서 일했다. 비록 상인의 생활이 그의 다감한 성격에 맞진 않았으나 그는 저널리스트가 되거나 혹은 문학가로서의 길이 트이는 다른 직업을 잡기를 원치 않았다. 그후 그는 얼마 동안 열심히 보험회사에서 일했다. 그리하여 마침내는 보헤미아 왕국 노동자 손해보험협회에서 관직을 얻었다. 그의 집무 시간은 오후 2시면 끝났으므로 그 이후의 시간에 그는 문학에 골몰할 수 있었다.

1912년부터 1917년 사이에 그는 베를린 출신의 M.J.라는 여자와 두 번이나 약혼했다가 두 번 다 파혼했다. 그후에 있었던 다른 소녀와의 약혼도 얼마 가지 않아 취소되었다. 그가 또다른 여성과의 일시적인 관계를 맺고 있었다고 하나 그 여성들이 그를 만족시켜 주질 못했던 것만은 확실했다. 마지막 베를린 시절에 그는 도라 디만트라는 유태 정교의 네덜란드 여자와 행복한 관계에 있었다. 그는 그 여자와 결혼하려고 했다. 그러나 그녀 부친의 목사가 카프카가 정통 유태인이 아니라는 이유로 그들의 결혼을 금했다.

1914년부터 1918년에 이르는 1차세계대선 기간에 그는 허약한 건강 때문에 소집을 면했다. 1917년에 이미 의사들은 그가 폐결핵을 앓고 있음을 진단했다. 스위스에서의 성과 없는 요양에서 되돌아온 후에 그는 곧 보험회사의 자리를 내놓고서 평생을 문학에 종사하기 위하여 베를린으로 옮겨간다. 그의 정신상태는 이런 생활의 속박으로부터 벗어나 한결 호전되었을 것이다. 그러나 신체적인 상태는 끊임없이 악화일로를 걷고 있었다. 전후의 기근 시절이 완전히 그의 건강을 파괴해 버리고 말았다. 쇠약이 극도에 달하자 그는 빈 교외의 커슬링에 있는 사나토리움에 입원하지 않을 수 없게 되었다. 그곳에서 그는 1924년 6월 3일, 고통스레 드디어 숨을 거두었다.

수록작품에 대하여

〈변신(變身)〉은 카프카의 나이 29세 때인 1912년의 11월 중순에서 12월 중순에 걸쳐 집필되어, 1915년 라이프치히의 쿠르트 볼프 사(社)에서 '최후의 심판' 총서의 하나로 간행되었다. 〈변신〉은 미완으로 그친 작품이 많은 카프카의 소설 중에서 가장 완성된 작품의 하나이다. 그리고 그 구상이 전대미문임에도 불구하고 샐러리맨과 그 가정 생활의 슬픔·허무함·그리움 등이 냉혹하게 비판되고 절실한 애정으로 묘파되어, 무서운 독충에의 '변신'이 무엇을 의미하는지 가릴 겨를도 없이 독자는 단숨에 읽어 버린다는 이상한 성격을 지닌 작품이다.

'어느 날 아침, 불안한 꿈에서 깨어났을 때 침대 속에서 한 마리의 커다란 벌레로 변한 것을 깨달았다.'는 것은 대체 무엇을 의미하는 것일까?

이 모두(冒頭)는 흔히 지적되듯이 장편 소설 ≪심판≫의 서두와 아주 비슷하다. ≪심판≫에 나오는 요제프 K는 어느 날 아침 깨어나자 아무런 이유도 없이 체포된다. 이것은 〈변신〉의 주인공 그레고르 잠자가 갑자기 커다란 벌레가 되고, 아무리 생각해도 납득이 가지 않는 것과 마찬가지다.

그런데 근면한 샐러리맨 잠자가 벌레로 변신한다는 것은 대체 어떻게 해석하면 좋을까? 누구도 카프카의 이 비유를 선뜻 간단하게 일의적(一義的)으로 해석하기 곤란할 것이며, 여러 가지 설이 유발되는 이유이기도 하지만 여기서는 벌레를 엠리히의 도움을 빌려 일단 해설을 시도해 보기로 하자.

카프카가 1906년에 쓴 〈시골의 혼례 준비〉의 제1장에서 주인공 라반이 혼례 준비를 위해 귀찮은 여행을

하려고 역으로 달려가던 중 갑자기 어떤 상념이 머릿속
에 떠오른다.

'나는 침대에 파묻힌 채 내 육체만을 내보내서는 안
될까? 내가 편안히 침대에 누워 있는 동안 바깥 사람들
은 서슴지 않고 행동할 것이며 마음을 써주리라. 그리
고 내 육체만이 나 대신 만사를 실패 없이 해주리라.
그때 침대에서 자고 있는 나는 커다란 딱정벌레나 풍뎅
이 모양을 하고 있으리라……'

여기에 〈변신〉의 잠자의 전신(前身)이 있음은 명백하
다. 하지만 라반의 이 희망적인 몽상과 잠자의 가련한
변신과는 같은 벌레이지만 의미하는 바는 정반대이다.
라반이 생각하는 벌레의 상태는 아무런 책임도 의무도
없고, 자유로이 자기 자신의 무의식 상태에 있을 수 있
는 유년 시절의 인간을 생각케 하는 데 반해서, 잠자는
오히려 의무와 책임을 잊지 않고 한시각이라도 빨리 '정
상'으로 돌아가 세일즈를 하지 않으면 안 되겠다고 생각
하나 기괴한 모양의 벌레의 감옥에 처박혀 그것이 불가
능한 상태인 것이다.

그렇다면 이 양쪽에 합당한 '벌레'의 요소란 무엇일
까? 벌레의 상태란 소위 자아의 자유로운 활동을 허용
치 않는 현대 사회 기구의 강제에서 벗어난 상태가 아
닐까? 아무런 책임도 의무도 가지고 있지 않은 어린이
니 꿈의 행복한 상태가 한쪽에 있고, 다른 쪽의 사회의
계율에서 탈락한 인간의 막다른 골목—불행—이 있다.
'벌레'는 이 양편의 상태를 나타낼 수 있다. 그러므로 벌

레는 사회의 유용한 일원으로서의 의무를 지고 의식에 눈뜬 합리적 정신이 지배하는 세계—단 인간의 개인으로서의 자유와 존재가 상실된 세계—에 대치된 ‘나’ ‘자신’을 의미한다. 그러나 이 ‘나’ ‘자신’은 벌써 괴테의 시대처럼 사회 속에서 조화를 이루면서 자신의 내면 형성을 이루어 간다는 환경을 상실하고 있다. 개인의 사적 생활도 구석구석까지 눈에 뜨지 않는 사회의 힘에 침투되어 있기 때문에 개인은 ‘나’ ‘자신’의 존재 형식을 이제 와서 명확히 잡을 수가 없다. 이를테면 그레고르 잠자는 언제고 가족의 빚을 갚기만 하면 회사를 그만두고 독립하리라 마음먹는다. 그것은 앞으로 몇 년이 더 걸리겠지만, 그러면 그에 앞서 그는 무엇을 하려는 것일까? 어쨌든 지금의 일에서 해방되고 싶다는 것이 그의 마음을 사로잡고 있는데 그 경우의 독립이란 무엇을 의미하는 것일까? 과연 실제로, 가령 정신적으로나마 이 사회 속에서 ‘나’ ‘자신’이 될 수 있을까? 이와 같이 애매한, 오히려 불가능한 ‘나’ ‘자신’이 꿈이나 몽상 속에서뿐만 아니라 대낮에 살아남으려 할 때 그것은 기괴한 벌레의 형태를 취하지 않을 수 없다.

잠자는 때로는 의심이나 혐오를 품지만 보통의 다른 사람과 다름없는 평범한 샐러리맨 생활을 오히려 다른 사람들 이상으로 근면하게 해나가는 모범 청년이었다. 그러나 언젠가는 이런 생활에 끝장을 보려는 속셈이 있고, 나아가 그것은 실현키 어려운 것이므로 그의 마음속에는 알력이 생겨 불안한 꿈이 된다. 이러한 꿈을 꾸면서 그는 어느 날 아침 벌레로 변신한 자신을 발견하는 것이다. 마음속 깊이 바라고 있는 자가 자신의 존재를 벌레로 만들어, 낮 동안의 규칙적인 질서의 세계에로 들어갈 수 없게 하고 합리적인 생활을 가로 막는다. 이렇게 되고 보면 서로 사랑하는 가족에게조차 이해되지 않는 무거운 짐이 되고 귀찮은 존재가 된다. 가족은 온갖 수단을 다하여 그들에게 있어서 인간답다고 생각되는 상태를 그를 위해 만들어 주려고 하며 혹은 그가 바라는 바를 추측하여 온갖 친절을 다 베푸나 그의 본심은 이해할 수가 없다.

여기서 밝혀 두지 않으면 안 되는 것은 이 소설의 또 하나의 중요한 테마인 인간 상호간의 이해가 불가능하다는 것이다. 가족이 '그 자신'이 된 그를 이해할 수 없는 것은 물론 그 자신도 이제까지 가족과의 관계를 오해하고 있었음에 눈뜨게 된다. 이제까지 자기가 땀흘려 일함으로써, 이른바 자기를 희생함으로써 한 가정의 평화와 안정을 기한다고 생각하고 있었는데 부모에게는 숨긴 돈이 있었고, 겉보기만 노쇠했지 사실 직장을 구하자 아주 건강해진다. 돌이켜 생각해 보니 처음 그레고르가 가족에게 월급을 건네자 모두 감사와 기쁨으로 받아 주었으나 습관이 됨에 따라 감격은 사라지고 태도는 냉정해졌다. 그가 그리고 있던 일가의 목가적인 평화는 허위에 바탕을 두고 있었으며, 벌레 잠자가 스스로 '귀찮은 존재'임을 의식하고 죽음에 동의하고 이를 실행했을 때 이 허위에 바탕을 둔 일가의 평화는 다시 되돌아온다.

그런데 이 소설을 읽는 독자는 싫지만 현대 생활을 일그러뜨리고 있는 '눈에 띄지 않는' 힘을 느끼며 샐러리맨의 비참한 모습에 뭉클하지만, 카프카는 털어놓고 비판하는 입장에서만 쓰고 있는 게 아니다. 가족이 허위의 생활에 떨어지지 않으면 안 되었던 것을 꿰뚫어 보고, 나아가 그들에 대한 사랑을 잠자는 잃지 않는다.

〈단식광대〉는 1922년의 작품으로 〈최고의 고뇌〉〈작은 여인〉〈가희 요제피네〉의 3편을 합쳐 〈단식 광대〉라는 표로 베를린의 디 슈미에데 사에서 간행하였다.

여기서는 예술가의 진실과 대중 쪽에서의 오해가 단식이라는 비유로 씌어지면서 끝없이 서술되고 있다. 그러나 죽음을 눈앞에 둔 단식 광대의 고백, 즉 '나는 그렇게밖에 할 수 없었습니다. 왜냐하면 내 마음에 드는 음식이 없었기 때문입니다. 만일 있었더라면 세상을 떠들썩하게 하지 않고 당신과 모든 사람들처럼 배불리 먹었을 것입니다.'라는 고백은 진정이든 농담이든 어쨌든 사람을 놀라게 하는 데 족하다.

하지만 이것을 진정한 고백으로 받아들여 예술가와 창작 활동의 비유로 본다면 하나의 의미를 엿볼 수 있다. 예술가의 소질을 지니고 태어난 사람은 현실의 사회 생활을 보통 사람들처럼 그대로 받아들여 살 수는 없다. 그것이 단식하는 일이요, 마음에 드는 식물이 없다는 뜻일 것이다. 그에게 있어서 단식하는 일, 통상의 생활을 체념하고 창작의 세계에 안주하는 것은 사람들이 상상하듯 어려운 일이 아니요, 실은 자연스러운 것이다. 오히려 현실 생활에 적응하는 편이 곤란하지만 일단 죽음에 직면해 보면 진정 살고 싶었던 것은 현실 생활이요, 단 자기를 진정 존재케 한 존재 형식이 발견되지 않았기 때문에 부득이 예술가의 생활을 해온 것이다. 이것이 '마음에 드는 음식이 없었다.'라는 이유가 되리라. 그러나 사실은 모두 한결같이 먹고 싶었던 것이다. 다만 그것이 불가능했을 뿐이다. 그렇게 되면 예술가의 구제는 예술을 철저히 하는 데 있지 않고 모두의 생활 속에 포섭되는 것이면서 그것은 불가능이라는 모순에 빠진다. 카프카에게는 역시 출구가 없는 것일까?

'음식'에 관해서는 이미 〈변신〉에서 벌레가 된 그레고르가 누이동생이 바이올린을 켤 때 이렇게 생각하는 장면이 있다. '(그에게는) 이제까지 동경하면서 미지였던 양식에의 길이 여기에 열린다.'라고.

나아가 〈어느 개의 회상〉에서는 개가 대지와 공중에서 영양을 얻는 연구에 몸을 바친다. 결국 '식물' '영양'이란, 엠리히에 따르면 이 지상의 모든 존재는 궁극적으로 무엇에 바탕을 두고 있고 전체로서 무엇에 의해 길러졌는가라는 존재의 근본 문제에 관련한다. 물론 물질적인 '식물'이라는 말은 비유로서 이해해야 한다.

〈가희 요제피네〉 혹은 쥐의 종족은 카프카의 가상 만년의 작품이다. 1923년에 씌어져 1924년 죽음에 임박

하여 자리에서 교정을 본 것으로, 그 자신에 의해 출판이 인정된 소설 중 최후의 것이라 해도 좋다. 후두와 입천장에 결핵균이 들어가 손도 댈 수 없는 아픔을 마취제로 억제하던 최후의 몇 주일, 막스 브로트에게 남긴 편지에 카프카의 다음과 같은 말이 있었다. '이 이야기에는 새로운 제목을 붙였다. 〈가희 요제피네, 혹은 쥐의 종족〉이라는. '혹은'이라는 제목은 과히 좋지 않지만 여기서는 아마도 특별한 의미를 지닌다. 그것은 천평칭(天平稱)과 같은 성질을 지닌다.'

즉, 이 이야기는 요제피네라는 여주인공의 이야기일 뿐만 아니라 그 한쪽 저울대에는 민족이라는 것이 놓여지고 끝없이 오르내리는 실랑이가 문제되고 있다는 의미이리라. 여기에서는 예술가와 민족과의 관계가 추구되고, 종래 인정되어 온 바와 같은 천재의 특권 의식이 부정되어 있다. 아무리 천재라 할지라도 일반 노동의 노고는 면하지 못하며, 어떠한 개성적인 업적도 자인하고 있더라도 객관적으로 보면 일반 생활과 다름이 없는 것으로, 한 사람의 예술가의 존재는 민족의 유구한 흐름 속에 떠올랐다가는 사라지는 작은 파도와 같은 것이다. 그것을 스스로 이 가희가 깨닫지는 못했지만 민족의 추억, 아니 오히려 망각 속에 구제되어 사후의 명랑한 여로를 민족의 수없는 영웅들과 더불어 계속하게 된다. 이것이 실로 카프카의 '백조의 노래'였고, 예술가의 자기 극복이었을까?

이 작품도 동물의 모습을 빌려 많은 유머와 아이러니

를 펼치고 있기 때문에 카프카가 이야기하려고 한 진의의 문맥을 더듬기는 상당히 어렵지만, 그런대로 야릇하게 완결된 하나의 이야기이다.

옮긴이 약력

서울대학교 문리과대학 독문학과 졸업
서울대학교 문리과대학 교수 역임

역 서
헤르만 헤세 ≪데미안≫ ≪청춘은 아름나워라≫
릴케 ≪릴케 시집≫
콜린 윌슨 ≪지성과 반항≫ 공역
샤미소 ≪잃어버린 그림자≫

카프카 단편집 〈서문문고 38〉

초 판 발행 / 1972년 6월 25일
개정판 발행 / 1997년 6월 30일
개정판 2쇄 / 2003년 9월 10일
옮긴이 / 구 기 성
펴낸이 / 최 석 로
펴낸곳 / 서 문 당
주 소 / 서울시 마포구 성산동 54-18호 동산빌딩 2층
전 화 / 322—4916~8 팩스 / 322-9154
등록일자 / 2001. 1. 10
등록번호 / 제10-2093
창업일자 / 1968. 12. 24

※ 잘못된 책은 바꾸어 드립니다

서문문고 목록

001~303

◆ 번호 1의 단위는 국학
◆ 번호 홀수는 명저
◆ 번호 짝수는 문학